AF189603

Inhalt: Ein Mann reist durch die Lande und liest vor einfachem Publikum zu allen nur denkbaren Themen. Ein Junge wird sein Assistent und zieht den Koffer voller Manuskripte von Ort zu Ort. Der Alte stirbt und hinterlässt ein folgenschweres Erbe.

Franz J. Brüseke, geboren 1954 in Hamm in Westfalen, war Professor für Soziologie an verschiedenen Universitäten und lebt heute in Florianópolis im Süden Brasiliens. Er ist Autor mehrerer Romane und Bücher über Entwicklungsfragen und Techniksoziologie.

Franz J. Brüseke

Die Lesereise

Roman

Bibliografische Informationen der Deutschen Nationalbibliothek: Die Deutsche Nationalbibliothek verzeichnet diese Publikation in der Deutschen Nationalbibliografie; detaillierte bibliografische Daten sind im Internet über http://dnb.dnb.de abrufbar.

© 2023 Franz J. Brüseke

Herstellung und Verlag: BoD – Books on Demand, Norderstedt

ISBN: 9783746031200

Die Lesereise

Erster Teil: Der Alte

Ich muss dreizehn oder vierzehn Jahre alt gewesen sein, als meine Mutter starb. Es kam alles sehr schnell. Nach dem Frühstück hatte sie sich über Schmerzen in der Brust beklagt und kurzerhand beschlossen, sich in der Notfallaufnahme des Krankenhauses zu konsultieren. Sie selbst steuerte noch das Auto bis dorthin, wo sie, an der Auffahrt für Krankenwagen angekommen, mich bat, einen Krankenpfleger zu holen. Dann fiel ihr Kopf vornüber auf das Lenkrad und ich rannte voller Panik die Rampe hoch.

Von da an erinnere ich mich nur noch vage an die weiteren Ereignisse. Ich weiß nur, dass irgendjemand von der Stadt, es muss wohl jemand von der Familienfürsorge gewesen sein, mich zu Hause aufsuchte und mich aus der Wohnung holte, wo ich seit Tagen mutterseelenallein vor dem

Fernseher saß. Er brachte mich in ein Kinderheim, wo mir von der nach Sagrotan riechenden Leiterin freudestrahlend mitteilt wurde, dass ich bald abgeholt würde. Schon am Nachmittag stand er vor mir. Ein alter Mann mit ungepflegtem Bart und auch ansonsten nachlässigem Äußeren streckte seine Hand aus, lächelte mich an und sagte nur: Komm, mein Junge, lass uns gehen!

Wie ich dazu kam, ihm die Hand zu reichen und widerstandslos mit ihm zu gehen, wird wohl immer ein Rätsel bleiben. Dabei hätte es doch mir, dem mittellosen Waisen, von Anfang an klar gewesen sein müssen, dass dieses kein gutes Ende nehmen würde. Aber warum habe ich seine Einladung angenommen? Und warum hat er gerade mich eingeladen und nicht einen anderen? Ich wusste es damals nicht.

Wenn ich mich recht besinne und heute versuche, aus meinen Erinnerungssplittern zusammenzusetzen, wer ich einmal gewesen war, kann ich nicht umhin, bei mir, dem Kind und dann jungen Mann, einen Überschuss an Empfänglichkeit für große Ideen festzustellen. Schon im Vorschulalter hatte mich alles angezogen, was versprach uns über unsere armselige, vergängliche Existenz hinauszuhelfen und mich, so schien es, aus der Ewigkeit her anhauchte. Mehrmals musste man mich, unter lebhaftem kindlichem Protest meinerseits, aus dem Altarraum zerren, wo ich wieder einmal, wie vernarrt, vor dem Ewigen Licht stehen geblieben war. Diese Flamme, hinter dem dicken, purpurrotem Glas, stand da, ruhig und gelassen. Wenn ich längere Zeit vor ihr ausharrte, kurz bevor mich die feste Hand meiner Mutter fasste, schwankte sie manchmal kaum merklich und zuckte, so, als ob sie mir eine Botschaft von dem ewigen Feuer geben wollte, aus dem sie gemacht war. Eine Botschaft aus den Zeiten ohne Anfang und Ende.

Man sagt, dass alle großen Utopien ihren Urgrund im Religiösen haben. Das mag sein. Doch versteht man diesen Satz nur unzureichend, wenn man nicht selbst diesen Urgrund und sei es nur ein einziges Mal, selbst erfahren hat. Natürlich nicht in seinem wahren Ausmaß, denn dafür sind unsere Sinne nicht gebaut und ist unsere Seele einfach zu klein. Aber wer nie diesen Hauch von weither je in seinem Gesicht verspürt hat, wird nur schwerlich verstehen, was ich sagen will.

Auch ist das, was ich hier Urgrund genannt habe, nicht gleichzusetzen mit einem soliden, endlich gefundenen letzten Fundament, aus dem sich alles ableitet, sei es die in langer Entwicklungsreihe schließlich aus dem Meer auftauchenden nach Luft schnappenden Lebewesen, sei es unser Planet selbst, die um ihn herum rasende Sonne und die sich immer weiter entfernenden Nebel und Galaxien. Nein, dieser Urgrund, von dem ich spreche, ist eher ein Abgrund. Wenn man so will ein Loch im Sein, vor dem wir normalerweise tunlichst die Augen verschließen.

„Der Grund hat keinen Grund", pflegte der Alte zu sagen und drückte damit in nur fünf Worten aus, wozu ich selbst mehrere Sätze brauche und welche dann noch, eher in die Irre führen, als dass sie Licht in diesen Abgrund werfen, an dessen Rand ich mein bisheriges Leben verbracht habe und das ich immer noch nicht auch nur annähernd verstehe.

Er musste wohl gefühlt haben, dass ich, obwohl von meinen schulischen Leistungen her eher dem Mittelfeld meines Jahrgangs zuzurechnen war, anders als die meisten anderen, empfänglich war für dieses schwindelerregende Gefühl der Bodenlosigkeit. Es versteht sich von selbst, dass ich darauf keineswegs stolz war. Beinahe täglich von diesen durchaus befremdlichen Anwandlungen befallen zu werden, versetzte mich in einen Alarmzustand, der, wenn es nicht ebenfalls Stunden innerer Ruhe gegeben hätte, mich wohl um den Verstand gebracht hätte. Vielleicht fehlte mir das, was anderen wohl in die Wiege gelegt worden war und um das ich sie beneidete: die Gewissheit, dass alles normal war. Diese Sicherheit war mir auf unerklärliche Weise abhandengekommen. Vielleicht war sie mir auch nie zu eigen gewesen, was das Wahrscheinlichere ist. Nur in wenigen, raren Momenten, die ich gerade deshalb besonders intensiv wahrnahm, weil ich wusste, dass sie im nächsten Augenblick zerstieben würden, wich dieses Gefühl von mir.

Er musste schon bei unserer ersten Begegnung gewusst haben, wie es um mich stand. „Plötzlich ist nichts mehr wie vorher," hatte er gesagt und das war es: dieses aus dem Nichts heraus mich plötzlich anspringende Gefühl, dass alles um mich herum fremd und grundlos war.

Noch am selben Tag fragte er mich, ob ich ihn auf seiner Lesereise begleiten wolle, und ich willigte ein. Aus seiner Sicht müssen es wohl praktische Gründe gewesen sein, die ihn bewogen hatten, mich mitzunehmen. Er besaß allerlei Gepäck, darunter einen schweren Rollenkoffer mit Manuskripten, den er mit Mühe von Ort zu schleppte. Selbst für uns beide war es jetzt, wo ich ihm half, einigermaßen umständlich damit treppauf und treppab zu kommen, ganze Zugabteile zu durchqueren, uns in enge Aufzüge zu zwängen, um dann schließlich in irgendeinem billigen und entsprechend engen Hotelzimmer zu landen.

Ich selbst fand nichts dabei, mit dem alten Mann im selben Zimmer zu schlafen, war ich doch von zuhause aus gewöhnt, mit meiner Mutter dasselbe zu tun. Manchmal, wenn es zwar ein Doppelzimmer, aber keine Einzelbetten gab, schliefen wir sogar zusammen in einem Bett. Ich rollte mich dann ganz an den Rand meiner Hälfte und er tat dieses auf seiner Seite.

Zahlen könne er mir leider nichts, hatte er gesagt und Mehrausgaben für ein Einzelzimmer könne er auch nicht machen. Mir war es nur Recht, um nicht zu sagen, es war mir sogar lieber so, denn allein in einem Zimmer zu nächtigen, noch dazu in einer fremden Stadt, war mir nicht ganz geheuer.

Ich huschte immer vor ihm ins Bad, machte dort meine Morgentoilette und zog meine Kleider über. Bevor er richtig erwachte, war ich schon fertig und räumte das Feld, damit er, der Ältere, ausreichend Platz hatte, sich ebenfalls für den Tag herzurichten.

Bevor er zum Frühstück erschien, hatte ich einige Zeit nur für mich. Ich suchte ein Tischchen möglichst abseits, von dem aus man sehen konnte, wie auch die anderen Gäste langsam eintrafen. Meistens waren es einzelne Männer, die wohl einen Dienst in der Stadt zu verrichten hatten, der sie zu einer Übernachtung nötigte. Sie hatten kein Auge für ihre Umwelt, packten sich am Büfett den Teller mit Wurst und Käse voll, bedienten sich reichlich an den ausgelegten Broten und, nachdem sie ihre Beute an einem der nächstliegenden freien Plätze abgestellt hatten, liefen sie zur Thermoskanne mit heißem Kaffee, den sie je nach Geschmack mit Milch verlängerten.

Frauen sah man selten zu dieser frühen Stunde und wenn, dann meistens in Begleitung eines Mannes, dem sie beim Belegen der Brote halfen oder dem sie andere kleine Zureichungen machten. Stets gehörte dazu das Öffnen der Zuckertütchen, die auf allen Tischen in eigens dafür vorgesehenen Kästchen ausgestellt waren. Bis auf einige wenige Ausnahmen, die, wegen ihrer Seltenheit meine Aufmerksamkeit erregten, lehnten die Männer den angebotenen Zucker ab. Dieser fand dann seine wohl ihm von Anfang an zugedachte Bestimmung im Kaffee der Dame, manchmal begleitet von einem bedauernden Gesichtsausdruck ihrerseits.

Hingegeben an die kleinen Ereignisse um mich herum, fiel mir das Warten auf den Alten nicht lang und es kam vor, dass ich mich sogar erschrak, wenn er dann plötzlich neben mir stand. Ich hätte ruhig schon ohne ihn anfangen sollen, meinte er dann stets, war aber insgeheim wohl dankbar, dass ich auf ihn mit dem Frühstück gewartet hatte. Jetzt war es an mir, ihn zu bedienen, kannte ich doch seine Vorlieben und brauchte ihn nicht mit lästigen Fragen oder irgendwelchen Kompottdöschen und Zucker-tütchen, die er dann doch nicht öffnete, zu behelligen. Er akzeptierte mit nickendem Kopf das vorher von mir aufgeschnittene Weizenbrötchen, belegt mit Schnittkäse und ein oder, je nach Dicke, zwei Scheiben gekochten Schinken. Seinen Kaffee mochte er besonders stark und, falls daran wieder einmal gespart und ein solcher nicht angeboten wurde, ausnahmsweise, wie er mir dann etwas verstimmt zu verstehen gab, auch einen schwarzen Tee. Wenn alles zu seiner Zufriedenheit angerichtet war, machte ich mich dann ebenfalls über das Buffet her.

Was, so nahm ich an, das Hauptmotiv des Alten gewesen war mich mitzunehmen, war der Koffer mit den Manuskripten. Er hatte mir gesagt, dass dieser Koffer zu Beginn seiner Reise sehr leicht gewesen sei. Nun aber, da er bis zum Bersten mit Notizen, Redevorlagen, fertigen und halbfertigen Artikelentwürfen und sogar der Urschrift einer nun kurz vor seiner Vollendung stehenden Zusammenfassung seiner Weltsicht, wie er es nannte, angefüllt war, konnte ich ihn nur mit Mühe bewegen. Und auch das nur, weil es sich um einen Koffer handelte, der an seiner Unterseite in alle vier Himmelsrichtungen drehbare Rädchen hatte.

Es war abzusehen, dass dieser Koffer irgendwann platzen würde, oder sich auf diskretere Weise, etwa durch das jetzt schon häufiger vorkommende, endgültige Verklemmen des Reißverschlusses, weigern würde, noch ein weiteres Konvolut beschriebenen Papiers aufzunehmen. Ein paar Seiten gingen vielleicht noch hinein, aber das war es dann.

Immer dann, wenn ich mich wieder einmal abmühte den Koffer zu schließen, wies ich den

Alten auf diesen Umstand hin, was er aber nicht weiter beachtete. Stattdessen nutzte er die Stunden, in denen er keine Lesungen hatte oder mir Dinge erklärte, die zu begreifen ich mich ernsthaft bemühte, um zu schreiben. So kam er der physischen Grenze seiner Produktivität, genauer gesagt, der Grenze des Transportes seiner Produktion, von Tag zu Tag näher, und ich sah schon den Koffer bei einem dieser waghalsigen Manöver im Innern eines überfüllten Eisenbahnwaggons oder beim schweißtreibenden Einstieg in denselben, bersten, um seinen preziösen Inhalt zu unpassender Stunde und an unpassendem Ort, auf den schmutzigen Boden des Ganges oder, schlimmer noch, in den düsteren Spalt zwischen Zug und Bahnsteigkante zu entladen.

Allgemeine Unheilserwartung, so nannte der Alter meine durchaus begründeten Befürchtungen. Er könne morgen darüber lesen, denn auch darüber hätte er schon ein Manuskript verfasst. Nicht zur Veröffentlichung angenommen, wie er freimütig gestand; wie fast alle seiner Texte, die er vor Jahren Fachzeitschriften oder einschlägigen Verlagen angeboten hatte, bis er dann auch davon gänzlich Abstand genommen hatte und sie stattdessen in zumeist abendlichen Veranstaltungen vor ausgesuchtem Publikum vortrüge.

Allein schon diese Bezeichnung, allgemeine Unheilserwartung, schien auf meine damalige Grundstimmung wie die Faust aufs Auge zu passen. Wenn ein Glas Bier in Reichweite der Arme eines gestikulierenden und zudem sicherlich schon angetrunkenen Hotelgastes stand, sah ich es schon umstürzen und seinen Inhalt quer über den Tisch ergießen. Der Gast würde, zu spät! zu spät! dem Glas hinterhergreifen und, statt es am Umfallen zu hindern, es durch den ungeschickten Rettungsversuch endgültig zu Boden schicken, wo es in tausend Splitter zerbersten würde. Der Schweiß ließ in solchen Momenten meinen Haaransatz feucht werden, und ich wäre am liebsten aufgesprungen, um das in jedem Moment eintretende Missgeschick zu verhindern.

Allgemeine Unheilserwartung war dann nicht das Thema, zu dem er am nächsten Tag las. Zumindest konnte ich das „Wegdenken", so nannte er es, nicht damit in Verbindung bringen.

Wir waren vor den anderen gekommen. Die anderen, das waren die Leute, welche normalerweise dem Alten bei seinen Lesungen zuhörten. Zumeist waren sie genauso alt oder ein wenig jünger als er selbst. Das heißt, die eine oder andere grauhaarige Frau kann auch älter gewesen sein. Aber das tut hier nichts zur Sache, denn er hatte allen anderen etwas voraus, was man schwerlich in Jahren messen kann. Und deshalb kamen sie.

Zumeist sind Vortragende, Lehrer etwa oder Politiker, daran interessiert, dass man ihnen zuhört. Sie geraten schnell aus der Fassung, wenn es im Publikum unruhig wird oder jemand, statt konzentriert nach vorne zu blicken, anfängt mit seinem Nebenmann zu reden. Anders der Alte, er saß da, blickte hin und wieder von seinem Manuskript auf und hatte einen Gesichtsausdruck, als ob er im nächsten Augenblick aufhören wolle zu lesen, ohne dass ihm das auch nur das Geringste ausmachte. Manchmal fürchtete ich, dass dieses tatsächlich geschah, machte er doch zuweilen Pausen, die durch nichts gerechtfertigt waren. Die Zuhörer im Saal schienen meine Befürchtung zu teilen, denn man hätte in solchen Momenten die berühmte Stecknadel fallen hören, so still war es jetzt. Wer bis dahin mit den Füssen gescharrt hatte, saß jetzt unbeweglich da und die Frau mit dem Schultertuch, die gerade noch vorhatte, wieder einmal ein nervöses Hüsteln von sich zu geben, hielt die Luft an.

Er hob den Kopf und lächelte kurz, so als ob er sich für etwas entschuldigen wollte und suchte auf seinem Blatt die Stelle, an der er innegehalten hatte. Es konnte vorkommen, dass er dann sein Manuskript zu Seite legte, sei es, weil er sich nicht mehr entsann, wo er aufgehört hatte, sei es, weil ihm eine neue Idee gekommen war, die ihm als einleuchtender erschien, als der alte Text, den er irgendwann, unter ihm selbst nicht mehr nachvollziehbaren Umständen, verfasst hatte.

Er sprach jetzt völlig frei, zwar noch langsamer, als wenn er lesen würde, aber es war allen klar warum. Er dachte. Und dieses vor uns allen stattfindende Denken brauchte eine Zeit, die ihm gemäß war. Wort fügte sich an Wort und schien von dem bedächtig ausgesprochenen, gerade entstandenen Satz, mit unvermeidlicher Logik nach vorne geschoben zu werden. Die Zuhörer quittierten seine überraschenden Improvisationen mit zustimmendem Kopfnicken und zuweilen, man staune, mit kurzem Beifall, wie man ihn auch kennt, wenn nach einem langen und virtuos vorgetragenen Schlagzeugsolo, schließlich die Band wieder einsetzt. In diesem Moment war es dann an mir, ihm ein Glas Wasser zu reichen.

16

„Wegdenken", sagte er, „kann man durchaus auf zweifache Weise verstehen. Zum einen so, als ob man an einen Weg denkt, den man gerade gegangen ist, oder den man sich anschickt zu beschreiten. Aber darum geht es mir jetzt nicht. Es geht um die zweite Bedeutung, die man nur vernimmt, wenn man „Weg", mit kurzem „e" spricht, so wie in „Weckruf" oder „Wecker". Darum also geht es, um dieses Wegdenken. Denn gerade, wenn man viel denkt und gewohnt ist, dieses als höchste Konzentration auf ein bestimmtes Thema zu verstehen, sollte man, zum Ausgleich gewissermaßen, das Wegdenken beherrschen. Wenn man an etwas denkt, zieht man dieses förmlich in seine Nähe, in eine zuweilen sogar gefährliche Nähe. Sagt man nicht, dass etwas geistig vor mir steht? Oder auch, dass ich etwas vor meinem inneren Auge vorbeiziehen lasse?" Es sei diese Art des Denkens, vor allem, wenn man es übertreibe, die nun einfach das Wegdenken brauche, um unseren inneren Frieden wiederherzustellen.

Der Alte hielt inne und sah mich, der in der ersten Reihe saß, kurz an, dann fuhr er fort.

„Viele meinen ja, dass allein das Denken schon schwierig genug ist. Deshalb versucht man es uns von Kindesbeinen an, mit allen möglichen Methoden beizubringen. Aber selbst nach zwanzig Jahren intensiven Studierens, können selbst die meisten unserer Doktoren noch nicht denken. Das Wegdenken nun, ist noch um einiges schwieriger. Denn wenn man wegdenkt, denkt man an nichts und an nichts denken, ist noch schwieriger als das eigentliche Denken. Deshalb können es nur wenige."

Der Alte sah in den Gesichtern seiner Zuhörer, dass er eine heillose Konfusion angerichtet hatte. Er blickte mich an und schien sich an sein Versprechen zu erinnern, über die allgemeine Unheilserwartung zu sprechen. Ich aber hatte schon ganz diskret den Zettel in die Hand genommen, auf dem eine diskrete „3" ihn wie verabredet auf die letzten drei Minuten seiner Lesung aufmerksam machte. So wandte er sich noch einmal der Hörerschaft zu, hob beschwichtigend beide Arme und verabschiedete sich mit den Worten:

„Machen Sie sich nichts daraus, wenn sie nicht denken können und wenn sie es ebenfalls nicht schaffen wegzudenken, dann beten Sie einfach. So ordnen Sie wenigstens ihre Gedanken und kommen auf keine anderen."

Der Beifall, der noch kurz zuvor seinem Vortrag gegolten hatte, blieb jetzt aus. Die Dame mit dem Schultertuch hüstelte, die in der letzten Reihe erhoben sich und bald drängten alle hinaus. Es wunderte mich nicht, dass die Hörerschaft des Alten nicht wuchs, denn trotz allgemeiner Anerkennung seines Wissens und seiner Fähigkeit interessanten Themen neue oder dem Publikum zumindest nicht bekannte Dimensionen zu verleihen, nahmen seine Vorträge häufig derart ungestüme Wendungen, dass die Leute den Faden verloren und ratlos den Saal verließen, so wie es heute wieder einmal der Fall war.

Er selbst merkte dieses wohl, tat aber nichts, um seinen Vortragsstil seinen Hörern anzupassen. Ich hätte dazu nichts gesagt, wenn er mir nicht die Verwaltung unserer bescheidenen Einnahmen übertragen hätte. Mit dem, was die

Abendkasse heute eingebracht hatte, konnte ich gerade einmal die Rechnung für das Hotel und unser bescheidenes Abendbrot begleichen. Wie aber sollten wir die Bahn bezahlen, und wie zum nächsten Vortragsort kommen?

„Laufen", sagte er. „Wir laufen."

Es war nicht das erste Mal, dass er mich mit einem solchen Scherz in Angst und Schrecken versetzte, denn das sollte es sein, ein Scherz. Die nächste Lesung war in einem abgelegenen Städtchen, fast hundert Kilometer entfernt, das man nur - und dies nach zweimaligem Umsteigen - mit der Bahn erreichen konnte. Der Alte hatte mir von lange zurückliegenden Zeiten berichtet, in denen er diese Wege im Handumdrehen mit dem Auto bewältigte. Aber ein Auto hatte er schon lange nicht mehr und ich konnte mir, ehrlich gesagt, diesen unbeholfenen Herrn nicht hinter einem Steuer vorstellen.

„Gut, wir laufen", antwortete ich und löschte das Licht über unserem gigantischen Ehebett. Nachts träumte ich, dass ich träumte. Ich lag im Bett meiner Mutter, genau so breit und weiß wie das Bett, in das ich gerade gestiegen war. So daliegend träumte ich, dass sie neben mir lag und noch beim Einschlafen meine Hand hielt. Dies tat sie, seitdem ich häufig nachts aufschreckte, von meinen eigenen Schreien des Entsetzens aufgeweckt und von fürchterlichen Traumbildern geplagt. Ich träumte, dass ich träumte, sie wäre wieder da und läge so wie immer neben mir und hielte meine Hand. Es ist nur ein Traum sagte sie, und ich nickte, ohne die Augen zu öffnen. „Behandelt er Dich gut?" fragte sie, nachdem wir eine Weile so gelegen und ich die Wärme ihrer

Hand in der meinen genossen hatte. „Wer?" fragte ich und noch ehe sie antworten konnte, fuhr ich in die Höhe und wusste im ersten Augenblick nicht, wo ich war. Aber es war immer noch dasselbe große, weiße Ehebett, auf dessen anderer Seite der Alte lag und schnarchte.

Es dauerte den ganzen nächsten Tag bis ich von den Veranstaltern, darunter ein philanthropisch eingestellter Kulturverein, einen für unsere Anreise und zwei Übernachtungen ausreichenden Vorschuss erhalten hatte. Der Alte war bemüht sein Ungeschick vom vorherigen Abend zurechtzurücken und versuchte mir zwischen den Telefonaten zu erklären, warum er dem verstörten Publikum empfohlen hatte zu beten.

Er verstünde, dass die meisten Menschen heute keinen Bezug mehr zum Beten hätten, ja, er wäre sich sicher, dass nur noch wenige in der Lage wären, auch nur ein einziges Gebet aufzusagen. Wer kenne denn noch das Ave-Maria oder das Vaterunser? Wer wüsste denn noch was jede einzelne langsam durch die Finger gleitende Perle des Rosenkranzes bedeute? Wer kenne denn noch das Introitus, das zu Beginn des Gottesdienstes vor dem Altar kniend im Wechsel zwischen Priester und Ministranten gesprochen wurde? Doch vielleicht, so sagte er innehaltend, habe er die Leute überfordert.

„Das glaube ich auch", pflichtete ich ihm bei. „Dabei", fuhr er fort, „wollte ich es ihnen ganz einfach machen. Das Wegdenken ist nämlich einfacher, wenn man eine Geistesstütze hat, ein Mantra. Zum Beispiel: Herr, ich bin nicht würdig, dass du eingehst unter mein Dach, aber sprich nur ein Wort, so wird meine Seele gesund!" Ich blickte ihn verdutzt an.

„Das muss man natürlich mehrmals sagen. Immer wieder. Immer wieder. Immer wieder. Und wenn man dann aufhört, braucht man diese Stütze nicht mehr, denn die Seele ist wieder gesund. Zumindest," sagte er und blickte mich an, so als ob er sich vergewissern wollte, dass ich ihm auch zuhöre, „ist man ruhiger. Man kann natürlich auch Hare Krishna sagen, Do Re Mi Fa So La Si, oder was einem sonst einfällt." Er lachte.

„Aber warum soll man in die Ferne greifen, warum umständlich Sanskrit lernen, versuchen den Hinduismus oder Buddhismus zu verstehen, wenn alles, was wir brauchen, so nahe liegt? Das meinte ich, als ich gestern den Leuten empfohlen habe zu beten. Ich wollte mich nicht über sie lustig machen, ich wollte ihnen helfen."

Tatsächlich war mir jetzt sein gestriges Verhalten verständlicher. Ich wusste zwar immer noch nicht, warum das Aufsagen immer derselben Worte, uns beruhigen sollte, aber zumindest hatte ich begriffen, dass, wenn man sein Gehirn mit irgendeiner Wortfolge konzentriert beschäftigt, man gar keinen Platz in seiner Vorstellungwelt mehr hat, um sich ängstigenden Fantasien hinzugeben.

„Die Leute suchen und suchen", fuhr er fort „und, wenn sie Glück haben, schaffen sie es, sich aus Bruchstücken verschiedener Kulturen eine Rettungsinsel zu basteln. Dabei hatten wir schon alles, was wir brauchen. Aber die meisten sind wie vor den Kopf geschlagen. Ja, irgendetwas hat sie vor den Kopf geschlagen."

„Und was war das?" Ich hatte den Telefonhörer beiseitegelegt und eine dieser Fragen gestellt, die tatsächlich nur ein Anfänger machen kann.

„Eine gute Frage", sagte er. „Vielleicht war es der Krieg, vielleicht die Erziehung. Aber wahrscheinlich ist es auch einfach nur ein Verschwinden, ein Untergehen. Sind nicht auch die Inkas einfach von der Bildfläche verschwunden? Wenn die steinernen Tempel nicht wären, was wüssten wir von ihnen? Und waren es wirklich Tempel? Tempel in unserem Sinne. Wir wissen es nicht. Der Sinn der Dinge verschwindet, wenn er nicht sorgsam von Mund zu Mund weitergegeben wird. Und wenn wir unsere eigene Geschichte nicht weitergeben, wird sie eines Tages von Fremden erzählt, so wie wir heute die Geschichte der Inkas erzählen. Vielleicht finden sie eines Tages noch ein paar unserer Knochen. Obwohl," er unterbrach sich, „es bei der Zunahme von Feuerbestattungen in der letzten Zeit, ein Glücksfall wäre. Aber ganz sicher finden sie unsere Müllhalden und werden sich fragen, warum wir Millionen von Aluminiumdosen vergraben haben."

Ich hatte an der nächsten Ecke, um Geld zu sparen, zwei Döner Kebap und zwei Dosen Coca-Cola gekauft. So saßen wir, während es draußen langsam Nacht wurde, auf dem Rand unseres Bettes und versuchten, soweit es die wacklige Position der Einwegs-Packung auf unseren Knien zuließ, so zivilisiert wie möglich zu speisen.

„Darüber rede ich morgen", sagte er schließlich und zeigte Richtung Koffer auf das Heft, das ganz oben lag. Ich verstaute die

22

verschmierten nach Zwiebeln riechenden Verpackungen und die leeren Aluminiumdosen im Mülleimer. In jedem Hotel stand der Mülleimer im Bad, immer. Ich wusch meine Hände, putzte die Zähne und fuhr mir mit einer Handvoll Wasser durchs Gesicht. Als ich zurück ins Zimmer kam, lag der Alte auf dem Rücken und schlief mit offenem Mund.

Über das Leichte stand auf dem Manuskript, das zuoberst im Koffer lag. Ich gab es ihm, er las einige Zeilen und legte es dann weg.

„Ich erinnere mich", sagte er. „Mach Dir keine Sorgen, heute werden alle zufrieden sein."

Und in der Tat, waren die Gesichter während der Lesung am nächsten Tag freundlich und danach der Applaus entsprechend. Nur ich schien der Einzige gewesen zu sein, der dieses Mal nichts verstanden hatte. Als ich ihm dies, nicht ohne ein gewisses Schuldgefühl zu empfinden, gestand, sah er mich verschmitzt an.

„Mach Dir nichts draus", sagte er. „Das Leichte ist gerade für die am schwersten, die viel denken."

Lange lag ich wach. Fetzen seines Vortrags flogen mir durchs Gehirn, als wollten sie mich necken. Sie schienen genau das Gegenteil von dem zu sagen, was ich bisher von ihm gehört hatte. An Gott glauben oder nicht? Dieses sei kein Problem, hatte er gesagt. Wer es wolle, soll es ruhig tun und wer es nicht könne, der solle sich keine Sorgen machen, denn es kümmere Gott nicht, ob man an ihn glaube oder nicht.

Ich versuchte mir einen Gott vorzustellen, an den niemand glaubt. Er saß da und lächelte, denn es war ihm ja egal, was man von ihm hielt. Es war ihm sogar gleichgültig, ob er da war oder nicht. Nein, so konnte man das nicht sagen. Es interessierte ihn nicht, ob jemand glaubte, dass es ihn gab.

Was wäre das auch für ein Gott, so hatte der Alte gesagt, der von der Meinung der Leute abhängig ist! An dieser Stelle hatten einige gelacht, so verdutzt waren sie und dann klatschte der ganze Saal.

Kann Gott lächeln? Kann Gott sitzen? Wenn, wo säße er? Auf einer Wolke, auf einem Thron? Und wo, wiederum, stünde dieser Thron? Meine Fragen wurden immer absurder. Erst weit nach Mitternacht fiel ich in einen unruhigen Schlaf. Ich saß auf dem Rücken des Alten, der wie ein Brustschwimmer, die Wolken vor uns mit weit ausholenden Armbewegungen teilte. „Wo bist du? Wo bist du?" rief ich.

Als ich erwachte, war der Alte schon im Bad. Als er schließlich fertig war und mich, noch benommen von meinen Träumen, im Bett sitzen sah, sagte er lachend: „Hier bin ich! Du hast im Schlaf gesprochen."

„Stell Dir vor", fuhr er fort, als wir schon am verkrümelten Frühstückstisch saßen, „dass du in deiner Hängematte im Mangobaum hängst. Ja, es kann gut der Baum sein, der oben auf dem Hügel steht und außer einem Termitennest an einem morschen Ast weiter oben, unzählige Insekten in seiner Rinde verbirgt. Doch diese gehen ihren winzigen Geschäften nach und belästigen dich nicht. Eine ständige Brise weht vom Meer her und sorgt für eine angenehme Kühle. Manchmal hebt sich der Ast, an dem deine Matte hängt und du schwingst leicht nach oben, ganz leicht, denn der starke Ast ist zu stark, um einer Brise leichtfertig nachzugeben. Du weißt das und hast die Augen geschlossen, schon lange. Warum solltest du auch etwas sehen wollen, von dem du weißt, dass es einfach da ist, so wie du selbst?"

Ich war der Aufforderung des Alten gefolgt und stellte mir diesen uralten Mangobaum vor mit seinen von keiner Hand gestutzten, fast bis auf den Boden reichenden Ästen.

„Und jetzt mach die Augen auf und stell dich vor den Baum."

Ich kletterte wie geheißen aus der Hängematte.

„Jetzt," so hörte ich seine Stimme, „hast Du dich vor einen Baum gestellt, den du dir vorgestellt hast. Stell dich ihm jetzt vor!"

„Guten Tag," sagte ich zum Baum, „darf ich mich vorstellen?"

„Das ist nicht nötig," antwortete der Baum, „ich kenne dich. Du bist der, der immer zur Mittagszeit, wenn es am heißesten ist, in der Hängematte liegt."

„Ja," sagte ich, „der bin ich, und wer bist du?"

„Ich bin der alte Mangobaum, so alt, dass selbst der Wind mich kennt."

„Der Wind?" Sagte ich und erschrak, denn der Alte hatte mich am Arm gefasst und meine sanft schaukelnde Hängematte abrupt angehalten.

„Siehst du, wie leicht es ist, sich einem Baum vorzustellen, den man sich vorgestellt hat? Aber du sollst es nicht übertreiben mit den Vorstellungen, die bekommen, wie du weißt, schnell ein Eigenleben.

25

„Ja", sagte ich, etwas enttäuscht, denn ich hätte gerne noch länger in der Hängematte gelegen und mich von der Brise sanft schaukeln lassen.

„Was ist heute dran?" fragte er. Ich verstand nicht gleich. „Was ist heute mein Thema?"

Ich warf einen Blick auf den Kalender und las, was dort unter dem heutigen Datum eingetragen war. „Die Zeit."

„Ja, die Zeit," sagte er und schob sich den Rest des Croissants in den alten Mund.

„Die Zeit gibt es eigentlich gar nicht, aber ich will trotzdem darüber zu ihnen sprechen, denn sie wird immer knapper."

So eröffnete der Alte seinen Vortrag, der heute schon auf siebzehn Uhr angesetzt war, denn das Seniorenstift, auf dessen Einladung er lesen sollte, hatte dieses zur Bedingung gemacht, um den Tagesablauf, zu dem ein Abendessen um neunzehn Uhr dreißig Uhr gehörte, nicht aus dem allen Insassen schon in Fleisch und Blut übergegangenen Rhythmus zu bringen.

„Das stimmt," rief ein Mann aus der letzten Reihe, die den Rollstuhlfahrern vorbehalten war.

„Aber wie kann etwas knapp werden, das es nicht gibt?"

Der Rollstuhlfahrer, der während seines Zwischenrufes den Oberkörper nach vorne gestreckt hatte, sackte verschämt in sich zusammen. Ich war schon in Sorge, dass der Alte die Antwort auf diese Frage selbst nicht wusste, denn sie stand nicht im Manuskript. Weder die Frage noch die Antwort. Aber anstatt das Rätsel aufzulösen, stellte er eine weitere Frage.

„Haben wir nicht alle jeden Tag vierundzwanzig Stunden Zeit? Und ist es nicht so, dass die Zeit manchmal nicht zu vergehen scheint, ja dass sie manchmal sogar stillsteht?"

Der Rollstuhlfahrer hatte sich wieder gefangen. „Das stimmt! Besonders des Nachts!"

„Aber warum?" Der Alte schien einen Dialog mit den ungeplanten Zwischenrufen zu führen, ich wusste aber, dass er jetzt seinem Manuskript folgte.

„Die Zeit steht still, wenn wir stillstehen. Wer nicht läuft, dem läuft die Zeit nicht weg. Die Zeit kann nicht laufen. Noch nicht einmal unsere Uhren können laufen. Oder hat schon jemand eine Uhr laufen sehen?" Einige der älteren Damen kicherten.

„Aber wenn wir unseren Terminkalender vollpacken. Wenn wir von einer Verpflichtung zur anderen hetzen. Wenn wir selbst in der Mittagspause noch Anrufe entgegennehmen und unsere Mahlzeiten in Arbeitsessen verwandeln, dann verfliegt die Zeit, wie ein flüchtig aufgetragenes Parfüm."

„Oh", sagte eine Seniorin und hielt sich rasch ein Tüchlein vor den Mund. Ich hatte schon bemerkt, dass die Damen in der ersten Reihe, Gefallen am Vortragenden zu finden begannen. Doch mittlerweile begann deren unsachliches Verhalten mich zu ärgern. Wie sollte der Alte sich konzentrieren können bei so einem Publikum! Aber er schien sich nichts aus dem Gekicher und dem ungehörigen Getuschel zu machen.

„Zeit ist Bewegung und Vergehen. Was ist ein Tag, wenn nicht eine komplette Drehung der Erde um ihre eigene Achse? Statt zu sagen: es sind vierundzwanzig Stunden vergangen, könnten wir genauso gut sagen: wir haben uns einmal mit der

Erde gedreht. Zeit gibt es nicht, was es gibt, ist Bewegung. Und sie ist natürlich auch Vergehen. Frühling, Sommer, Herbst und Winter. Vergehen und Entstehen. Werden und Verfall. Leben und Tod."

Der Alte hatte die letzten Worte langsam und mit langen Pausen zwischen ihnen gesprochen. Jetzt hielt er inne und schlug eine Seite von seinem Manuskript um. Im Publikum rührte sich niemand.

„Obwohl es die Zeit also nicht gibt, wie einen Stuhl oder andere Dinge, benennen wir mit dem Wort Zeit den Strom der Ereignisse, die vor uns auftauchen, uns mitreißen und schließlich mit uns hinter dem Horizont verschwinden. Dabei kann die Zeit, obwohl es sie nicht gibt, verschiedene Formen annehmen."

Ich hatte das Manuskript vorher gelesen und wusste, dass diese Stelle das Verständnis einer durchschnittlichen Hörerschaft übersteigen musste. Und da einige der Anwesenden schon weit über achtzig Jahre alt waren, war ich mir dessen in diesem Moment völlig sicher. Umso überraschter war ich, als jetzt eine der Damen, die zuvor gekichert hatte, Beifall klatschte, in den zuerst die in ihrer Nähe Sitzenden einfielen und dann der ganze Saal. Der Alte sah kurz in meine Richtung und, als es wieder still geworden war, fügte er eine Bemerkung hinzu, die wohl auf mich gemünzt war, denn, das muss ich zugeben, ich schien der Einzige im Saal zu sein, der den Satz nicht verstanden hatte, weder beim erstmaligen Lesen noch als ich ihn jetzt wieder hörte.

„Wer vielleicht nicht verstanden hat, was ich damit sagen wollte, fuhr der Alte fort, der soll sich nichts daraus machen. Ich selbst frage mich manchmal, was ich mit diesem Satz eigentlich sagen wollte, als ich ihn vor einigen Jahren niederschrieb." Wollte der Alte mich foppen?

Heute war die Lesung früher zu Ende als üblich. Die Leitung des Seniorenstifts war in der Tür erschienen, hatte kurz um Aufmerksamkeit gebeten und mit Hinweis auf das jetzt anstehende Abendessen die Veranstaltung beendet. Artig begannen die Senioren langsam aus dem Saal zu rollen. Eine der Damen, es war die mit dem Tüchlein, nutzte die vor dem Ausgang entstehende Stockung und näherte sich dem Alten. Da ich, wie üblich ganz in der Nähe saß, konnte ich gut verstehen, was sie sagte.

„Die Zeit gibt es nicht! Wo sollte sie auch sein? Trotzdem schade, dass ich Sie nicht schon vor fünfzig Jahren kennengelernt habe!"

Sich mit dem Tüchlein durchs Gesicht fahrend, fasste sie mit der freien Hand ihren Rollator und schob ihn dem Ausgang zu, drehte sich in der Tür noch einmal langsam um und winkte dem Alten zu, der ihr nachgeblickt hatte.

Ich hatte ihn bisher als den großen Einsamen gesehen, der, wie weiland Zarathustra oder Siddharta, in Entsagung allen Irdischen sein Leben ganz der Weisheit gewidmet, durch die Lande zog. Allein die Vorstellung, dass diese Tüchlein schwenkende Frau vor fünfzig Jahren in sein Leben hätte treten können und diese Laufbahn zunichte gemacht hätte, entsetzte mich.

„Was hast Du?", fragte er mich im Hotel. „Nichts", sagte ich, „ich dachte nur an diese Rollstuhlfahrer im Seniorenstift."

„Ja", sagte er, „vielleicht werde ich da auch eines Tages landen." Jetzt hätte ich beinahe die Fassung verloren. Der Alte im Rollstuhl sitzend? Das war fast so, als ob man sich Buddha mit Rollator vorstellte.

„Nein", rief ich aus, „ich werde das nicht zulassen!"

„Vielen Dank, mein Junge", sagte er. Es war nicht das erste Mal, dass er mich so nannte und jedes Mal, wenn er mich so nannte, musste ich an meine Mutter denken.

„Alles zu seiner Zeit." Er lächelte. „Womit wir wieder beim Thema wären: die Zeit. Sie klebt an uns, wie eine zweite Haut. So hat jeder seine eigene Zeit."

„Wie soll ich das verstehen?" fragte ich. „Du hast schon einen ähnlichen Satz aus meiner Lesung nicht verstanden, nicht wahr? Als alle klatschten, nachdem ich gesagt habe, dass die Zeit, obwohl sie nicht existiert, verschiedene Formen annehmen kann."

Der Alte konnte doch tatsächlich meine Gedanken lesen! Oder hatte mein dummer Gesichtsausdruck mich verraten?

„Mach dir nichts draus. Selbst, wenn man meint, verstanden zu haben, dass Zeit Bewegung ist, dass sie eine Kette von Ereignissen ist, die eines nach dem anderen vergehen. Was hat man damit gewonnen? Man legt ein Problem zur Seite und hat danach sofort ein anderes. Denn was ist ein Ereignis? Was ist Bewegung?"

„Trotzdem möchte ich wenigstens so ungefähr verstehen, was verschiedene Formen von Zeit sind, was eigene Zeiten sind, von denen Sie gerade gesprochen haben."

„Du siezt mich immer noch?" „Ja", sagte ich. „Gut, dann hör zu."

„Statt uns krampfhaft auf das Wort Zeit zu konzentrieren, lass es uns vorerst vergessen und stattdessen an Bewegung denken. Bewegung kann man sehen, man spürt sie. Wenn wir selbst uns bewegen, wenn wir uns in Gang setzen, gehen, laufen oder uns ins Gras werfen, haben wir keinen Zweifel, dass es uns gibt. Aber die Pflastersteine draußen auf der Straße? Sie bewegen sich nicht. Wo ist da das Vergehen? Wo der Strom der Ereignisse? Mit Recht sagt man: sie sind zeitlos, denn sie verharren unverändert in sich selbst. Doch wenn man genauer hinsieht, tragen sie die Erinnerungen an gewaltigere Bewegungen in sich als die, welche unsere Muskeln machen können. Sind die Pflastersteine aus Basalt, dieses schwarze, undurchdringliche Material, zeugen sie von den riesigen Lavaströmen, die sich, man höre, in grauer Vorzeit über die Erdkruste ergossen. Zeitlose Zeugen einer farblosen Vorzeit! Die Wörter scheinen sehr wohl zu wissen, um was es geht: wo es keine Bewegung gibt und kein Vergehen, gibt es keine Zeit."

Der Alte sah mich an, als ob er sich vergewissern wollte, dass ich ihm bis hierhin habe folgen können.

„Ja", sagte ich, „ich habe verstanden." „Und doch", fuhr er fort, „müssen wir noch einmal hinsehen, müssen wir noch einmal dieses Stück erkaltete Lava in unsere Hände nehmen. Haben wir nicht etwas übersehen?"

„Die Lava?", fragte ich, ohne recht zu wissen, warum. „Die Lava, genau. Die Lava und den Sand."

31

„Den Sand?"

„Die Lava, aus den Tiefen der Erde emporsteigend, erkaltete an der Oberfläche und erstarrte. Diese erkaltete Lava, einst rotglühend und flüssig, ist zu unserem Basalt geworden. Unser Stein, anscheinend so unbeweglich und zeitlos, hat Geschichte."

„Und der Sand?"

Der Alte nickte anerkennend mit dem Kopf. „Warum sind die Pflastersteine draußen auf der Straße so glatt?"

„Jemand hat sie poliert?"

Der Alte lachte. „So kann man es nennen. Ursprünglich hatten diese Steine eine raue Oberfläche. Die tägliche Benutzung hat diese Oberfläche glatt werden lassen. Es ist der Abrieb. In diesem Falle vom Winde verweht oder einfach weggefegt."

„Was ist Abrieb?"

„Sand", antwortete er und lehnte sich in den Sessel zurück. Offenbar hatte ihn das Thema ermüdet. Aber ich ließ nicht locker.

„Und was hat Lava, der Basaltstein und Sand mit der Zeit zu tun."

„Nichts und alles", war seine Antwort. Ich wartete, bis er sich schließlich wieder aufsetzte und fortfuhr.

„Der Stein bewegt sich. Langsam, aber er bewegt sich. Sand, der Sand am Meer, den wir so lieben, ist ein Steinefriedhof. Lauter zerbrochene, klitzekleine Steine liegen dort. Und nicht nur Basalt. Zerschrobener Granit, und ja, eine Menge kurzlebiger Sedimentgesteine, Schieferstaub, aufgeriebener Sandstein, alles, was du willst, ist dort zur letzten Ruhe gebettet. Diese Ruhe ist wiederum der Ausgangspunkt für weitere Bewegungen. Der Sand kann zu Dünnen aufgewirbelt werden und wandern, oder mit der Erdkruste absinken und langsam, aber unaufhaltsam sedimentieren, bis er wieder zu Stein wird. Der Stein hat eine eigene Zeit. Nenne sie Steinzeit, wenn du willst!"

Er lachte kurz auf, lehnte sich wieder zurück und schloss die Augen. Steinzeit! Er vermochte es, wirklich altvertrauten Wörtern einen neuen Sinn zu geben. Mit Steinzeit bezeichnete er die langen, kaum merklichen Wellen von Veränderung. Und in diese waren, wenn ich es recht verstand, kürzere Wellen eingebettet. Manchmal sprach er auch von Takten, die schneller oder langsamer aufeinander folgen konnten, wie bei einem Metronom.

„Der Takt, von dem ich spreche", sagte er, „ist nicht mechanisch, ist nicht fortwährend gleich. Nennen die Musiker nicht den Rhythmus, der unserem Gehen nachempfunden ist Andante? Und jeder, der einmal geruhsam mit anderen daher geschritten ist, hat schon die Erfahrung gemacht, dass, obwohl alle Gehen, ein jeder doch seinem eigenen Rhythmus folgt. So ist es auch mit der Steinzeit, die, obzwar für alle Steine gleich, durchaus innere Abweichungen aufweist. Sandstein wird schneller wieder zu Sand, aus dem er ja gemacht ist, als Basalt oder Granit. Aber für uns Menschen ist das einerlei. Stein ist Stein und die Steine folgen einem so langsamen Rhythmus, dass wir ihn normalerweise nicht wahrnehmen. Außer, wenn wir denken, wie jetzt."

Aber ich konnte immer noch keinen Rhythmus in den leblosen Steinen entdecken, mit denen die Straße vor unserem Hotel gepflastert war. Als ich es ihm sagte, zwinkerte er mit dem rechten Auge, wie immer, wenn er einem für ihn wichtigen Thema den Ernst nehmen wollte.

„Mach Dir nichts draus, mein Junge, sagte er, denken bedeutet nicht immer, dass wir auch alles verstehen."

Diese Steinzeit und die Zeit im Allgemeinen, obwohl es sie ja nicht gab, wie er behauptete, hatte es ihm angetan. Immer wieder kam er darauf zurück und versuchte mir mit allen möglichen Beispielen das Thema schmackhaft zu machen. Aber ich hatte mehr Sinn für die Ewigkeit als für diese Wellen und Rhythmen der Veränderung, die er Zeit nannte. Und noch ein anderes Thema, das nun tatsächlich beinahe täglich an unsere Tür klopfte und rein gar nichts mit dieser tiefgehenden Frage zu tun hatte, drängte sich in mein geplagtes Hirn: das Geld.

Etwas musste sich ändern, denn schon wieder standen wir mit leeren Händen da. Ein Posten, der besonders unsere monatlichen Ausgaben in die Höhe trieb, waren die Hotels, zuweilen, wenn durch die Veranstalter finanziert, waren sie auf recht komfortablem Niveau und, da für uns kostenlos, meinerseits nicht zu beanstanden, ganz im Gegenteil. Das Problem war, dass wir auch in den Zeiträumen zwischen den Lesungen irgendwo unterkommen mussten. Auch wenn wir an diesen Tagen in Gasthäusern und Pensionen abstiegen, die der untersten Preisklasse angehörten, summten sich diese Ausgaben beträchtlich und verzehrten die Einnahmen des Alten im Handumdrehen.

Ich hatte eine Idee. Eigentlich war es keine richtige Idee, sondern eher eine zuerst blasse, dann zunehmend klarere Konturen annehmende Erinnerung. Vor dem Seniorenstift hatte ein Wohnwagen gestanden. Als wir gestern ankamen, waren wir achtlos an ihm vorbeigegangen, denn die bevorstehende Lesung hatte all meine Aufmerksamkeit gefordert. Aber jetzt fiel er mir wieder ein. Was sollte er da? Warum stand ein Wohnwagen vor einem Seniorenstift?

Ich beschloss zurückzugehen. Das Hotel war keine zehn Minuten Fußweg entfernt. Ich ging gleich los, obwohl wir noch nicht gefrühstückt hatten und schritt auf dem grauschwarzen Kopfsteinpflaster hastig aus, die Ahnung bekämpfend, dass mir schon ein anderer zuvorgekommen war.

Doch da stand er. Ein mittelgroßer, cremefarbener, einachsiger Wohnwagen. Da das Stift noch geschlossen war, ging ich um ihn herum und wagte schließlich einen Blick durch eines der Seitenfenster. Im Dämmerlicht erkannte ich eine Sitzecke, eine daran anschließende Küchenzeile gleich unter dem Fenster und zur Rechten ein großes Bett. Die Tür mir gegenüber musste wohl die Tür zur Toilette sein.

„Komplett", dachte ich. Ich zögerte, zum Hotel zurückzugehen, und setzte mich auf die metallene Zugvorrichtung an der Vorderfront des Wagens. Zum Glück kamen bald die ersten Lebenszeichen aus dem Innern des Seniorenstifts. Die Tür ging auf und die rüstigsten unter den alten Leuten begannen, wie die Bienen ihren Bienenstock, das Gebäude zu verlassen. Einige erkannten mich und hoben die Hand oder, wenn

35

sie beide Hände für den Rollator brauchten, nickten freundlich mit dem Kopf.

Erst als alle, die noch einigermaßen laufen konnten, an mir vorbeigezogen waren, fasste ich mir ein Herz und ging hinein. Am Empfang saß die Dame, die gestern unsere Veranstaltung beendet hatte und fragte, als sie mich erblickte, ob ich etwas vergessen hätte.

„Nein", sagte ich, „eigentlich möchte ich nur etwas fragen."

„Bitte", sagte sie.

„Dieser Wohnwagen, da draußen vor der Tür, wem gehört der?"

„Wollen sie sich etwa auch beschweren?"

Ich schüttelte energisch den Kopf.

„Ja, dieser Wohnwagen, der hat uns schon viel Ärger gemacht. Das Ordnungsamt war schon zweimal da und hat beim letzten Mal einen Strafzettel dagelassen. Es ist verboten, so ein Ding hier zu parken."

„Und wem gehört er?" Ich war selbst überrascht von meiner Dreistigkeit.

„Einer unserer Seniorinnen. Sie ist erst kürzlich eingezogen. Der Wohnwagen ist von ihrer Haushaltsauflösung übriggeblieben. Keiner wusste, wohin mit dem Ungetüm und jetzt steht er eben da."

„Wie heißt denn die Dame? Darf ich mal kurz mit ihr sprechen?"

„Wenn sie den Wagen kaufen wollen. Bitte sehr! Es ist Frau Schneider-Großemühl, sie ist heute nicht in den Park gegangen, war wohl alles etwas viel gestern. Ist ja auch erst wenige Wochen her, dass ihr Mann verstorben ist."

Ich wusste nicht, woher ich den Mut nahm, mich, ohne einen Heller in der Tasche, als interessierten Käufer zu präsentieren. Aber schon ging die Leiterin des Stifts vor mir her, führte mich durch einen endlosen Gang, der beiderseits mit Handläufen ausgestattet war, wie man sie sonst nur aus Treppenhäusern kennt. Schließlich blieb sie vor einer Tür und klopfte an.

Frau Schneider-Großemühl saß am Fenster und tupfte sich, als wir eintraten, mit einem Tüchlein die Augen. Es war die Dame, die gestern, nach der Lesung einige Worte an den Alten gerichtet hatte.

„Ja," sagte sie. "Manchmal hat man solche Tage, da erinnert man sich an alles." Und wieder tupfte sie sich die Augen.

„Er will den Wohnwagen kaufen", sagte die Leiterin.

„Oh, das ist aber schön."

Ich wusste nicht, wie ich ihr beibringen sollte, dass ich den Wagen wohl gerne gekauft hätte, aber dafür kein Geld hatte.

„Er ist sicherlich zu teuer für uns", brachte ich schließlich heraus.

„Für uns? Wie viele sind Sie denn?"

„Nur ich und der Alte", sagte ich, obwohl ich mich anders hätte ausdrücken sollen.

„Oh", sagte Frau Schneider. „Jetzt erinnere ich mich. Sie sind der Assistent dieses sympathischen Herrn von gestern Abend."

„Er weiß nicht, dass ich hier bin", sagte ich. „Wir haben nämlich kein Geld. Wir haben noch nicht einmal Geld, um die nächste Übernachtung zu bezahlen."

„Das ist ja wunderbar!", rief die alte Dame. „Dann schlafen sie doch einfach in meinem Wohnwagen!"

„Aber nicht vor dem Seniorenstift!", fuhr die Leiterin dazwischen.

„Dann fahren Sie ihn eben woanders hin!"

„Darf ich das?"

„Das dürfen sie! Ich habe nur eine klitzekleine Bedingung: besuchen sie mich manchmal und laden sie mich zu einem Kaffee ein! Das Geschirr ist noch alles da. Ich habe nachgeguckt."

So wurden wir Besitzer eines Wohnwagens, ohne zu wissen, wohin und womit wir ihn ziehen sollten. Aber was sollte das! Wir hatten jetzt ein Dach über dem Kopf.

„Ein Schiebe-Dach", sagte der Alte, als ich atemlos im Hotel ankam und ihm freudig von meinem Erfolg erzählte. Ich sah ihn entgeistert an.

„Wir müssen ihn schieben, deshalb."

Dass der Alte auf Anhieb gleich das mir bis dahin als nebensächlich, aber doch auf der Hand liegende Problem benannt hatte, war klar. Wir hatten keinen PKW, der nun mal zu einem Wohnwagen gehört wie ein Pferd zu einer Kutsche.

Die Furcht der Leiterin des Seniorenstifts, dass dieser Wohnwagen mangels eigenen Antriebs nun doch an seinem ordnungswidrigen Standort verharren würde, beflügelte ihren Unternehmer-geist. Nach einigen Telefonaten hatte sie einen Campingplatz ausgemacht, der auch einige Plätze für Dauercamper reserviert hatte. Die bis dahin zu überwindenden Kilometer sollten mit Hilfe des platzeigenen Traktors zurückgelegt werden, vom Verwalter des Campingplatzes nebst Fahrer freundlich zur Verfügung gestellt, nachdem man ihn diskret daran erinnert hatte, dass seine Mutter, wie er ja wüsste, auf der Warteliste stünde und sich ihre vorteilhafte Position auf derselben, durch neu eingehende, dringendere Fälle, unverhofft verschlechtern könne.

So thronten der Alte und ich bald auf den unbequemen Stahlbänken des Traktors, die wegen ihrer Höhe, da über den riesigen Reifen angebracht, an Aussicht boten, was sie an Komfort missen ließen. Doch wir hatten unseren Wohnwagen im Schlepp, unser Heim, unser Haus, unsere sichere Zuflucht! Bald war unser mobiles Heim an seinen endgültigen Platz rangiert und wir ließen uns in die Regeln eines gedeihlichen Miteinanders, wie sich der Platzwart ausdrückte, einführen. Da das Haupthindernis desselben wohl wilde Feste mit Alkohol und lauter Musik waren, konnte ich den Mann beruhigen. Nach lärmenden Festen stand uns nicht der Sinn, wir brauchten Ruhe. Der Weg zum Waschhaus war bald gezeigt, der Strom angeschlossen und mit einem festen Händedruck der Mietvertrag besiegelt.

Die nächsten Veranstaltungen waren ganz in der Nähe und ohne große Umstände und Ausgaben mit dem Bus zu erreichen, so beschloss ich, die verbleibenden Stunden des Tages unserem Mobilheim zu widmen, um es an unsere täglichen Bedürfnisse anzupassen. Ich bugsierte den Alten in die Sitzecke, was gar nicht so einfach war, denn auf dem Fußboden des Wagens lagen allerlei Planen, Stangen und andere Utensilien. Als er schließlich einigermaßen bequem saß und in seinen Manuskripten las, ohne seiner Umwelt weitere Aufmerksamkeit zu schenken, schleppte ich die

Planen nach Draußen und versuchte zu verstehen, wie das Gestänge anzuordnen sei, um das Vorzelt, denn darum handelte es sich, ordnungsgemäß aufzubauen.

Unsere Platznachbarn schienen nur darauf gewartet zu haben, nützlich werden zu können. Und in der Tat wäre ich ohne tatkräftige Hilfe diesem Gewirr aus Stangen, Planen, Laschen und Reißverschlüssen, nicht Herr geworden. Zu allem Überfluss musste die Deckenplane in eine Schiene an der Oberkante des Wagens eingefädelt werden, die, verzogen und verstopft, wie sie war, das Projekt Vorzelt beinahe vereitelt hätte, wenn nicht ein besonders kundiger Dauercamper mit Gummihammer, Schraubenzieher und fachkundigem Zerren an den richtigen Stellen, nachgeholfen hätte. Bruno war sein Name, der mir nur deshalb als erster im Gedächtnis blieb, weil seine Frau, während er in die nachbarschaftliche Hilfeleistung vertieft war, unablässig nach ihm rief.

Bruno gab, während das Vorzelt langsam Gestalt annahm, fortwährend Ratschläge, denn Vorzelte, so versicherte er, seien wichtiger als der Campingwagen selbst. Gerade Dauercamper, und das würden wir ja nun werden, verbrächten mehr Zeit im Vorzelt als im Innern des Wagens, welches ja eher ein Rückzugsort sei und außer als Rückwand des Vorzelts zu dienen, nur untergeordnete Funktionen hätte. Unser Vorzelt, obwohl von respektabler Größe und ausgezeichneter Qualität, sei nun erst in der Anfangsphase. Später, wenn es um die Anlage eines vernünftigen Fußbodens ginge, sollten wir ihn ruhig rufen. Auch die Winterisolierung stünde bald an, von der

Einpassung einer Küchenzeile einmal ganz zu schweigen, denn kochen, das könne er schwören, würden auch wir bald im Vorzelt und nicht im Wohnwagen, der zum einen dafür zu klein und dessen Wände zum anderen bald von kaltem Fett überzogen sein würden, wenn wir denn diesen, ja er müsse es so sagen, Anfängerfehler begehen würden. Bruno stand noch eine Weile herum, so als ob er noch etwas sagen wollte, verabschiedete sich dann mit einem ungelenken Schwenken des rechten Arms und wurde doch tatsächlich rot im Gesicht, als ich mich bei ihm für die Unterstützung bedankte.

In der Tat hatte Bruno recht. Als ich an diesem Abend einige Brühwürstchen heiß machte und dazu den Kocher im Innern des Wohnwagens benutzte, sah ich wie der Wasserdampf zu feinen Perlen an den Wänden des Wagens kondensierte.

„Die Wahrheit ist gefährlich", sagte der Alte und machte eine so ausgedehnte Pause, dass ich schon fürchtete, er hätte seinen Text vergessen oder würde aus anderen Gründen nicht weiterreden. Ich selbst hatte erst spät die Aufräumarbeiten vor und im Wohnwagen beendet und war noch rechtschaffend müde, außerdem plagte mich ein Muskelkater in beiden Oberarmen, war ich doch körperliche Arbeit alles andere als gewohnt. Zum Glück hatte uns einer der vielen Campingnachbarn eine Mitfahrgelegenheit bis in den Ort der heutigen Lesung gegeben, was uns eine umständliche Suche nach Busverbindungen und eine zeitraubende Busfahrt abgenommen hatte. Der Alte war gerade zu seiner gewohnten Form aufgelaufen.

41

„Die Wahrheit ist nicht für alle erträglich! Denn sie setzt unseren Geist dem Offenen aus, dem Chaos. Von diesem unter der Oberfläche brodelndem Chaos, haben uns die menschengemachten Kulturen entfernt. Es ist schwierig dieses zu erkennen und beinahe unmöglich, mit diesem Bewusstsein zu leben. Deshalb: seien wir großzügig mit dem Glauben, den Sitten und Gewohnheiten der anderen. Glücklich wer noch glauben kann! Glücklich wer es noch schafft, normal zu sein!"

„Aber wehe denen, die nur die Hälfte dieser Wahrheit begriffen haben! Wehe denen, die erkannt haben, dass die Kultur, die Zivilisation eine menschliche Konstruktion ist, ohne verstanden zu haben, wozu diese dient. Diese machen nur zu schnell aus der Deskonstruktion, wie sie es nennen, einen intellektuellen Sport. Doch sie wissen nicht, was sie tun! Ohne es zu bemerken, sind sie zu Zerstörern der zerbrechlichen Illusionen geworden, welche die Menschen brauchen, um sich zu schützen."

„Wovor?" rief ein Mann, der mir bis dahin nicht weiter aufgefallen war. Er machte ein Gesicht, so, als ob er zeigen wollte, dass er von all dem, was der Alte gerade gesagt hatte, nichts hielt. Doch der zögerte keine Sekunde und wies nach oben.

„Vor dem Offenen. Vor dem offenen Himmel über uns und dem schwarzen Loch in uns."

Der Mann griente. „Das ist doch kein Argument!" rief er, befriedigt über die offensichtliche Schwäche seines Gegenübers. Doch der Alte war nicht aus der Ruhe zu bringen.

„Das mag sein, aber was ist es dann?"

Jetzt rutschte der Mann auf seinem Stuhl nach hinten. Er hatte nicht damit gerechnet, dass der Alte ihm eine Frage stellte. Er schien etwas sagen zu wollen, aber der Alte kam ihm zuvor.

„Ich will niemanden überzeugen. Wer meine Worte nicht versteht oder wem meine Bilder nichts sagen, den bitte ich um Verzeihung. Aber vielleicht darf ich noch einen Versuch wagen?"

Der Mann hatte aufgehört zu grinsen und hob großzügig die Arme.

„Rein technisch gesehen, und darüber dürften wir uns wohl einig sein, gibt es nichts Offeneres als den Himmel über uns. Wenn man die Decke und das Dach über uns abzieht, klar."

Einige Lacher im Saal deuteten an, dass der Alte dabei war, die Oberhand zurückzugewinnen.

„Soviel ich weiß, hat noch niemand eine Begrenzung oder ein Ende des Universums festgestellt. Können Sie mir folgen?"

Der Mann nickte.

„Aber das ist nur die technische, materielle Seite des Problems. Und darum geht es mir gar nicht. Es geht mir um die innere Schutzhülle, die wir brauchen, um vor diesem riesigen Raum ohne Sinn zu bestehen."

„Okay", sagte der Mann, „aber dieses schwarze Loch in uns, von dem Sie reden, das ist doch Unsinn!"

„Genau", pflichtete ihm der Alte ohne zu zögern bei. „Dieser Unsinn, dieses Loch im Sinn, entsteht, wenn wir der Wahrheit zu lange ungeschützt ins Auge sehen."

Der Alte kümmerte sich jetzt nicht weiter um den Mann, der es, nach einem letzten Kopfschütteln, vorzog zu schweigen.

„Wir halten die volle Wahrheit nicht aus. Wir sind weder darauf vorbereitet, uns mit dem Ende zu konfrontieren noch mit dem Unendlichen. Wir brauchen Mythen über unseren Ursprung und den der Welt, nicht zu reden von den Mythen unserer Bestimmung, um den metaphysischen Horror zu lindern. Lindern, sage ich, denn völlig beseitigen können wir ihn wohl nie."

Eine halb erschrockene, halb neugierige Ruhe hatte sich über die Zuhörerschaft gelegt. Selbst der Zwischenrufer, der mir schon von dieser ersten Begegnung an in Erinnerung blieb, hielt sich, nachdem er kurz nach links und rechts gesehen hatte, mit weiteren Fragen zurück. So konnte der Alte ungestört fortfahren.

„Um ein halbwegs gesundes Zusammenleben möglich zu machen, müssen wir an ein Minimum von Ordnung glauben, welche uns Tradition und Zivilisation zur Verfügung stellen. Die radikalen Konstruktivisten haben die Künstlichkeit und die Schwäche unserer Kultur erkannt, aber statt von nun an, behutsam damit umzugehen, denn das ist die Zivilisation ja, künstlich und schwach, schlagen sie darauf ein. Wie Kinder den wackligen Turm aus Bauklötzen umwerfen und dabei ihren Heidenspaß haben, freuen sich diese Leute, wenn das in Jahrhunderten mühsam errichtete Dach über unseren Köpfen zusammenbricht."

„Die Wahrheit ist gefährlich", wiederholte der Alte seine Worte des Anfangs. „Hüten wir uns, wir, die nur einen Teil von ihr wissen, die Tore zur Hölle zu öffnen!"

Der Saal war erstarrt. Als der Alte begann sein Manuskript zu schließen und so zu erkennen gab, dass er seine Lesung beendet hatte, setzte verhaltener Beifall ein.

Ich fand, dass der Alte dieses Mal übertrieben hatte. Nicht mit dem, was er sagen wollte, sondern damit, wie er es gesagt hatte. Metaphysischer Horror? Den Ausdruck hatte ich schon nicht recht verstanden, als ich, wie es meine Gewohnheit geworden war, das Manuskript vor der Lesung durchgegangen war. Ich hatte den Alten noch darauf hingewiesen. Aber der hatte mit einem unwirschen: „Hast du ein besseres Wort dafür?" meinen Hinweis abgetan. Ich stellte mir nun darunter so etwas wie eine Angst vor, welche von Dingen ausgelöst wird, die über das Physische hinausgehen. Etwas Riesengroßes, Unendliches eben, wie es zum Beispiel das Weltall war. Aber er musste wohl noch anderes mitgemeint haben und nicht nur diese, wie er es nannte, rein technische Ausdehnung. Gott? Meinte er, dass wir Angst vor Gott haben? Denn der war ja nun ohne Zweifel etwas über das Physische Hinausgehende, etwas Meta-Physisches. Aber warum sollte Gott ein Gefühl des Horrors auslösen. Und dann erst dieses schwarze Loch in uns? Was wollte er damit sagen? Für mich reimten sich die Dinge nicht zusammen. Und wenn ich mir vorstellte, dass in mir ein schwarzes Loch war, fasste mich ein Schaudern.

Gestern, nach der Lesung, war der Alte entgegen seiner Gewohnheit, schweigsam geblieben. Ich stellte ihm ein oder zwei Fragen, nicht die nach dem schwarzen Loch, denn davor ängstigte ich mich, aber er brummte sich etwas in den Bart und ging früher als sonst zu Bett.

„Ich weiß", sagte er beim Frühstück, „dass ich gestern etwas unhöflich war, aber das hatte nichts mit dir zu tun." Er stocherte in seinem Müsli herum.

„Ich hätte das Manuskript vor der Lesung noch einmal überarbeiten sollen. Aber ich habe einfach keine anderen Worte für das gefunden, was ich sagen wollte."

Das Müsli, in dem er ärgerlich herumstocherte, würde wohl noch einige Zeit in Anspruch nehmen, denn, wenn die Zutaten besonders trocken waren wie heute, dauerte es eine Zeit bis sie weich genug waren, um von ihm zerkaut werden zu können. Irgendwie tat er mir heute leid.

„Kann ich vielleicht helfen? Ich meine, die richtigen Worte zu finden." Er sah auf.

„Eine gute Idee", sagte er dann. „Das nächste Mal, wenn ich nicht weiterweiß, frage ich dich."

Ich wusste nicht, ob er diese letzte Bemerkung ironisch gemeint hatte, oder ob es ihm tatsächlich ernst war. So sagte ich nichts und sah zu, wie er weiterhin mit dem Löffel in seinem Müsli herumfuhr. Plötzlich blickte er auf.

„Vielleicht habe ich mich nicht nur falsch ausgedrückt, sondern auch etwas Falsches gesagt. Vielleicht gibt es diesen metaphysischen Horror gar nicht. Ich meine, den Horror gibt es schon, aber ist es nicht eigentlich ein physischer Horror?" Ich sah, wie ein Leuchten durch sein Gesicht ging.

„Ist es nicht ein Horror vor dem Endlichen, statt vor dem Unendlichen? Ein Ekel vor dem Fleisch, vor dem Material, aus dem unser Körper gemacht ist?" Er machte eine Pause und schob sich hastig einen Löffel Müsli in den Mund, kaute darauf herum und versuchte, während er sprach zu schlucken. Ich hatte das Unvermeidliche kommen sehen und stand schon neben ihm als er mit in die Höhe gestreckten Armen nach Luft rang. Einige kräftige Schläge auf den Rücken, die ich schon bei ähnlicher Gelegenheit erfolgreich angewandt hatte, halfen, die unterbrochene Luftzufuhr wieder in Gang zu bringen.

Er griff tränenden Auges nach dem von mir angebotenen Glas Wasser, dann nach der hingehaltenen Serviette und keuchte, während er sich den Mund abwischte, einige Worte hervor, die ich wegen seiner einer normalen Funktion widerstrebenden Stimmbänder fast nicht verstand.

„Es ist die Angst vor dem Tod! Es ist die Angst vor dem Endlichen! Und nicht der Horror vor dem Ewigen und Unendlichen! Es ist die Angst vor dem Ende, die unsere Existenz im Griff hat, wie eine Krake seine hilflose Beute!"

Noch nie hatte ich den Alten so erregt gesehen. Mir, der sich daran gewöhnt hatte, ihn als festes Bollwerk gegen meine häufig keiner Kontrolle gehorchenden ängstlichen Fantasien zu sehen, schwankte der Boden unter den Füssen. Ohne zu wissen warum, begann ich erneut das Vorzelt zu fegen und als ich damit fertig war, fegte ich den Vorplatz und hätte wohl auch noch den Weg gefegt, der an unserem Platz vorbei bis zum Waschhaus und dann bis zum Empfang und daran angebautem Gemeinschaftssaal führte, wenn der Alte mich nicht gerufen hätte.

„Lass das", sagte er. „Morgen lese ich nicht und, wenn es unsere Finanzen erlauben, würde ich gerne einige Tage Urlaub machen. Das tut man ja wohl auf einem Campingplatz, nicht wahr?" Er zwinkerte mir zu und ich stellte bereitwillig den Besen in die Ecke.

„Man kann nichts erzwingen, am wenigsten eine Idee. Große Gedanken kommen auf Taubenfüßen, sagte einmal jemand. Das kann sein. Aber manchmal rucken sie nur mit dem Köpfchen, trippeln hin und her und plötzlich fliegen sie auf und sind weg. Aber meistens bleiben sie da, wo sie sind. Oder besser: wo sie herkommen, denn da, wo sie sie herkommen, sind es noch keine Gedanken, sondern etwas Ungenaues, Ungefähres. Ein Gurren vielleicht, ein Hauch von einer Schwinge bewegt, ein Flügelklatschen. Vielleicht ein Geist."

Der Alte nahm den Becher mit Kaffee, den ich ihm gereicht hatte und hielt einen Moment inne.

„Auf jeden Fall steht fest, man kann große Gedanken nicht herbeizwingen."

Jetzt verstand ich, warum der Alte Ferien machen wollte. Er brauchte Zeit, um wieder empfänglich zu werden für neue Ideen. Nicht solche, die uns erschrecken, sondern uns zu Teilhabern an der großen Stille machen. So hatte er das einmal formuliert, nachdem er versucht hatte mir zu erklären, dass das, was ihn am Weltall fasziniere, nicht seine Ausdehnung sei, sondern dessen enorme Stille. Diese müsse sogar grösser sein als das All selbst, denn es wäre wohl mehr als logisch, dass man außerhalb desselben nichts mehr höre, keinen Ton, nichts.

So saßen wir im Vorzelt, nippten hin und wieder an unserem Kaffee, und warteten, so schien es, ob der andere etwas zu sagen hatte. Ehrlicherweise muss ich gestehen, dass ich es war, der wartete, denn es huschten zwar einige Worte und Sätze durch meinen Kopf, aber ich traute mich nicht, sie zu äußern.

In der Nacht begann es zu regnen. Es war bereits deutlich kälter geworden, als wir noch im Vorzelt saßen, aber statt darin die Ankündigung einer Regenfront oder gar eines Unwetters zu sehen, zog ich den Reißverschluss des Eingangs herunter, um uns vor der Abendkühle, so hatte ich den plötzlichen Temperatursturz gedeutet, zu schützen.

Im Wohnwagen selbst, wo wir uns bald zur Nachtruhe niederlegten, kümmerte ich mich nicht weiter um das Wetter da draußen. Erst als eine kräftige Böe das über dem Bett befindliche, aber nur angelehnte, Fenster aufdrückte und mir einige schwere Tropfen ins Gesicht warf, setzte ich mich auf, schloss eilig das Fenster und horchte in die Nacht. Die anfänglichen Windstöße, die mich schon um das Vorzelt fürchten ließen, hörten zu meiner Erleichterung bald auf und wurden von einem gleichmäßig auf das Dach unseres Wohnwagens trommelnden Regen abgelöst.

Nachdem ich mir sicher war, dass die Stabilität unserer fragilen Behausung nicht weiter herausgefordert wurde, legte ich mich wieder hin. Das monotone Geräusch des Regens, begleitet von dem nicht weniger einschläfernden Schnarchen des Alten, ließen mich bald in einen traumlosen Schlaf fallen, der erst ein Ende fand, als sich einige Nachbarn mit lauter Stimme über die Wege hinweg verständigten.

Es war schon hell und regnete immer noch. Ein senkrecht fallender Regen, den kein Wind mehr von seinem ihm von der Schwerkraft vorgeschriebenen Weg abbrachte, war dabei, den

Campingplatz unter Wasser zu setzen. Als ich die Tür des Wohnwagens öffnete, war die Bodenplane des Vorzelts bereits von einer undurchsichtigen Brühe bedeckt. Nur einige Stellen ragten noch aus dem Wasser, dort, wo sich unter der Plane Luftblasen gebildet hatten. Schlaftrunken wie ich war, mochte ich vielleicht zwei oder drei Minuten so gestanden haben und sah zu, wie die aufgewölbten, schwankenden Inselchen eine nach der anderen verschwanden. Das Wasser stieg. Als es die erste Stufe des Treppchens bedeckte, das in unseren Wagen führte, weckte ich den Alten.

„Es regnet", sagte ich.

„Das ist gut", sagte er.

„Der Campingplatz ist überschwemmt und das Wasser steigt."

Jetzt setzte er sich auf, blickte mich an und sah dann durchs Fenster.

„Donnerwetter!" sagte er.

„Ja", sagte ich. „Es steigt immer noch!"

Er schlurfte zur Tür und nahm das vollgelaufene Vorzelt in Augenschein.

„Lass uns Kaffee trinken", sagte er, als er sich wieder mir zugewandt hatte.

„Aber was sollen wir tun?"

„Kaffee trinken", antwortete er. „Lass uns Kaffee trinken."

Als der dampfende Kaffee auf dem Tisch stand, hatte das Wasser die zweite Stufe des Treppchens erreicht. Im Vorzelt war ein zusammengeklappter Campingstuhl umgefallen, der jetzt sanft vor sich hindümpelte.

„Ich wusste nicht, dass so ein Stuhl schwimmen kann", sagte ich.

„Es ist die Luft im Gestänge", meinte er. „Ausserdem ist er aus Aluminium."

Der Alte nahm vorsichtig einen Schluck des heißen Getränks, stellte dann die Kaffeetasse wieder auf den Tisch und stippte ein Stück angetrocknetes Weißbrot hinein.

„Lauter Schwebeteilchen", sagte er.

Ich meinte, er hätte sich auf das im Kaffee zerbröselnde Brot bezogen und bot ihm an, die Tasse zu wechseln, aber er wehrte ab.

„Das Wasser im Vorzelt. Es fällt transparent vom Himmel und ist jetzt grau. Es ist voller Schwebeteilchen."

„Ja", sagte ich.

Er versuchte, ein Stück aufgeweichtes Brot zu essen, das aber, kaum hatte er es aus dem Kaffee gezogen in seine Einzelteile zerfiel. Ich sprang auf und holte einen Löffel.

„Lauter Schwebeteilchen, das Brot im Kaffee, der schwimmende Stuhl im Vorzelt, der Staub im Wasser. Alles Schwebeteilchen."

Ich ging zur Tür und sah, dass das Wasser nicht mehr stieg, wovon ich ihm erleichtert berichtete. Er schien jedoch ganz von seinem Gedanken erfasst und schenkte mir keinerlei Beachtung.

„Im Grunde sind wir alle Schwebeteilchen. Du und ich, die Erde und der Mond, die Sonne und die ganze Milchstraße. Alles schwebende Teile eines größeren Ganzen, das wir nicht verstehen."

Gegen Mittag war unser Vorzelt trocken-gefallen und ich machte mich daran die Planen von der feinen Schmutzschicht, die das ablaufende Wasser hinterlassen hatte, mit einem Strahl aus dem Gartenschlauch zu säubern. Als das Wasser

51

nach wenigen Minuten versiegte, dachte ich, dass wohl alle unsere Campingnachbarn die gleiche Idee hatten, nämlich ihre Campingbehausungen mit einem Wasserstrahl aus dem Gartenschlauch zu säubern und dies zu einem vorübergehenden Druckabfall geführt hätte. Doch der Platzwart, auf seinem Minitrecker über die bereits befahrbaren Wege des Campingplatzes tuckernd, klärte mich auf. Die Trinkwasserversorgung für die ganze Region sei ausgefallen.

„Warum?" fragte ich.

Der Starkregen habe Unmengen Schlamm in die Talsperre, aus der wir ja unser Wasser bezögen, gespült. Man müsse warten bis sich die Schwebeteilchen auf dem Grund abgesetzt hätten, die Filter wären im Moment überfordert.

„Schwebeteilchen?" fragte ich und musste dabei wohl ein ziemlich dummes Gesicht gemacht haben.

„Ja, Schwebeteilchen", sagte er, „das sind feine Verunreinigungen, die im Wasser schweben."

„Ja", sagte ich, „das weiß ich."

„Also Geduld!" Er gab Gas und setzte knatternd seine Runde fort. Der Schaden war grösser als erwartet, nicht nur die Wasserversorgung war zusammengebrochen, auch die Telefonleitungen und, was wir erst beim Einbruch der Dunkelheit merkten, ebenfalls die Stromnetze waren lahmgelegt. Den etwas abseits gelegenen Campingplatz erreichten Informationen nur, wenn sie persönlich geliefert wurden. So brachten von Verwandtenbesuchen heimkehrende Camper Nachrichten mit, die von Campingwagen zu Campingwagen zwar schnell weitergereicht, aber, so vermutete ich, unmöglich stimmen konnten. Ganze Ortschaften wären von einer mehrere Meter hohen Flutwelle überrascht worden. Menschen, besonders alte Leute, in ihren Wohnungen ertrunken, Autos, Kühe und Schweine, Hausrat aller Art und selbst der Altar aus der Christopherus-Kapelle des Nachbardorfs, seien kilometerweit fortgeschwemmt worden.

„Die Sündflut", sagte der Alte.

Wir saßen im Innern des Wohnwagens, der vom Licht unserer Gaslampe nur spärlich beleuchtet wurde. Ich hatte sie auf ein Minimum heruntergeschraubt, denn, wer konnte schon wissen, wie lange dieser Ausnahmezustand noch andauerte.

„Heißt es nicht Sintflut", fragte ich in das Dämmerlicht hinein.

„Ja", antwortete er, „so heißt es, aber das versteht ja keiner. Will sagen, keiner denkt mehr an die Sünden, derentwegen die große Flut ja kam. Sie denken nur an Wasser, an schmelzende Polkappen und an die Arche."

Lange war es still in unserem Wohnwagen. Ohne elektrisches Licht und von der Kommunikation mit den anderen da draußen, außerhalb unseres Campingplatzes, abgeschnitten, schien es als würden wir nur aus uns selbst bestehen.

„Hatte Noah eigentlich keine Frau?" Schoss es mir plötzlich durch den Kopf. Der Alte lachte.

„Gar nicht so dumm. Da hat der Herrgott wohl nicht aufgepasst, denn von allem gab es ein Paar, nur vom Menschen nicht. Ein radikaler Ökologe dieser Gott, wollte wohl eine Natur ohne den Menschen, wie? Oder hat ihm einer dieser Bibelschreiber ins Handwerk gepfuscht? Aber wahrscheinlicher ist, dass es in der Arche auch eine Frau gegeben hat und der Abschreiber hat sie einfach weggelassen, wer weiß. Es muss eine Frau in der Arche gegeben haben, sonst gäbe es uns ja nicht."

„Oder einige Sünder haben an irgendeiner trockenen Stelle überlebt und sich dann wieder vermehrt, steuerte ich bei."

Der Alte seufzte.

„Das ist das Wahrscheinlichste. Es erklärt auch, warum das sündige Leben nach der Sündflut weiterging."

Plötzlich ging das Licht an. Und ich sah erschrocken in sein bleiches Gesicht, durch das die Tränen eine glitzernde Spur gezogen hatten. Er räusperte sich kurz.

Ohne die Sünde gibt es keine Moral", fuhr er fort, nachdem er sich unbeholfen mit der flachen Hand über das Gesicht gewischt hatte.

„Ich meine, wer nicht weiß, was sündiges Verhalten ist, der hat auch keine Ahnung, was richtig ist. Die Sünde ist der umgekehrte Begriff des Guten, wenn Du verstehst, was ich meine."

Ich nickte betroffen.

„Und das Gute, das ist das, was uns die Moral vorschreibt zu tun."

„Ja", sagte ich und löschte die Gaslaterne, froh, dass der Alte sich wieder gefangen hatte.

„Aber mit der Moral hat das so seine Bewandtnis. Was ist ihr Fundament? Worauf beruht ihre Autorität?"

Ich wollte sagen: auf dem Gesetz, aber er kam mir zuvor.

„Es ist das Kollektiv, die Gesellschaft, die definiert, was richtig und was falsch ist. Im Grunde ist es die Meinung der anderen, die irgendwann einmal zu Gesetzen geronnen ist und von der abzuweichen, bestraft wird."

„Genau", sagte ich, stolz seinen Gedankenschritten dieses Mal folgen zu können.

„Das Problem ist, das sich die Sache heute für viele umgedreht hat. Nur, wenn etwas unter Strafe steht, wissen sie, dass man es nicht tun sollte. Das Gesetz kommt heute also vor der Moral."

„Läuft das nicht auf das Gleiche hinaus?"

„Auf den ersten Blick schon, aber alle wissen, dass Gesetze nach langen Verhandlungen in den Parlamenten gemacht werden. Da können sie so oder so formuliert werden. Es sind bloße Konstruktionen, die eine Zeit lang gelten, bis sie dann umgeändert oder ganz abgeschafft werden."

„Aber ist das nicht gut so?"

„Ja, das meinen heute alle, nur wo bleibt da unsere Moral? War sie nicht das bedingungslose Fundament der Gesetze? Wenn man diese letzten je nach Mehrheitsverhältnissen ändern kann, schwächt man dann nicht die Moral? Aber ich habe die Frage falsch gestellt. Denn es ist eine geschwächte Moral, die dazu führt, dass man Gesetze nach Gutdünken des Zeitgeistes und der wechselnden Mehrheiten erlassen kann. Irgendwann sind Gesetze dann nur noch Regeln, die man umgeht, wo man kann. Denn diese Regeln sind lästig, sogar großenteils unverständlich, weshalb man Spezialisten braucht, um sich in komplizierten Prozessen zu verteidigen oder um, wie man sagt, sein Recht zu bekommen."

Ich hatte dem Alten zwar bis dahin folgen können, aber nicht verstanden, worin denn das

Problem liegen sollte, wenn man einen Prozess führt, um Recht zu bekommen und sagte es ihm.

„Das Problem ist, das wir nicht mehr fühlen, was richtig oder falsch ist. Das Problem ist, dass wir uns an juristische Regelwerke im Kopf halten, aber nicht mehr wissen, was Sünde ist."

„Ganz wie vor der Sintflut", schlussfolgerte ich.

„Genau, mein Junge", sagte er, „wie vor der Sündflut."

„Aber selbst, wenn wir noch fühlen würden, was Moral ist, würden wir nur immer die Stimme der anderen hören. Was früher schlechtes Gewissen genannt wurde, kommt daher. Es ist das Reuegefühl, was sensible Kinder verspüren, nachdem sie gegen die Weisung von Vater oder Mutter verstoßen haben. Woher nehmen wir aber die Gewissheit, dass die anderen das Richtige von uns verlangen? Moral als Stimme der anderen in uns ist nur von Wert, wenn die Allgemeinheit Recht hat. Aber hat sie das immer? Gibt es nicht genug Beispiele in der Geschichte, in der die Gesellschaft, benutzen wir ruhig einmal dieses sperrige Wort, von den Männern verlangte, in mörderische Kriege zu ziehen? Die soziale Moral scheint nicht die letzte Instanz zu sein, wenn sie in der Lage ist, uns gänzlich in die Irre zu führen."

Der Alte stand auf, öffnete die Tür unseres Wohnwagens und sah lange hinaus. Als er wiedergekommen war und sich zu mir an den Tisch gesetzt hatte, spann er den Faden genau da weiter, wo er ihn fallen gelassen hatte.

„Was aber ist die letzte Instanz, wenn es die Moral nicht ist?"

Ich war ratlos. Wollte so etwas sagen wie: Gott? Aber er kam mir zuvor.

„Gott ist auch nur ein Wort. Lassen wir den alten Herrn vorläufig beiseite, vorläufig", wiederholte er und zwinkerte mir zu.

„Aber eines scheint festzustehen: es scheint eine außergewöhnliche Moral zu geben, die mit der sozialen Moral nicht identisch ist. Nennen wir sie einmal, aber nur provisorisch, Ethik."

„Ist das nicht dasselbe, Moral und Ethik?"

„Ja, ja, häufig werden dies Worte wie Synonyme verwendet. Aber vergessen wir das mal für einen Augenblick und nennen Ethik diejenige Moral, die nicht sozial begründet ist. Denn diese so verstandene Ethik scheint viel stärker zu sein als unsere altbekannte Moral."

Der Alte hatte sich erhoben und sah mich von oben herab an.

„Ich spreche von einer inneren Stimme, nicht von der Stimme der anderen in uns. Von einer Stimme, die nur wir hören und die von weit her zu kommen scheint."

Ich hob entgeistert den Kopf.

„Diese innere Stimme ist so stark, dass sie sogar von uns verlangen kann, der sozialen Moral nicht zu gehorchen. Sie fordert von uns Widerstand, unbedingten Widerstand."

„Setzen Sie sich doch", bat ich, denn der über meinem Kopf gestikulierende Mann, begann, mir Furcht einzuflößen.

Er setzte sich und atmete ein paar Mal tief durch, so als ob er sich von einer großen Anstrengung erholen müsse.

„Verstehst du mich?"

Er sah mich mit einem dermaßen hilflosen Blick an, dass ich nicht den Mut hatte, ihm die Wahrheit zu sagen.

„Ja", sagte ich, „das leuchtet mir ein."

„Danke", sagte er, „ich dachte schon, ich wäre der Einzige, der diese Stimme hört."

Der Alte legte sich aufs Bett und war bald eingeschlafen. Ich machte das Licht aus, setzte mich in die Eingangstür und blickte fassungslos in den wolkenlosen Nachthimmel. Morgen früh würde ich ins Dorf gehen, um Mineralwasser zu kaufen.

Den Weg ins Dorf hätte ich mir sparen können. Der kleine Supermarkt, strategisch günstig gleich an der Brücke gelegen, die über den normalerweise einem Rinnsal ähnlichen Bach führt, war hinter einem Wall aus Gerümpel und Schlamm kaum wiederzuerkennen. Selbst die Brücke suchte ich vergeblich, war sie doch dort gewesen, wo jetzt, man muss es so nennen, eine Schlucht den Ort durchtrennte.

„Morgen kommt ein Tankwagen mit Trinkwasser!" Rief mir die Besitzerin des Supermarkts zu, als ich nach Mineralwasser fragte.

„Und das Leitungswasser? Wann gibt es wieder Wasser aus dem Kran?"

„Alle fragen das Gleiche", sagte sie, „aber das wird noch dauern. Wegen der Schwebeteilchen in der Talsperre."

Diese Schwebeteilchen verfolgten mich! Ich bedankte mich für die freundliche Auskunft und kehrte unverrichteter Dinge zum Campingplatz zurück. Dort verteilte zu unserem Glück der Platzwart einige Flaschen Mineralwasser. Es war ihm gelungen mit einer Schubkarre bis zur Autobahnraststätte vorzudringen, wo er die zwei Kästen ergattern konnte.

„Morgen soll ein Tankwagen kommen, dann gibt es Trinkwasser. Elektrisches Licht haben wir ja schon."

„Ich weiß", sagte ich. Doch wer am nächsten Tag nicht kam, war der Tankwagen. Es war schon gegen Abend, als der Platzwart sich wieder mit seinem Handkarren aufmachte, um die zwei Kisten mit leeren Mineralwasserflaschen gegen neue umzutauschen. Wenn es einen positiven Aspekt dieser Situation gab, dann bestand sie darin, dass wir die anderen Camper näher kennenlernten, denn es verging nicht eine halbe Stunde und schon wieder kam jemand vorbei, fragte, ob er helfen könne, bat um ein paar Schrauben, ein Klebeband oder andere Dinge, die wir nicht hatten und blieb jedes Mal eine Weile stehen, um zu verschnaufen und ein paar Worte mit uns zu wechseln. Bald wussten alle, es mochten ungefähr zwanzig Leute sein, die hier eine Parzelle gemietet hatten und das ganze Jahr über in ihrem Wohnwagen hausten, dass der Alte ein Vortragsreisender war, wie sie es nannten, und schlugen vor, dass er seine Kunst doch der Allgemeinheit zur Verfügung stelle.

Als der schwitzende Platzwart endlich mit dem Mineralwasser erschien, wurde er in die Pläne eingeweiht und gab seine Erlaubnis am nächsten Tag den einzigen größeren Raum zu benutzen, über den der Campingplatz verfügte. Es war ein Anbau, gleich neben seinem Büro am Eingang des Areals, der irgendwann einmal als Mini-Markt benutzt worden war, jetzt aber leer

59

stand. Die einzige Bedingung des Platzwarts war, dass morgen ein anderer mit dem Handkarren zur Raststätte laufe. Rasch einigten sich alle und verabredeten morgen früh den Saal herzurichten, so dass um sechzehn Uhr die Lesung beginnen könne. Worüber? Das bliebe dem Alten überlassen. Er solle nur vortragen, was er wolle, es könne durchaus ein anspruchsvolles Thema sein, denn der Intelligenzquotient der Anwesenden liege deutlich höher als in der normalen Bevölkerung, was ja allein die Tatsache bewiese, dass sie sich für das Dauercampen entschieden hätten, eine allen anderen Wohnformen deutlich überlegene, preisgünstige Alternative.

Um das Ganze abzurunden wurde ein dicker Mann in blauem Hemd, den sie Hein aus Hamburg nannten, dazu breitgeschlagen, im Anschluss an die Lesung ein paar Lieder auf dem Schifferklavier vorzutragen. Und da auf dem Campingplatz sicherlich mehr hochprozentige Spirituosen vorhanden wären als Mineralwasser, könne der, der wolle, ruhig ein Fläschchen mitbringen. Der Alte hatte die Einladung zwar angenommen, aber dem Treiben vor unserem Wohnwagen zugesehen, ohne ein Wort zu sagen. Ich merkte, dass er Ruhe brauchte, bedankte mich artig beim Platzwart für die Lieferung weiterer Flaschen Mineralwasser und zog, nach allen Seiten eine gute Nacht wünschend, die Reißverschlüsse unseres Vorzelts hinunter.

Ich hatte den anderen beim Aufräumen des Saales geholfen und so einiges über diese verschworene Gemeinschaft von Dauercampern erfahren. Die meiste Zeit, während wir verrostete Regale auseinandernahmen und die Einzelteile, mit rohem Band zusammengebunden, für die nächste Sperrmüllabfuhr an die Straße stellten, redeten sie über Abwesende. Ich wollte mich schon über diese unfeine Art wundern, als ich endlich begriff, dass diejenigen über die sie redeten ehemalige Kollegen vom Campingplatz waren, die bereits verstorben waren. Der letzte, von erbärmlicher Rente lebend aber trotzdem eine Packung Zigaretten nach der anderen rauchend, hatte vor nur einem Jahr ins Gras gebissen, wie der Hein aus Hamburg sich ausdrückte.

„Ein feiner Kerl", fügte er hinzu.

In diesem Lädchen hat er sich immer mit dem Teufelszeug eingedeckt. Als Beweis hob er ein verbogenes Reklameschild hoch, auf dem ein Cowboy in die Abendsonne ritt.

„Weg damit!" rief er, und warf die Zigarettenreklame auf das Gerümpel vor der Tür. Mittags waren wir mit dem Aufräumen fertig.

„Besenrein, das reicht ja wohl", sagte Kaminski, der schon das dritte Mal festgestellt hatte, dass er zwar nicht der Älteste auf dem Platz, aber der Platzälteste sei und von daher wüsste, was die Stunde geschlagen hätte. „Länger als siebundzwanzig Jahre ist hier wohl niemand auf dem Platz, oder?"

Keiner machte ihm diese Ehre streitig. Es wurde vereinbart, dass jeder eine Sitzgelegenheit, um nicht gleich zu sagen einen Klappstuhl, mitbringen solle und es bei sechzehn Uhr bliebe.

„Und der Tisch?" rief ich und schämte mich sofort, ob meiner Dreistigkeit.

„Was für ein Tisch?"

„Der Alte braucht einen Tisch, ein kleines Tischchen, für sein Manuskript."

61

„Genau. Und eine Tischdecke!" sagte eine Dame, die, wie ich später erfuhr, ebenfalls aus Hamburg kam, aber mit dem Akkordeonspieler Hein nichts zu tun hätte, obwohl das alle dächten, wie sie mir nach der Lesung zuflüsterte. Die Dauercamper lösten auch dieses Problem. Genau darauf waren sie, wie leicht zu merken war, ziemlich stolz: jedes nur irgendwie geartete technische Problem im Handumdrehen lösen zu können. So wurde der Besitzer des nächstliegenden Wohnwagens dazu verdonnert außer einem Klappstuhl auch ein Klapptischchen mitzubringen.

„Bis dann! Bis dann!" hieß es und man ging auseinander.

Der Alte saß im Campingwagen in ein Manuskript vertieft. Hin und wieder strich er eine Stelle an oder notierte etwas am Seitenrand. Erst als ich direkt neben ihm stand, bemerkte er mich.

„Schön, dass du wieder da bist. Ich habe Hunger."

Eine Makkaronade war schnell zubereitet und ich freute mich, dass die einfache Speise dem Alten mundete.

„Meinst du, dass sie mich verstehen werden?" Fragte er mich, den geleerten Teller zurückschiebend.

„Warum nicht?" fragte ich zurück.

„Ja, warum nicht. Lass uns ausruhen. Bis zur Lesung ist noch eine Weile."

Wir legten uns in das Doppelbett am anderen Ende des Wohnwagens, ein jeder in seine Ecke. Bald fiel der Alte laut atmend in seinen gewohnten Mittagsschlaf. Ich lag mit geschlossenen Augen da und ließ die letzten Monate Revue passieren. Meine Mutter erschien neben dem Ewigen Licht in unserer Pfarrgemeinde. Das rote Licht brannte wie immer hinter dem dicken Glas und ich hörte, wie sie „mein Junge!" sagte. Meine Augen wurden feucht und ich war froh, dass der Alte schlief und es nicht sah. Auch er nannte mich manchmal so: „mein Junge". Vielleicht war es das Ewige Licht, das diese Worte bewahrt hatte, vielleicht war es auch einer dieser Geister, von denen der Alte schwor, dass es sie gäbe. Nachdenklich lag ich da, bis es an der Zeit war, ihn zu wecken, damit er sich für die nachmittägliche Veranstaltung fertig machen konnte.

Ich musste den Klappstuhl von hinten stützen, um zu gewährleisten, dass er nicht umschlug, als der Alte sich umständlich setzte. Selbst als er saß, traute er offenbar dem wackligen Untersatz nicht und hatte damit, wie ich fand, völlig recht. Auch der Tisch war alles andere als zuverlässig, was die liebevoll bestickte und bis auf den Boden reichende Tischdecke nicht verbergen konnte. Im Gegenteil, die für den Tisch viel zu große Decke schien von der unter ihr verborgenen, unsicheren Konstruktion ablenken zu wollen. So hielt ich ebenfalls den Tisch fest, bis der Alte endlich eine einigermaßen stabile Position gefunden und sein Manuskript vor sich ausgebreitet hatte. Was ist der Mensch? Stand darauf und mit eben dieser Frage begann der Alte seine Lesung.

„Was ist der Mensch?"

„Bockwurst, wenn er eine hat", rief ein vorlauter Dauercamper, der mir schon am Morgen, wegen seiner lockeren Sprüche aufgefallen. Der hinter ihm sitzende Hein aus Hamburg gab ihm eine Kopfnuss und einige lachten.

„Ruhe!" rief der Platzwart und sah sich erbost nach dem Störenfried um.

„Was ist der Mensch?" Wiederholte der Alte und strich mit der flachen Hand über das Manuskript.

„Einige sagen", so begann er schließlich, „dass er das ist, was er aus sich macht. Ein anderer meint, der Mensch macht sich zwar selbst, aber nicht unter frei gewählten Umständen. Auf jeden Fall scheint für diese Herren der Mensch eine Konstruktion zu sein, die sich selbst erschaffen hat. Dem steht entgegen, was die Bibel sagt. Es ist Gott, der den Menschen geschaffen hat. Vielleicht sollten wir auch gleich erwähnen, was die Evolutionsbiologie sagt, nämlich, dass der Mensch, der homo sapiens sapiens, das vorläufig letzte Resultat einer langen Entwicklungskette ist, die von den ersten Primaten bis zum heutigen Menschen reicht."

Der Alte machte eine Pause und sah in die Runde. Er hatte es geschafft, dass die Leute zuhörten. Er nahm sein Manuskript erneut in die Hände und las weiter.

„Was haben alle diese auf den ersten Blick sehr verschiedenen Antworten auf unsere Frage, was ist der Mensch, gemeinsam? Sie halten alle den Menschen für etwas werdendes, vielleicht auch Gewordenes, etwas, das nicht feststeht, sondern gewissermaßen ein Produkt ist. Sei es in der Schöpferhand Gottes entstanden, sei es in der eigenen. Dass Gott den Menschen gemacht hat, ist nun eine Auffassung, die von immer weniger Leuten vertreten wird. Und erst recht die

Entstehung der Frau aus einer Rippe Adams ist heute eher Motiv für Witze an Stammtischen als eine noch ernsthaft vertretene Meinung."

Der Alte hüstelte und sah auf.

„Ach ja, da meinte auch einmal jemand, dass der Mensch eine Brücke sei oder ein Weg."

Ich wusste von anderen Lesungen, dass, wenn der Alte einmal vom Manuskript abkam, man mit allem Möglichen rechnen musste, allem Denkmöglichen. Doch zum Glück fuhr der Alte heute in seinem mitgebrachten Text fort.

„Mit viel Enthusiasmus wird aber auch die Meinung vertreten, dass man nicht als Frau geboren ist, sondern dass man es wird. Dass hier der Frau abgesprochen wird als solche geboren zu werden, so wie man es bei einem Mann durchaus geneigt ist zu akzeptieren, ist schon kurios. Aber zumindest gesteht man ihr zu, dass sie Frau wird. Durch Erziehung, Kultur, gesellschaftlichen Zwang und so weiter."

„Die Decke habe ich selbst bestickt!" entfuhr es der neben Hein aus Hamburg sitzenden Dame.

Der Alte sah in den Saal und versuchte mit zusammengekniffenen Augen, die Zwischenruferin ausfindig zu machen.

„Entschuldigung", sagte diese und hielt sich die Hand vor den Mund.

Der Alte neigte den Kopf in ihre Richtung und fuhr mit der Hand über die Tischdecke.

„Sehr schön", sagte er.

„Danke", sagte die Frau.

„Sie kann auch stricken", kam ihr der Hein aus Hamburg zur Hilfe.

„Sehr schön", wiederholte der Alte. „Das zeigt sehr anschaulich, was auf der Hand liegt. Die Frau kann konstruieren, in diesem Fall ein komplexes Muster auf einem Stück Tuch. Aber ist sie selbst ebenfalls eine Konstruktion?"

„Ich nicht", sagte die Frau. Jemand lachte. Ich wusste, dass der Alte gerne einmal einen Zwischenruf aufnahm, um seine Lesungen lebendiger zu gestalten. Aber jetzt begann ich, um den weiteren Verlauf der Veranstaltung zu fürchten. Konnten sie ihn nicht einfach lesen lassen?! Ich hatte bis dahin, neben der Eingangstür gesessen, von wo aus ich sowohl das Publikum als auch den Alten im Auge hatte. Ganz so, wie ich es immer tat.

Doch einstweilen waren keine weiteren Störungen mehr zu verzeichnen. Der Alte las weiter und das gute Dutzend Dauercamper hörte ihm interessiert zu. Als er ohne Unterbrechung vielleicht eine Viertelstunde gelesen hatte und gerade dabei war, den hyperbolischen Looping des radikalen Konstruktivismus zu erklären, wurde ich stutzig. Dieser Text, den selbst in einem philosophischen Seminar wohl nur eine Minderheit verstanden hätte, fand auf diesem Campingplatz ungeteilte Aufmerksamkeit?

Ich sah zu den Campern hinüber, die im Halbdunkel des Saales saßen und bemerkte eine verdächtige Bewegung. Und tatsächlich, beim nächsten Mal hatte ich keinen Zweifel: eine Flasche wurde in bedächtigen, aber sich wiederholenden Intervallen von Stuhl zu Stuhl gereicht. Ich glaubte meinen Augen nicht zu trauen. Währenddessen las der Alte unbeirrt weiter:

„Es gibt also einen Unterschied zwischen der Destruktion im heideggerschen Sinne und der Deskonstruktion von Derrida, obwohl beide, das möchte ich herausstreichen, in der Tradition Husserls stehen, der ja, wie Sie sicher wissen, versucht hat, ohne Begriffe zu denken."

Jemand kicherte. Der Alte las noch einige Seiten weiter. Doch als er bei Judith Butler angekommen war und ihre Auffassung darlegte, dass das Geschlecht keineswegs biologisch determiniert, sondern kulturell konstruiert sei, war der Saal nicht mehr zu halten.

„Wie meine Tischdecke!" Rief die Frau aus Hamburg, während die leere Flasche, die jemandem aus der Hand geglitten war, mir vor die Füße rollte. Empört hob ich sie als Beweis für das ungebührliche Verhalten in die Höhe. Eine Geste, die aber völlig missverstanden wurde.

„Prost!" tönte es von allen Seiten und einige reckten die Arme, ebenfalls eine Flasche hochhaltend.

„Einen Applaus für den ausgezeichneten Vortrag!" Rief Hein aus Hamburg, der sich schon das Schifferklavier umgehängt hatte.

„Auf unseren Campingplatz!" Rief der Platzwart, worauf Hein einen Tusch auf seinem Akkordeon anstimmte.

Der Alte saß immer noch an seinem Tischchen und faltete bedächtig sein Manuskript zusammen.

„Ich war eh schon fertig", sagte er, als ich entrüstet den Kopf schüttelte.

„Hauptsache es hat ihnen gefallen", sagte der Alte.

Jemand hatte die Deckenbeleuchtung angestellt, die Klappstühle, soweit sie nicht bereits umgefallen waren, wurden zur Seite geschoben und angeführt vom Akkordeon zog bald eine lärmende Schlange von halbbetrunkenen Campern aus dem Saal und machte sich daran, den Platz zu umrunden.

Ich war mit dem Alten allein zurückgeblieben und half ihm, sich von dem klapprigen Aluminiumstuhl zu erheben. Als sich die johlende Menge beim Klang des Schifferklaviers langsam entfernte, machten wir uns auf den Weg zu unserem Wohnwagen.

„Was ist der Mensch?" fragte der Alte, als ich am verklemmten Reißverschluss des Vorzelts herumfummelte.

„Er ist ein künstliches Tier, das ist er."

Endlich ließ sich das Vorzelt öffnen und wir traten ein. Der Alte hatte immer noch das Thema seiner Lesung im Kopf. Ich wollte nach all dem Tumult nicht unhöflich sein und fragte nach.

„Ein künstliches Tier?"

„Ja, ein künstliches Tier. Dass er ein Tier ist, wagt ja heute keiner mehr zu bezweifeln. Genauer gesagt, er ist ein Säugetier, um einmal von dem schon abgegriffenen Vergleich mit dem Affen abzukommen. Er ist eine Kuh, vielleicht, wenn er ein Mann ist, ein Bulle. Meinetwegen auch ein Schwein oder ein Eichhörnchen."

Ich wusste bis dahin nicht, dass ein Eichhörnchen auch ein Säugetier ist und sagte es ihm.

„Ja, das ist es. Der Hase auch. Der Mensch hat vieles von beiden. Er legt Vorräte an wie das

Eichhörnchen und hat Angst wie ein Hase. Der Mensch ist ein Vorräte anlegender Angsthase!"

Jetzt konnte ich mir einen Lacher nicht verkneifen, denn die Vergleiche des Alten waren zu komisch. Auch war ich erleichtert, dass er sich die misslungene Lesung nicht zu Herzen genommen hatte.

„Lach ruhig", sagte der Alte. „Der Mensch gibt nun wirklich Anlass genug dazu, über ihn zu lachen. Aber ich meine es durchaus ernst: der Mensch ist ein Säugetier, ein künstliches Säugetier."

Ich war froh, dass der Alte nicht bis zu diesem Abschnitt seines Manuskripts gekommen war. Die Reaktion der angetrunkenen Camper wäre gar nicht auszudenken gewesen.

„Das steht zwar im Manuskript, hätte ich aber nicht vorgelesen. So etwas hält kein Mensch aus, die Wahrheit, meine ich. Sie hätten gelacht, wie Du jetzt und sich damit die Wahrheit vom Leibe gehalten. Übrigens ist der Vergleich mit einem Primaten bei vielen Menschen viel zu hoch gegriffen. Es gibt Menschen, die ähneln eher Hunden, sie sind neugierig, manchmal aggressiv, aber im Allgemeinen unterwürfig und gesellig. Schafe gibt es ebenfalls viele."

„Wo?" fragte ich verdutzt.

„Unter den Menschen. Einer gleicht dem anderen, sie sind kaum voneinander zu unterscheiden und wenn einer losrennt laufen alle hinterher."

Der Alte führte noch andere Tiere an, an denen er jeweils andere Eigenschaften von Menschen meinte, feststellen zu können. Während er sprach, machte ich mich daran, einen Kaffee zu

69

kochen. Der Alte war gerade bei den Ameisen angekommen und würde sicherlich gleich zu den Würmern übergehen, da unterbrach ich ihn.

„Die Säugetiere haben wir schon lange hinter uns gelassen, nicht wahr?"

Er hielt inne und schmunzelte. „Du hast gut aufgepasst. Der Mensch ist ein Säugetier, habe ich gesagt und kein Insekt. Aber vielleicht sollte ich meine These erweitern. Der Mensch scheint von allem etwas zu haben, manchmal ist er sogar wie der Wind oder eine flüchtige Wolke am Firmament."

Der Kaffee war fertig und ich schenkte ihm ein. Ich wusste, dass er den Kaffee gern etwas gesüßt trank und auch einen Schuss Kondensmilch nicht verschmähte.

„Danke", sagte er und nahm einen Schluck. „Dein Kaffee ist wieder einmal vorzüglich."

„Und in welche Tierkategorie gehöre ich?" neckte ich ihn.

„Du? Ja, du hast es schon zum Primaten gebracht. Aber halt, du bist wirklich ein Mensch, denn Affen können keinen Kaffee kochen."

So plänkelten wir noch eine Weile. Als die Kaffeetasse gelehrt war, setzte er sich auf und sah mich an.

„Aber du hast etwas vergessen, Schlaumeier. Ich habe gesagt der Mensch ist ein künstliches Säugetier, ein künstliches und nicht ein gewöhnliches."

„Ich habe es nicht vergessen, sagte ich. Aber ich habe nicht verstanden, was das bedeuten soll."

„Das heißt, der Mensch ist von Natur aus künstlich, er ist nicht nur ein Tier aus Fleisch und Knochen, er ist auch Kunst. Und diese

Künstlichkeit des Menschen hat viel mit seinen Schwächen zu tun. Er hat keine Hufe, wie ein Pferd, also macht er sich Schuhe. Er hat keine Reißzähne, wie ein Tiger, und Stoßzähne wie ein Elefant, also fabriziert er Lanzen und Messer. Er hat keinen Panzer und noch nicht einmal eine dicke Haut, wie eine Schildkröte oder ein Büffel, also panzert er sich mit der gegerbten Schwarte erlegter Tiere. Später dann, nachdem er, der Unbeschwingte, Jahrtausende neidisch den Flug der Vögel beobachtet hat, baute er sich Flügel und schließlich ein Zeug, das fliegt, das Flugzeug. Seine körperlichen Schwächen hat der Mensch durch Technik kompensiert, bis er schließlich stärker war als das stärkste der Tiere. Ohne diese Kunst, ohne die Technik, ist der Mensch kein Mensch, er ist also von Natur aus künstlich."

Was jetzt in mir vorging, kann man nur mit diesen Worten beschreiben: mir ging ein Licht auf. Ich hatte verstanden, was der Alte sagen wollte! Lange redeten wir noch an diesem Abend, denn das Thema hatte mich gepackt. Der Alte gab bereitwillig Antwort auf einen Schwall von Fragen, die ich im Licht dieser neuen Erkenntnis stellte. Doch als er sah, dass ich dabei den Menschen auf seinen schwächlichen Körper und seine technischen Künste zu reduzieren begann, warnte er mich.

„Mein Junge, das ist doch nicht alles. Der Mensch hat mehr von den Tieren geerbt, als seinen Säugetierkörper, auch ein großer Teil seiner Seele, kommt daher, aber davon will ich heute nicht reden, es ist schon spät. Und vergiss das Ewige Licht nicht. Es gibt uns Kunde von etwas, das kein Körper ist, etwas, das nicht von dieser Welt ist.

71

Aber lass es für heute gut sein, morgen ist ein anderer Tag."

Da hatte ich geglaubt, ich wäre endlich im Besitz einer vollständigen Erkenntnis über unsere menschliche Existenz, da forderten die letzten Worte des Alten mich erneut heraus! Wir legten unser hin und wie immer schlief der Alte bald ein. Ich aber konnte vor innerer Erregung lange Zeit nicht einschlafen. Draußen raschelte es und das Trappeln kleiner Füße überquerte das Dach unseres Wohnwagens. Gedankenfetzen flogen durch meinen Kopf, die sich nicht zu einem harmonischen Ganzen fügen wollten. Ich musste dann wohl doch einige Stunden fest geschlafen haben, denn ein merkwürdiges Geräusch weckte mich. Es war ein gepresstes Zischen, dem ein in kurzen Stößen hervorgebrachtes Röcheln folgte. Noch benommen vom Schlaf setzte ich mich auf. Jetzt hörte ich es ganz deutlich, etwas schlug gegen die Wand unseres Wohnwagens gerade dort, wo die Küchenzeile stand, dann ein langes Vibrieren, dass ich bis ins Bett spüren konnte und schließlich wieder ein Röcheln, gefolgt von einem klatschenden Geräusch, einem Erbrechen nicht unähnlich.

Als die Teller in der Spüle gegeneinanderschlugen, war ich hellwach: das Wasser war wieder da! Ich hatte den Wasserhahn offengelassen, um diesen Moment ja nicht zu verpassen. Und jetzt war es so weit! Erst stotternd, dann in ruhigem, festem Strahl lief das Wasser über das ungesäuberte Geschirr der Vortage! Wasser! Erfreut hüpfte ich aus dem Bett.

„Das Glück ist ein Funke", schrieb der Alte, der sich, noch im Pyjama, in die Essecke gesetzt hatte, „manchmal scheint es kurz auf und verblasst, ehe wir wissen warum. Dieser Funke braucht die Dunkelheit, um wenigstens in diesem einzigen winzigen Moment seine klitzekleine Kraft zu entfalten. Manchmal ist es auch ein Lied, angestimmt in einer weiten Stille, oder es ist wie ein Schluck Wasser nach einem großen Durst. Dieses Glück hat keinen Ort und keine Stunde, aber es ist immer irgendwo und jeder möchte es haben. Doch das Glück kommt nicht, wann wir wollen, es ist scheu und gerade dann, wenn wir es locken und rufen, flieht es in die Einsamkeit, in die Stille. Wir können unsere Ohren spitzen, wie wir wollen, wir hören nichts, so denken wir, denn die Stille ist für uns ein Nichts und die Einsamkeit ein verlassener Ort. Aber das Glück ist gerade dann am nächsten, wenn wir meinen, wir finden es nie, wenn wir aufgegeben haben es zu suchen und unsere Ohren vom vielen Horchen taub sind. Dann kann es sein, dass dieser Funke fliegt, plötzlich und ungerufen. Er torkelt vor unserem nachtblinden Auge, als wolle er mit uns spielen, kurz bevor er steil in die Dunkelheit schießt, irgendwohin. Ist er erloschen? fragen wir, noch ganz benommen von einem namenlosen Gefühl. Wann kommt er wieder? fragen wir und starren ins Dunkel, bis der Morgen den Himmel ergrauen lässt."

Während der Alte in der Essecke saß und schrieb, machte ich mich an die Arbeit. Er hatte abgewunken, als ich fragte, ob wir nicht zuerst frühstücken sollten. Manchmal, wenn er eine Idee für eine Lesung hatte, machte er das, er ließ dann alles stehen und liegen und schrieb.

So nahm ich noch vor dem Frühstück den Schlauch in die Hand und begann die Planen des

Vorzelts abzuspritzen. Eine feine Schmutzschicht hatte sich auf die Bodenplane und bis in Wadenhöhe auf die Seitenwände gelegt. Jetzt, wo der Schmutz angetrocknet war, kostete es einige Mühe, bis alles wieder sauber war. Aber ich war fertig bevor die anderen Camper, verkatert wie sie waren, mitbekommen hatten, dass wieder Druck auf der Leitung war. Und das war mein Glück, denn als alle beinahe gleichzeitig ihre Wasserkräne öffneten, ließ eben dieser Druck dergestalt nach, dass an Reinigen mit dem Schlauch nicht zu denken war. Sie füllten langsam Eimerchen um Eimerchen mit dem kostbaren Nass und brauchten sicherlich dreimal so viel Zeit wie ich, um mit den Reinigungsarbeiten fertig zu werden.

Derweil hatte der Alte das neu begonnene Manuskript beiseitegelegt und ließ sich von mir das Frühstück auftischen. An ein Gespräch mit ihm war aber nicht zu denken. Nachdem ich mehrmals versucht hatte, ihn aus der Reserve zu locken, gab ich auf. Ich schob seine Einsilbigkeit auf die gestrige Lesung, die, wie hätte es auch anders sein können, sicherlich eine Enttäuschung gewesen war. Deshalb war ich mehr als überrascht, als er schließlich aufsah und unvermittelt sagte: „Die Leute haben Recht. Man muss die Feste feiern, wie sie fallen."

Ich glaubte, er meine das ironisch, oder wolle sich über die misslungene Veranstaltung hinwegtrösten, deshalb widersprach ich und bezeichnete die Camper als ungebildete und unerzogene Typen, aber er schüttelte energisch den Kopf. Für den Rest des Frühstücks schwieg er wieder und ich zog es vor, ihn nicht weiter mit meinen Kommentaren zu belästigen.

Den ganzen Tag über schrieb er an seinem neuen Manuskript, selbst das Mittagessen bat er, auf den Abend zu verschieben, um, wie er kurz sagte, den Faden nicht zu verlieren. Als ich ihn schließlich vor Neugier platzend fragen konnte, worüber er denn schreibe, antwortete er mit einem seltsam verschwommenen Blick: „Über das Glück. Ich schreibe über das Glück."

In den folgenden Tagen beschränkte ich den Kontakt mit unseren Platznachbarn auf das Nötigste. Hin und wieder wünschte ich einen Guten Tag, wenn jemand an unserem Wohnwagen vorbeikam. Aber zu mehr war ich nicht in der Lage, zu sehr hatte ich mich über das Trinkgelage während der Lesung geärgert. Umso überraschter war ich, als der Platzwart vorbeikam, einen Korb mit allerlei Broten und einer luftgetrockneten Salami unter dem Arm.

„Für unsere neuen Nachbarn, mit dem besten Dank von allen!" Er überreichte mir den Korb und fügte hinzu: „Es hat uns ausgezeichnet gefallen und ich soll fragen, wann er die nächste Lesung machen kann."

Fast hätte ich den Korb fallen lassen, konnte aber im letzten Augenblick mein inneres Gleichgewicht bewahren und, obwohl die Wahrheit sagend, ein triumphierendes Lächeln nicht ausreichend unterdrücken.

„Er schreibt gerade. Er schreibt über das Glück."

„Ausgezeichnet", sagte der Platzwart. „Ein tolles Thema, das interessiert bestimmt alle."

„Es ist noch nicht fertig," sagte ich, „das Manuskript ist noch nicht fertig."

„Es kann auch ein anderes Thema sein. Die Leute interessieren sich eigentlich für alles."

Ich schwieg und genoss einen Moment meine Funktion als Türwächter.

„Er lebt davon," sagte ich schließlich. „Er nimmt ein Honorar für seine Lesungen, ebenfalls werden normalerweise die Fahrkosten erstattet. Er hat die letzte Lesung gemacht, um ihnen allen einen Gefallen zu tun, das kann er nicht immer machen."

Dem Platzwart war die Situation jetzt offensichtlich peinlich.

„Ich verstehe. Auf jeden Fall habe ich die Bitte ausgerichtet", sagte er dann und trollte sich.

Hatte ich gedacht, dass damit die Sache erledigt sei, musste ich bald einsehen, dass dem nicht so war. Schon am nächsten Tag kam der Platzwart freudestrahlend angelaufen und hielt eine Plastiktüte in die Höhe.

„Wir haben gesammelt", sagte er. „Ich hoffe es reicht".

In der Tat waren in der durchsichtigen Tüte etliche Münzen zu sehen und auch einige Scheine höheren Werts. Ich zögerte zuerst, nahm die Tüte aber dann doch entgegen, unter dem Vorbehalt, dass ich den Alten zuerst fragen müsse. Morgen, oder vielleicht schon am Nachmittag, wüsste ich die Antwort. Noch bevor ich den Alten, der im Innern des Wohnwagens weiter an seinem Manuskript schrieb, unterrichtete, zählte ich auf dem Tischchen im Vorzelt das Geld. Es war, wie ich schon beim ersten Blick auf deren Inhalt vermutete, deutlich mehr als er normalerweise für eine Lesung bekam. Da ich in Bezug auf Geldangelegenheiten praktisch dachte, schob ich meine Erinnerungen an die letzte Veranstaltung beiseite und riet dem Alten, die Einladung anzunehmen, allerdings unter einer Bedingung: Striktes Alkoholverbot bis zum letzten Satz des Vortrags.

Hatte ich nun gedacht, dass der Alte sein neues Manuskript vorstellen würde, eine Erwartung, die bald vom ganzen Campingplatz geteilt wurde, wählte er ein Thema, das mit „Glück" nun absolut gar nichts zu tun hatte. „Der Alkohol" stand auf dem Plakat, das er mich anzufertigen bat und unter das ich in roten Schriftzeichen „Während der Lesung ist der Konsum von alkoholischen Getränken nicht gestattet!", gesetzt hatte, was dem Ganzen, das muss ich gestehen, eine unfreiwillige Komik gab.

Irgendwie hatten die Anonymen Alkoholiker von der Lesung erfahren. Wohl gerade durch den unübersehbaren Untertitel motiviert, organisierten sie eine kollektive Teilnahme. Am Tage der Lesung fuhr ein Bus vor, aus dem die Mitglieder dreier Ortsgruppen aus der Region entstiegen. Ich hatte mich blitzschnell auf die Situation eingestellt und darum gebeten, ein geringes Eintrittsgeld zu erheben, das, mit der Zahl der trockenen Alkoholiker multipliziert, ungefähr dreißig an der Zahl, doch eine hübsche Summe ergab.

Durch den starken Andrang wiederum in der Ansicht bekräftigt, dass dem Campingplatz ein kulturelles Beiprogramm gut zu Gesicht stünde, brachte der Platzwart Hein aus Hamburg nachträglich noch schnell aufs Plakat: „Musik: Hein am Schifferklavier". Ja, es gab für diese zweite Lesung tatsächlich eine Bühne. Die stets

77

praktisch denkenden Camper hatten einige Paletten besorgt, sie übereinandergelegt und mit einer Plane bedeckt, so dass Musiker und Vortragender jetzt einen halben Meter über dem Publikum thronten.

Während die Gäste langsam auf Campingstühlen Platz nahmen oder sich auf die über leere Bierkisten gelegten Bretter setzten, ertönte das Schifferklavier, zu dem Hein einige Weisen aus seiner Heimat und Shantys von Walross killenden Seeleute zum Besten gab. Wäre nur dieses Vorprogramm gewesen, hätte man schon von einem vollen Erfolg des Nachmittags sprechen können. Nach jedem Beitrag klatschte das Publikum und bald sangen die Dauercamper aus voller Kehle, offenbar den AA-Leuten imponieren wollend, bis auch diese, zuerst vereinzelt und schüchtern, dann aber zusehends animiert durch die gute Stimmung, in den Gesang einfielen.

Ich hatte mit dem Platzwart vereinbart, dass der Alte erst dann die Bühne betreten würde, wenn die Singerei beendet und die Leute sich beruhigt hätten. In der Tat räumte Hein aus Hamburg nach einem *La Paloma Ohé* und einer angemessenen Zugabe das Feld und die Leute begannen, an Mineralwasserflaschen nuckelnd, auf den Beginn der Lesung zu warten.

Der Alte wollte beim letzten Akkord gleich auf die Bühne, ich hielt ihn aber einige Minuten zurück, um einen deutlichen Abstand zwischen populärer Kleinkunst und dem höheren Niveau, das wir jetzt erklimmen würden, zu markieren. Schließlich hielt es der Alte nicht mehr länger aus. Er machte sich von mir los und öffnete die Tür zum

Saal. Drinnen war es jetzt mucksmäuschenstill. Die Dauercamper hatten die ersten Stuhlreihen besetzt und waren sichtlich bemüht einen seriösen Eindruck zu machen. An eine, wenn auch nur einstufige Treppe hatte niemand gedacht. Mit meiner Hilfe versuchte der Alte die Bühne zu erklimmen, was dann schließlich auch gelang, weil der Platzverwalter von hinten schob, während ich dem Alten von oben die Hand reichte und zog. Als dieser schließlich neben seinem Tischchen stand, blickte er lächelnd in den Saal und erhob grüßend die Hand. Ich wusste, dass er ohne seine Weitsichtbrille so gut wie nichts sah, was mehr als einige Meter entfernt war, aber das Publikum wusste davon nichts, nahm seinen Gruß als sympathische Geste auf und spendete Beifall. Der Alte lächelte weiterhin artig, nahm Platz und setzte seine Lesebrille auf. Ich begleitete jede seiner Bewegungen mit ausgebreiteten Armen, da nicht nur der wacklige Campingstuhl eine Gefahr darstellte, sondern die ganze Bühne bei jeder Bewegung knarrte. Wie immer legte er das mitgebrachte Manuskript vor sich auf den Tisch und strich mit der flachen Hand darüber. Dann begann er, ohne sich weiter um das Publikum zu kümmern und ohne jede weitere formale Anrede, die Lesung.

„Alkohol", sagte er, hielt inne, hustete einige Male und griff nach dem Glas, was einige im Saal veranlasste ihre Mineralwasserflaschen zu öffnen.

„Warum trinken wir Alkohol?"

Ich wusste, dass jetzt der halbe Saal dachte, Alkohol? wir trinken doch Wasser! Aber der Alte ließ sich nicht beirren.

„Wenn der Mensch ein Säugetier wäre, das nicht denkt, bräuchte er keinen Alkohol. Aber warum trinkt ein denkendes Säugetier Alkohol? Genau, sie wissen es schon, der Mensch trinkt, um betrunken zu werden."

„Was passiert, wenn wir den ersten Schluck zu uns nehmen? Gar nichts. Dann nehmen wir noch einen Schluck und, je nach Getränk, passiert wieder nichts. Wenn es aber ein hochprozentiger Schnaps war, oder ein zweites Glas Whiskey vielleicht, hebt sich unsere Stimmung und wir haben vielleicht, auch wenn wir normalerweise schüchtern sind, den Mut, unsere Tischnachbarin um Feuer zu bitten."

„Feuer?"

Das hatte jemand aus dem Saal halblaut gefragt. Es war aber laut genug, um auf der Bühne gehört werden zu können. Der Alte gab rasch die Antwort.

„Ja, Feuer. Dieses Feuer, das man braucht, um eine Zigarette zu entzünden. Es ist nämlich so, dass der durch die Mundhöhle ziehende Rauch, der, nachdem er durch die Bronchien eindringend sich in den Lungenflügeln ausgebreitet hat, um dann, in geringerem Volumen, da teilweise von den Lungenbläschen absorbiert, durch die Nasenlöcher zu entweichen, dem Genuss des Alkohols keineswegs abträglich ist, sondern, wie vielfach bestätigt, seine stimulierende Wirkung potenziert."

Im Saal begann jemand mit den Füssen zu scharren. Es war wohl derjenige, der jetzt rief:

„Darf man rauchen?"

„Nein!" war die prompte Antwort des Platzwarts, der dem Zwischenrufer einen ärgerlichen Blick zuwarf. Der Alte sah vom Manuskript auf und blickte zu mir hinüber. Das tat er immer, wenn er den Faden verloren hatte und ein Stichwort suchte, um es in seinem Manuskript wiederzufinden oder auch um seine Ausführungen in freier Rede fortzusetzen.

„Alkohol", flüsterte ich ihm zu.

„Alkohol? Was hat das alles mit Alkohol zu tun?" fuhr er fort. Und, während er in seinem Manuskript die Stelle suchte, wo er unterbrochen worden war, gab er selbst die Antwort.

„Eigentlich gar nichts. Aber wo Rauch ist, da ist auch Feuer, sagt man, und dieses Feuer brennt in uns und lässt uns nach einem dritten Glas greifen, um es zu löschen. Aber ist Alkohol dazu geeignet? Kann man mit Alkohol ein Feuer löschen? Aber nein! Ganz und gar nicht. Es ist so, als ob wir Benzin in die Flammen schütteten. Und so brennt unsere Seele bald lichterloh und nur ein weiterer Schnaps verspricht, diese Flammen auf ein erträgliches Maß zu reduzieren. Diesen trinken wir natürlich und vielleicht auch noch einen, denn von überall her hören wir Prost! Prost! Und selbst die Dame, die unsere Zigarette angezündet hat, scheint uns anzulächeln. Doch stattdessen ist sie in Wahrheit ein Stück von uns abgerückt, wohl auch um unseren Atem nicht mehr in ihrem Gesicht zu spüren, der nun das geworden ist, was das Feuer in uns übriggelassen hat, eine Alkoholfahne."

Im Saal hatte sich eine Stille breitgemacht, die mehr war als einfach nur die Abwesenheit von Geräuschen. Es war, als hätte sich das schlechte Gewissen der aktiven und ehemaligen Alkoholiker hörbar gemacht. Ja, das war es, es war eine betretene Stille.

„Aber warum trinken wir? Ich sagte, wenn der Mensch ein Säugetier wäre, das nicht denkt, würde er nicht trinken. Es scheint also einen Zusammenhang zwischen Denken und Trinken zu geben. Dieser ist nun so banal, dass ich ihn nicht erwähnen würde, wenn nicht gerade er, dieser einfache Zusammenhang, nur allzu leicht vergessen würde. Das Denken ist umgekehrt proportional zum Alkoholkonsum."

Selbst ich, der auf die oft überraschenden Gedankenschritte des Alten vorbereitet war, hing für einen Moment in der Luft. Aber der Alte, an Zuhörer ohne besondere geistige Fähigkeiten gewöhnt, brachte die Sache gleich auf eine eingänglichere Formel.

„Je mehr wir trinken, desto weniger denken wir."

Er machte eine Pause und tat so, als ob er die Gesichter vor ihm eines nach dem anderen in Augenschein nehmen würde. Ich wusste, dass ihm dieses mit der Lesebrille auf der Nase, unmöglich war, aber der ein oder andere aus der ersten Reihe sah sich genötigt, seine Zustimmung mit einem Kopfnicken auszudrücken oder wenigstens nachdenklich den Mund zu verziehen oder die Brauen zu heben.

„Das Denken, so sagt man im Allgemeinen, ist eine der nobelsten menschlichen Fähigkeiten, nicht wahr? Gerade diese wird aber durch den Alkohol zuerst beeinträchtigt, dann völlig ausgeschaltet und schließlich, wer kennt diesen Zustand nicht, in ihr Gegenteil verkehrt. Unsere Zunge lallt wirres Zeug, das wir unseren Freunden zumuten, die nur deshalb nicht das Weite suchen, weil sie mit uns getrunken haben und nun mit ebensolchen einer jeglichen Logik entbehrenden Sätzen antworten. Was sage ich? Sätze? Es ist die Auflösung jeglicher Syntax, die den beklagenswerten Zustand unseres Gehirns genauestens widerspiegelt, das nur noch in der Lage ist schwache Signale, um sich selbst kreisender Bruchstücke eines sich in den letzten Zuckungen befindlichen Geistes, an unsere Zunge zu senden."

„Und wir trinken trotzdem!" rief der Alte aus, wobei er beide Arme, so als ob er einer Empörung Ausdruck geben wollte, in die Luft reckte.

„Und es gibt nur eine einzige Erklärung dafür. Wir trinken, weil wir nicht denken wollen! Wir trinken, weil wir das animalische, sprachlose Herumtorkeln dem aufrechten Gang der Zivilisation vorziehen. Reißt der Alkohol nicht alle Hemmungen nieder, die diese errichtet hat, um uns gegen das Tier in uns zu schützen, um uns über unsere bloßen Instinkte zu erheben? Nichts ist dem Betrunkenen peinlich, nichts bremst seine tollsten Wünsche. So greift er dahin, wohin er nicht greifen sollte und sagt, was ihm in nüchternem Zustand die Schamröte ins Gesicht treiben würde. Dabei ist die Scham, die schon Adam und Eva empfanden als sie erkannten, dass sie nackt waren, überhaupt der erste Schritt zu gedeihlichem Zusammenleben. Aber die Scham schränkt uns ein, verbietet uns dieses und jenes, sie macht, dass wir uns unbehaglich fühlen, wenn der Blick der anderen uns trifft. Wir trinken, um zu vergessen! Und dazu braucht es nicht irgendein traumatisches Erlebnis! Wir wollen vergessen, was wir fühlten, als wir zu Bewusstsein kamen und uns das erste Mal in der

Geschichte der Menschheit schämten. Wir trinken, um in den paradiesischen Zustand zurückzugelangen, wo kein Bewusstsein dieses Glück trübte."

Der Alte verstummte. Langsam strich er die Seiten seines Manuskripts glatt, eine Geste, mit der er seine Lesungen einleitete, aber, ich wusste es, auch beendete. Die Leute warteten noch eine Weile, dann gab der Platzwart das Signal und die Camper begannen zu klatschen, zunächst verhalten, dann, als klar war, dass die Lesung tatsächlich beendet war, immer stärker. Die Anonymen Alkoholiker erhoben sich sogar von ihren Plätzen. Der Hein aus Hamburg quetschte einen langanhaltenden Ton aus seinem Akkordeon, der wohl Zustimmung ausdrücken sollte und gleichzeitig zum geselligen Teil des Abends überleitete. Die AA-Leute gingen artig zu ihrem Bus und bald kreisten die unvermeidlichen Schnapsflaschen unter den zurückgebliebenen Dauercampern.

Es war offensichtlich, dass die Vorträge des Alten den Leuten gefielen. Ihm selbst war es egal, wo er las. Warum nicht auch auf einem Campingplatz? Las er nicht auch in Shopping-Centern und Kinosälen, Kirchen und sogar in Friedhofskapellen, wo er nicht nur tröstende Worte fand, sondern an diesem traurigen Ort Gedanken formulierte, die so manchem der Sterblichen die Tränen in die Augen trieben?

So war es auch drei Tage später. Ein junger Mann, der sich mit seinem Motorrad in einem Kabel verheddert hatte, das mitsamt eines bei der Überschwemmung umgestürzten Mastes quer über die Fahrbahn hing, war schwer gestürzt. Es half nichts, im Nachhinein darauf hinzuweisen, dass die Straße vorschriftsmäßig abgesperrt war, der Mann war tot. Die völlig verstörten Angehörigen riefen nach geistigem Beistand. Wohlgemerkt, sie wollten geistigen Beistand, wie mir der Platzwart, der die Familie kannte, mitteilte, nicht etwa geistlichen, denn sie seien überzeugte Atheisten und ihr Sohn nicht getauft, weshalb ein christliches Begräbnis nicht in Frage käme. Aber ein paar Worte zum Abschied sollten es wohl sein, denn man könne ihn ja nicht einfach begraben, ohne irgendetwas dazu zu sagen.

Nach kurzer Rücksprache mit dem Alten, übermittelte ich dessen Vorschlag an die Angehörigen: Er wolle über das Wesentliche reden, ein Thema, das dem Anlass und den Umständen sicherlich angemessen sei. Ich ergänzte, dass die Lesung überdies nicht zu lang würde und in seiner zeitlichen Ausdehnung dem angebotenen Honorar ziemlich genau entspräche. Wenn schwarze Kleidung gewünscht werde, müsse deren Entleihung extra berechnet werden, da wir über eine solche nicht verfügten. Unabdingbar sei auf alle Fälle ein Stuhl und ein Tischchen, um ein so wichtiges Thema nicht im Stehen abhandeln zu müssen. Und man solle doch bitte dafür Sorge tragen, dass der Alte am Eingangstor des Campingplatzes abgeholt würde.

So kam es, dass wir drei Tage später, ohne uns selbst um eine Fahrgelegenheit bemühen zu müssen, in der Kapelle des nahegelegenen Friedhofs eintrafen, wo die trauernde Familie, nebst einiger Gestalten in Lederjacken und Motoradhelmen unter dem Arm, vor dem geschlossenen Sarg wartete. Irgendwo schluchzte jemand, was der Mann am Harmonium als Startzeichen wertete und zu spielen begann. Wer bis dahin noch einigermaßen gefasst war, kämpfte nun mit den Tränen, und auch ich hatte Mühe, mich, von der schaurigen Musik verleitet, nicht zu einem ihr gemäßem Gefühl hinreißen zu lassen. Der Alte hatte sich noch während des Spiels gesetzt, strich über seine Seiten und begann, als das Harmonium endlich verstummte, zu lesen.

„Was ist das Wesentliche? Allein die Tatsache, dass wir diese Frage stellen, zeigt, dass wir es nicht wissen. Aber vielleicht kommen wir weiter, wenn wir uns dieses Wort genauer ansehen. Im Wesentlichen steckt das Wesen. Aber was ist das Wesen? Es scheint in der Gegend herumzuspuken, ohne dass wir es fassen können. Es steckt in „gewesen", in „anwesend", „abwesend" und scheint Schabernack mit uns zu spielen. Dann gibt es das „Gesundheitswesen", das „Hochschulwesen" und andere dieser Bezeichnungen, die wohl alles zusammenfassen wollen, was um die Gesundheit und die Hochschulen herumwabert. So ist es auch mit dem „Finanzwesen", dem „Bildungswesen" und so fort. Alles nur ungefähre und ungenaue Definitionen eines Wirrwarrs von Institutionen und allem Möglichen, was damit zu tun hat.

Was wollten wir wissen? Wir wollten wissen, was das Wesentliche ist. Aber die Spur des Wesentlichen verfolgend scheint uns dieses selbst von einer Antwort auf unsere Frage entfernt zu haben. Das Wesen selbst hat uns von dem entfernt, was es eigentlich bedeutet. Es ist schon ein merkwürdiges Wort. Aber lassen wir nicht locker! Halten wir uns die menschlichen Gebilde vom

Leibe, die aus dem Wesen ein bloßes Anhängsel ihrer Institutionen gemacht haben. Trennen wir die Spreu vom Weizen und das Fleisch von den Knochen! Lassen wir getrost vergehen, was schwächlich, zufällig und vergänglich ist. Und siehe da! Das Wesen selbst baut uns eine Brücke zu einer erstmaligen Sicht auf uns und unseren Körper, indem es uns ein von uns gering geschätztes Wort zuflüstert: die Verwesung."

Der Mutter des so tragisch ums Leben gekommen entfuhr ein Schluchzen, das an das Quietschen von Bremsen erinnerte, doch der Alte fuhr unbeirrt fort.

„Aber sind unsere von Maden abgenagten Knochen wesentlich? Das kann es doch nicht sein! Nein, denn, wie das Verdichten, etwas dichter macht als es schon ist und die Vergrößerung das Kleine grösser macht als in Wirklichkeit, so macht uns die Verwesung wesentlicher. Aber was ist das Wesentliche? fragen wir erneut und stehen ratlos vor diesem Haufen Knochen."

Wieder schluchzte die Frau, was dieses Mal den Alten veranlasste kurz aufzusehen, um in ihre Richtung, so als ob er sie trösten wollte, in versöhnlichem Tonfall zu sagen:

„Es ist nicht unser Leib, es sind nicht die sterblichen Überreste. Das Wesen, dieses merkwürdige Wort, sagt uns nur, was es nicht ist. Nur wenn wir dies verstanden haben, wenn wir wissen, was das Unwesentliche ist, kommen wir dem Wesentlichen näher."

Der Alte nahm seine Lesebrille ab. Ich gab dem Mann am Harmonium ein Zeichen, worauf er dasselbe Stück, das er eingangs gespielt hatte, wiederholte. Die Motorradfahrer zogen am Sarg vorbei und wohl, weil der erste es so getan hatte, schlug einer nach dem anderen mit seinem Helm an den Sarg.

Auf dem Rückweg saß der Alte nachdenklich neben mir auf dem Rücksitz.

„Ob sie mich verstanden haben?" fragte er.

„Ich weiß es nicht", sagte ich.

„Atheisten sollten nicht sterben", meinte er. „Es ist immer dasselbe. Am Tag der Beerdigung wissen sie nie, was sie machen sollen. Manche spielen, auf Wunsch des Verstorbenen, wie sie sagen, irgendeinen Schlager aus dessen Jugendzeit, andere bitten darum von Kranzspenden Abstand zu nehmen und stattdessen auf irgendein Konto von anderen Atheisten, die irgendwo auf der Welt Gutes tun, Geld zu überweisen, oder sie lassen sich verbrennen und zwingen ihre seekranken Hinterbliebenen dazu, ihre Asche ins Meer zu werfen." Der Alte seufzte.

„Warum lassen sie nicht einfach alles beim Alten? Totenanzeige in der Heimatzeitung, Trauerzug mit Pfarrer, Messdiener und Kreuzträger vorweg bis zum Grab, ein paar Gebete, die alle kennen, ein Segen, ein paar Schaufeln mit Sand und ein gemurmeltes Beileid mit Händedruck. Warum machen sie das nicht mehr? Warum müssen sie immer alles ändern?"

Und er fügte mit Nachdruck hinzu: „Ich will auf jeden Fall eine ganz normale katholische Beerdigung!"

„Glauben Sie denn an Gott?" rutschte es mir heraus, denn nach allem, was ich vom Alten bisher gehört hatte, konnte ich ihn mir als gläubigen Katholiken ganz und gar nicht vorstellen.

Er senkte seinen Kopf, rührte in seinem Kaffee und wiederholte den Satz, den ich schon mehrmals von ihm gehört hatte.

„Es ist Gott doch egal, ob ich an ihn glaube oder nicht."

Er sah mich an. „Leider!" fügte er hinzu und trank seinen Kaffee, ohne ein weiteres Wort an mich zu richten. Ich selbst hatte angesichts seiner Verfassung, die nur als Niedergeschlagenheit bezeichnet werden konnte, nicht den Mut, eine weitere Frage zu stellen.

Nachts hatte der Alte, anders als sonst, sehr unruhig geschlafen. Er drehte sich beständig hin und her, so dass ich mehrere Male erwachte bis ich es dann, als der Morgen schon graute, vorzog, lieber aufzustehen.

Das Erste, was er sagte, als er noch auf der Bettkante saß, während ich schon den Frühstückstisch deckte, war, dass er heute sein Testament machen wolle. Ungekämmt und im Pyjama, dazu sein mitleidserregender Gesichtsausdruck, sah er so komisch aus, dass ich lachen musste.

„Lach nur, mir ist es ernst", sagte er.

„Ich weiß", sagte ich, „aber vorher frühstücken wir."

Schon während er an seinem belegten Brötchen knabberte, begann er sich Notizen zu machen. Da ich ihm gegenübersaß, sah ich nicht gleich, was er da alles notierte, war aber doch verwundert über die Anzahl der Stichworte, die er, jeweils mit einer Nummer versehen, untereinanderschrieb.

„Ich wusste gar nicht, dass wir so reich sind!" scherzte ich.

„Ach was, das sind nur meine Manuskripte", brummte er, und bat um ein neues Blatt Papier. Irgendwann verließ ihn sein Gedächtnis, so dass ich ihm die Titel der Manuskripte, die ich eines nach dem anderen aus dem Koffer nahm, vorlesen musste. Diejenigen, die noch fehlten, nahm er in seine Liste auf, ansonsten hakte er die Titel nur ab. Es waren weit über hundert.

„Ausserdem besitze ich noch den Wohnwagen."

„Mit Vorzelt und Zubehör", ergänzte ich. Er notierte auch das und machte sich an die Reinschrift.

„Ich habe dich als meinen Alleinerben eingesetzt."

Tatsächlich hatte er die Titel seiner Manuskripte fein säuberlich abgeschrieben und dann darunter in einem gesonderten Absatz einen einachsigen, gebrauchten Wohnwagen nebst Vorzelt und Utensilien erwähnt. Ich fand das ganze so absurd, dass ich nicht wusste, ob ich lachen oder den Kopf schütteln sollte.

„So, mein Junge", sagte er, als er endlich damit fertig war, „das ist für dich." Er steckte die zwei vorne und hinten beschriebenen Blätter in einen Umschlag, klebte ihn zu und reichte ihn mir.

„Danke," sagte ich, und schob ihn rasch zwischen die Manuskripte in den Koffer. Nach Lachen war mir jetzt gar nicht mehr zumute. Diese ganze Idee mit dem Testament berührte mich wohl auch deshalb unangenehm, weil sie nur deshalb Sinn machte, wenn man an den Tod des Alten dachte. Und dagegen sträubte sich in mir alles.

Warum er so wenig Adjektive benutze, fragte nach der nächsten Lesung ein Zuhörer, der sich gleich eingangs als promovierter Germanist vorstellte. Der Alte blickte den Frager verdutzt an.

„Wirklich?" antwortete er. „Das ist mir noch gar nicht aufgefallen."

„Ja", sagte der Germanist. „Ich habe mitgezählt. Ungefähr neunzig Prozent aller von ihnen verwendeten Substantive haben kein Adjektiv."

Der Alte nahm sein Manuskript, das er schon geschlossen hatte und blätterte darin herum.

„Sie dürften Recht haben", antwortete er schließlich. „Ich habe auch wenige Adjektive entdecken können. Und warum?"

„Das frage ich Sie", sagte der Germanist.

Wieder nahm der Alte sein Manuskript und mochte wohl zwei, drei Minuten darin gelesen haben. Die Zuhörer im Saal warteten geduldig und der Germanist konnte, je länger der Alte eine Antwort schuldig blieb, nur mit Mühe einen Gesichtsausdruck unterdrücken, den ich nur als triumphierend bezeichnen konnte. Schließlich sah der Alte auf.

„Wird der Stein steiniger, wenn ich ihn grau, schwer oder scharfkantig nenne? Wird die Sonne sonniger, wenn ich sie heiß, glühend oder unbarmherzig nenne? Und vor allem: wird der Tod toter, wenn ich ihn als schrecklich, unvorher-sehbar oder endgültig bezeichne? Den Stein begreift man nicht, indem man ihn mit Worten umstellt. Man muss ihn in die Hand nehmen, nach ihm greifen, ihn fassen, denn nur so kann man ihn begreifen und in seiner Schwere, Dichte und

Einzigartigkeit erfassen. Der Begriff des Steins entsteht in unserer Hand und nicht auf unserer Zunge, obwohl manches zuerst geschmeckt werden muss, bevor wir wissen, was es ist. Der Geschmack erzeugt erst dann ein Adjektiv, nachdem man sich die Speise auf der Zunge hat zergehen lassen. Viel später reden wir dann von gutem oder schlechtem Geschmack, das Schmecken kommt immer vorher. Und darum ging es mir heute in meiner Lesung, um das, was vorher kommt, um das Elementare, um das noch nicht von Wörtern umstellte."

Der Alte machte eine Pause und sah den Germanisten, dem die Farbe aus dem Gesicht gewichen war, offenherzig an. Dann, als er merkte in welcher Verfassung der vorher in so kühnem Schwung Dahergekommene war, fügte er hinzu:

„Ich habe nichts gegen Adjektive, wirklich nicht. Aber wir sollten achtsam mit ihnen umgehen und die Dinge, um die es geht, nicht mit ihnen überladen. Wahrscheinlich benutze ich sie deshalb sehr sparsam. Habe ich ihre Frage damit beantwortet?" Der Germanist nickte.

Später, als wir wieder im Wohnwagen saßen, sagte der Alte. „Ich kannte den Mann." Wieder, so als ob er überlegen müsse, was er auf eine schwierige Frage antworten solle, blickte er vor sich hin und rührte in seinem Kaffee, den ich gewohnheitsgemäß so zubereitet hatte, wie er ihn mochte. Ein Löffelchen Kaffeepulver, ein Schuss Milch und, je nach Größe der Tasse, ein oder zwei Stückchen Zucker.

„Ich kannte ihn", sagte er wieder. „Damals war er noch sehr jung und hatte einen Bart."

Er lachte, wohl weil ihn die Kombination zwischen Jugend und Bart dazu reizte.

„Aber die Stimme ist noch die gleiche. Passt auch besser zu dem glattrasierten Gesicht."

„Und woher kannten Sie ihn?" Es war das erste Mal, dass der Alte irgendetwas aus seinem vorherigen Leben erwähnte und ich brannte darauf, mehr darüber zu erfahren.

„Sie haben darüber abgestimmt, ob ich noch weitere Seminare abhalten dürfe. Vorher hatten sie schon zwei Mal meinen Unterrichtsplan abgelehnt. Das war damals so, der Fachbereich musste die Unterrichtspläne aller Professoren bewilligen. Der Mann von gestern war damals einer der Studentenvertreter."

„Sie waren also Professor!"

„Ja, das kann man so nennen. Aber es ist nicht lange gut gegangen. Will sagen, nach sechs Jahren haben sie meinen Lehrauftrag beendet." Der Alte nahm einen Schluck aus der Tasse und lächelte.

„Es war wohl für alle Beteiligten besser so." Obwohl ich noch ein paar Mal nachsetzte, war der Alte nicht dazu zu bewegen, mehr aus dieser Zeit zu erzählen.

„Lass es gut sein, mein Junge", sagte er. „Das interessiert heute sowieso niemanden mehr."

„Mich schon", sagte ich, aber er sagte kein Wort mehr und rührte stattdessen wieder in seinem Kaffee, obwohl der Zucker sich schon längst aufgelöst hatte. Doch die Vergangenheit, die der Alte sich mit seinem hartnäckigen Schweigen vom Leibe zu halten versuchte, bestand darauf sich in unser Leben zu drängen. Das heißt konkret, der Mann, den er von Früher kannte, erschien ebenfalls während der folgenden Lesungen, die der Alte wohl eher aus Bequemlichkeit, denn Einladungen bekam er nach wie aus der näheren und weiterer Umgebung, im Saal des Campingplatzes abhielt. Jedes Mal fiel er mir wegen seiner spitzfindigen Fragen unangenehm auf. Eigentlich konnte man seine Kommentare gar nicht als Fragen bezeichnen, denn, obwohl in Frageform vorgetragen, transportierten sie Anspielungen, Kritiken und einen doppelbödigen Sinn, den der Alte in seinen Antworten geschickt umging.

Unsere Stammhörerschaft, die immer noch aus den Dauercampern und einigen selbst aus größerer Entfernung Angereisten bestand, mochte den Deutschlehrer, wie sie ihn bald nannten, überhaupt nicht. Manchmal, wenn dieser sich wieder mit artigem Handzeichen meldete, ging sogar ein unterdrücktes Stöhnen durch das Publikum, was diesen aber in seinem Vorhaben, den Alten eines Irrtums zu überführen oder, was ich für wahrscheinlicher hielt, ihn schlicht aus der Fassung zu bringen, nicht beirrte. Auf mein Drängen hin, kam der Alte Tage später, wir saßen wieder einmal im Wohnwagen und tranken unseren Kaffee, auf das Thema zurück.

„Wir haben uns nie richtig verstanden. Ich und meine Kollegen. Das meine ich wörtlich. Sie haben nicht verstanden, was ich sagte und ich habe nie richtig verstanden, was sie eigentlich von mir wollten. Das begann schon bei der Definition des Lehrgegenstands. Sie wollten eine enge, abgezirkelte Beschreibung des Inhalts, während für mich eine Definition genau das Gegenteil ist. Denn kommt der Stamm des Wortes „fin" nicht aus dem Lateinischen und heißt das Ende? Hat die Vorsilbe „de" nicht die Funktion einer Negation, wie das deutsche „ent"? Enttäuschen, zum Beispiel, ist das nicht das Gegenteil von täuschen? Steckt nicht in dieser Negation sogar etwas Positives, da uns die Enttäuschung von Illusionen befreit und zu Verstande bringt?"

Ich muss zugeben, dass ich nicht gleich begriff, worauf er hinauswollte.

„Ganz einfach", sagte er. „Definieren heißt für mich entgrenzen, eine Definition ist folgerichtig eine Entgrenzung und nicht eine Eingrenzung. Deshalb habe ich meine Themen nach allen Seiten hin geöffnet. Aber das wollten sie nicht."

Ich dachte an andere Worte, die mit dieser rätselhaften Vorsilbe „ent" begannen. Entkernen fiel mir ein und da traf genau das zu, was er gesagt hatte. Beim Entkernen wird der Kern entfernt. Aber jetzt blieb ich an diesem Wort „entfernt" hängen. Der Kern wird entfernt. Dadurch müsste er uns ja näherkommen, denn das Gegenteil von fern ist nah. Ich berichtete dem Alten von meiner verwirrenden Entdeckung.

„Genau", sagte dieser. „Die Entfernung bringt uns die Dinge näher."

„Aber ist das nicht ein Widerspruch zu dem, was Sie vorher gesagt haben?"

„Nur scheinbar", sagte er. „Deine Entdeckung hat die Decke von einem wunderbaren Paradox gezogen und uns ein Rätsel hinterlassen. Entfernung ist Annäherung. Entfernung bringt uns durch die Verminderung der Ferne die Dinge näher."

„Und der Kern?" stotterte ich.

„Der Kern ist das Wesentliche, wenn wir durch die Entkernung einer Frucht auf ihn stoßen, werfen wir ihn weg und behalten nur seine fruchtige Umhüllung."

„Und das ist ein Problem?" versuchte ich zu schlussfolgern.

„Nein", sagte er. „Nur weil wir und alle Pflanzenfresser die Kerne wegwerfen, verbreiten sich die Pflanzen und tragen an anderen Orten erneut Frucht."

Von diesem Nachmittag an sah ich überall Wörter, die mit der Vorsilbe „ent" begannen. Die meisten drückten tatsächlich das Gegenteil des Wortes aus, das dieser unscheinbaren Silbe folgte. Entmannen: da wird ein Mann der vollen Funktion seiner Geschlechtsteile beraubt, er wird in gewissem Sinne also zum Gegenteil eines Mannes. Entjungfern, da wird eine Jungfrau zur Frau, in einem Akt, der dem Entmannen in seiner intimen Gewalt ähnelt, jedoch den Weg zur Fruchtbarkeit und Schwangerschaft öffnet, was man vom Entmannen nun gerade nicht sagen kann. Ich ließ diese merkwürdigen Worte durch meinen Kopf ziehen und verstrickte mich immer mehr in ein Knäuel von Widersprüchen. Entrollen, entrosten, entschädigen, ja, das waren einfache Fälle. Aber wie stand es mit entscheiden, entstehen und entspringen? Oder gar mit der Entfremdung? Ich berichtete dem Alten von diesen Wörtern und meinen unbeholfenen Versuchen, ihrem verborgenen Sinn auf die Schliche zu kommen.

„Mach nur weiter so", sagte er, ohne ins Detail zu gehen. „Die Worte selbst werden dir zeigen, was in ihnen steckt."

Dem war nun aber nicht so. Kein Wort zeigte mir die Richtung. Im Gegenteil, einige wurden zu regelrechten Ohrwürmern, die mich vor dem Einschlafen heimsuchten und sich in Spiralen um meinen armen Verstand wanden.

„Ohrwürmer?" fragte der Alte, als ich ihm davon erzählte. „Du hast Ohrwürmer?"

Entsetzt nahm ich davon Abstand weiter über dieses Thema mit ihm zu sprechen. Nur allein die Vorstellung einen Wurm im Ohr zu haben, brachte mich ins Schwitzen. Und ja, der Alte hatte es verstanden mich mit diesen nicht enden wollenden Wortspielereien von meiner Frage abzubringen. Ich selbst wusste schon gar nicht mehr genau, was ich eigentlich von ihm wissen wollte. Als es mir dann einfiel, saß ich wieder einmal im Saal, wo der Alte gerade einen Vortrag hielt.

„Wo waren wir vorher?" Der Alte sah ins Publikum, bemerkte die verdutzten Gesichter und setzte hinzu: „Vorher, bevor wir auf die Welt kamen?"

"Im Bauch der Mutter!" rief ein besonders Vorlauter, der auch ansonsten immer auf ein Späßchen aus war und mir schon mehrmals durch seinen geistlosen Humor aufgefallen war. Einige lachten. Doch der Alte, der offenbar mit diesem Einwurf gerechnet hatte, ließ sich nicht aus dem Konzept bringen.

„In der Tat hatten wir vor der Geburt ein schwankendes, aber behütetes Leben im Bauch unserer Mutter, neun Monate Vorbereitung auf unsere Entlassung in eine Welt, die wir gleich richtig einschätzten und mit einem Schrei begrüßten. Vielleicht dehnt der eine oder andere seine Erinnerung noch bis zum Zeitpunkt der Empfängnis aus. Aber das können nur wenige, denn die Vorstellung, wie genau der herausgeschleuderte Samen unseres Vaters auf das ihm entgegeneilende Ei unserer Mutter traf, vermeiden wir tunlichst."

Im Saal war es jetzt mucksmäuschenstill. Der Spaßmacher, der allein in einem Wohnwagen hinter den Duschen wohnte, blickte verlegen auf seine Fingernägel.

„Und das ist ein Fehler! Ich meine, dass wir uns nicht fragen, wo wir vor alledem waren. Vor der Geburt, vor der Schwangerschaft und vor der Empfängnis. Wo war diese Person, die in jedem von uns sagt, ich bin da? Wir sträuben uns zu akzeptieren, dass dieses Ich mit unserem Tod verschwindet. Viele glauben, dass ein durchsichtiges, körperloses Ich weiterlebt. Seele nennen sie es und stellen sich vor, was alles mit ihr passiert. Ein Verhör vor dem Jüngsten Gericht, mit anschließender hoffentlich nicht zu langer Strafe im Fegefeuer, oder ein Weiterwandern mit Wiedergeburt in einem anderen irdischen Wesen, je nach Erleuchtungsgrad in einer Ameise, einem unbedarften Tagelöhner oder gar in einem Buddha."

Der Alte machte eine Pause und suchte Hilfe in seinem Manuskript.

„Ja, immer mehr denken natürlich, dass nach dem Tod nichts komme. Sie lassen sich verbrennen und die Asche ins Meer werfen, was ja noch heißen könnte, dass sie daran glauben als Schwebeteilchen ewig um den Globus zu schwappen."

Das Schwebeteilchen hatte ihn offenbar aus dem Konzept gebracht. Er blickte noch einmal in sein Manuskript und sah mich dann kurz an.

„Vorher", flüsterte ich ihm zu, „wo waren wir vorher?"

„Genau", sagte er erleichtert, „was nach dem Tod mit uns geschieht ist gar nichts im Vergleich zu dem, wo wir vorher waren. Aber wir fragen nicht einmal danach, wahrscheinlich weil wir spüren, dass wir diesem Thema nicht gewachsen sind. Ich aber frage Euch trotzdem: wo waren wir vorher?"

Es mochte an der nun äußerst ungewöhnlichen Fragestellung gelegen haben, dass sich niemand auch nur in Ansätzen vorstellen konnte, wo wir vor unserer Geburt waren. Der Alte hatte die Frage nach dem ewigen Leben, die selbst von gläubigen Christen heute nur noch verschämt gestellt und umso kleinlauter beantwortet wird, einfach auf den Kopf gestellt. Wo waren wir, bevor wir geboren wurden? Je eindringlicher ich mir diese Frage stellte, desto merkwürdiger fand ich, dass ich sie mir nicht schon vorher gestellt hatte. Es schien mir, als ob nicht nur das Weltall, sondern ebenfalls unser individuelles Leben mit einem rätselhaften Urknall begann, der auf nichts begründet war. Doch was war vor diesem Knall? Eine ewige Leere und Stille, die vom Alten so oft schon erwähnt worden war? Kann das Nichts knallen?

Dank unseres festen Wohnsitzes auf dem Campingplatz war es möglich geworden, dass ich ein Gymnasium in der nächstgelegenen Kleinstadt besuchen konnte. Unter dem Eindruck der Vorträge des Alten, ergänzt durch lange abendliche Gespräche in unserem Wohnwagen, begann ich mir Fragen zu stellen, die mir, wenn ich sie so unverblümt in unserem gymnasialen Unterricht, sei es der Physik oder der Philosophie, vortrug, schon das ein oder andere Kopfschütteln seitens der Lehrer eingebracht hatte. Zuletzt sogar eine mündliche Ermahnung seitens unseres Klassenlehrers, der sich in einem persönlichen Pausengespräch danach erkundigte, ob ich eventuell Drogen nähme oder sonst ein Problem habe. Wenn ich Drogen genommen hätte, wäre er wahrscheinlich beruhigt gewesen, da die Quelle meiner merkwürdigen Fragen lokalisiert und therapeutisch hätten auskuriert werden können. So aber stand ich bis zum Abitur unter dem Verdacht, ein Querulant und Provokateur zu sein, was sich in meinem von Halbjahr zu Halbjahr absinkenden Notendurchschnitt schmerzhaft bemerkbar machte.

Der Deutschlehrer war schon zu den letzten beiden Lesungen nicht erschienen und ich begann mir schon Hoffnung zu machen, dass er auch heute nicht kommen würde. Doch kaum hatte ich dieses gedacht, erschien er in der Tür, warf sein Eintrittsgeld für Auswärtige in die dafür bereit gestellte Blechdose und setzte sich auf den letzten freien Stuhl.

Die Dauercamper hatten gewünscht, dass der Alte, außer die von ihm frei gewählten Themen, auch große Denker, wie sie es nannten, vorstelle. Er machte keinen Hehl daraus, dass er den Vorschlag für nicht gerade glücklich hielt, denn was sei, so seine Frage, ein großer Denker? Der Platzwart, Bruno und der Hein aus Hamburg gaben aber nicht auf. Sie bildeten eine Arbeitsgruppe, die mehrere Male zusammenkam und überreichten dem Alten schließlich eine Liste mit Namen. Eine Liste großer Denker. Das wäre gut für die Allgemeinbildung, meinte der Platzwart, denn auf dem Campingplatz würde man ja, vor allem, wenn man dort seinen festen Wohnsitz hätte, auf Dauer verblöden. Der Alte nahm die Liste entgegen, es mochten wohl an die dreißig Namen darauf gestanden haben, überflog sie kurz und fragte:

„Darf ich mir den einen oder anderen aussuchen?"

Das dürfe er, denn sie würden ja nur die Namen kennen und die Denker nach Größe zu sortieren und dann mit dem Größten anzufangen, das würden sie selbstverständlich ihm überlassen.

Ob er auch Namen, die nicht auf der Liste stünden, hinzufügen dürfe?

„Ja, selbstverständlich!" antworteten die drei wie aus einem Munde.

So kam es, dass der Alte beim nächsten Mal über Hinz und Kunz sprach, oder besser gesagt, sprechen wollte, denn, wie gesagt, der Deutschlehrer war wieder erschienen und es kam ganz anders.

Zunächst lief alles glatt. Die anwesenden Dauercamper zückten ihre neu angeschafften Schulhefte, um sich Notizen zu machen, während der Platzwart noch dabei war ein Plakat mit der Liste der großen Denker auf ein Holzbrett an der Stirnseite des Saales zu befestigen. Als der Alte ankündigte, dass er heute über Hinz und Kunz reden wolle, fügte der Platzwart deren Namen oben auf der Liste, wo noch Platz war, mit grünem Filzstift hinzu. Mir wurde es siedeheiß. Der Deutschlehrer war auf die vordere Stuhlkante

101

gerutscht und würde sicher gleich einen seiner spitzfindigen Angriffe starten, denn es wusste doch jedes kleine Kind, dass Hinz und Kunz keine großen Denker waren. Nur die Dauercamper wussten dieses offenbar nicht, oder war mir etwas entgangen? Etwa ein Abkommen zwischen ihnen und dem Alten ohne mein Wissen? Der Alte erklärte einleitend, dass es heute nicht um seine eigenen Ideen ginge, sondern, auf allgemeinen Wunsch hin, um eine Art Einführung in die Geistesgeschichte am Beispiel ausgesuchter Denker.

„Und Denkerinnen!" rief der Deutschlehrer, der Anstalten machte, sich von seinem Stuhl zu erheben.

„Ruhe!" riefen gleichzeitig zwei oder drei der Dauercamper.

„Die Geschichte des Geistes", so begann der Alte, ohne den Störenfried zu beachten, „ist eine lange, aber sicherlich keine von Mann oder Frau. Der Geist hat kein Geschlecht, wie auch, ist er doch körperlos und weht, wo er will. Und manchmal, wie ich am Beispiel von Hinz und Kunz zeigen möchte, macht er Pirouetten und schlägt Purzelbäume. Vor allem mit der Moral, oder sagen wir besser mit der Politik, hat der Geist so seine Schwierigkeiten. Es ist wie bei einem Weit-sichtigen, der in der Nähe alles verschwommen sieht, aber auf große Distanz alles klar und deutlich erkennt. Und lassen wir uns nicht beirren, von dem gänzlich missverständlichen Gebrauch des Wortes Weitsichtigkeit! Gerade in Bezug auf die großen Geister hören wir oft, dass sie weitsichtig gewesen seien, und das ist durchaus anerkennend gemeint. Dabei sahen sie alles undeutlich und verschwommen. Und recht bedacht, ist dieses unklare Sehen auf kurze Distanz hin, vielleicht die Grundeigenschaft aller großen Denker."

„Denkerinnen!" rief der Deutschlehrer.

„Nur wer das, was in der Nähe ist, unscharf sieht, kann die allgemeine Richtung erkennen. Erst wenn die Silhouetten verschwimmen, werden Mann und Frau gleich, werden zu geschlechtslosen Menschen. Und diese dann, aus noch größerem Abstand gesehen, zur Menschheit. Wenn wir uns dann noch weiter entfernen und, obwohl immer schlechter sehend, die Dinge besser erkennen können, werden wir lediglich einen blauen Planeten sehen, auf dem, diese Menschheit zusammen mit der ganzen Schöpfung um ihr Überleben kämpft."

„Genau!"

Dieses Mal war es der Hein aus Hamburg, der, seine Brille putzend, sich zu einem Zwischenruf hatte hinreißen lassen, aber gleich durch ein scharfes Zischen von links und rechts zurückgehalten wurde. Der Alte fuhr fort.

„Einer von den beiden Autoren, die ich heute vorstellen möchte, war auf eine besondere Weise kurzsichtig und auf eine spektakuläre Art weitsichtig. Ich möchte diesen Denker Hinz nennen, zum einen, weil er so besser zum Kunz passt, auf den ich gleich nachher eingehen werde, zum anderen, um zu vermeiden, dass bei einigen gleich die Rollladen heruntergehen, wenn sie seinen Namen hören. Hinz, kommt von Heinrich, es ist eine Koseform dieses alten und früher weitverbreiteten Namens, genauso wie Konrad, heute fast ausgestorben, aber damals so geläufig, dass man auch ihn abkürzte, eben mit Kunz. Hinz und Kunz, zwei gewöhnliche Menschen und wie viele von diesen geschlagen mit einer Kurzsichtigkeit, die durch eine außergewöhnliche Weitsichtigkeit, wenn nicht kompensiert, dann aber, wie durch ein Kontrastmittel markiert, umso deutlicher hervortrat. Hinz war aus einfachem Hause und damit ist seine weitere Denkbewegung vorgezeichnet. Das Einfache hat ihn nie losgelassen und ist zum Dreh und Angelpunkt seines Denkens geworden, das unermüdlich um dieses Eine kreiste, das Sein. Ebenso hatte er zeitlebens eine besondere Beziehung zum Haus. Dieses Haus kann nun ein Zelt oder ein Wohnwagen sein, so wie in unserem Falle, oder eine Hütte, wie in seinem, wo er, der Denker Hinz, versucht das Eine zu denken und es zur Sprache zu bringen."

In der zweiten Reihe hob einer den Arm.

„Ja, bitte?" sagte der Alte

„Ich verstehe nur Bahnhof", sagte Bruno in der ihm eigenen simplen Ehrlichkeit. Aber, um ehrlich zu sein, auch ich hatte nicht verstanden, worauf der Alte hinauswollte.

„Ausgezeichnet", antwortete dieser zu meiner Überraschung.

„Denn wie Hinz immer wieder betonte, ist es gerade die Einfalt, die uns dem Sein näherbringt. Es nutzt kein Bohren und verkrampftes Reflektieren, um zu verstehen, dass hinter der Vielfalt die Einfalt waltet, dass der Grund der tausendfachen Dinge nur einer ist, eben das Sein. So hat der Mond, der von uns verschiedener nicht sein könnte, mit uns etwas gemeinsam: er ist."

Der Alte machte eine Pause, so als ob er seinem Publikum Zeit geben wollte, das Gesagte zu verdauen. Bruno hob die Hand, doch er beachtete ihn nicht.

„Aber wie und wann kommen wir dem, was allem Seienden gemeinsam ist, näher?" Der Alte machte eine Pause und blickte auffordernd in den Saal.

„Vielleicht bei Vollmond," sagte Bruno und einige lachten und dieses Mal ging der Alte auf ihn ein.

„Das mag sein. Der volle Mond scheint uns, je länger wir ihn in einer ruhigen Nacht beobachten, etwas sagen zu wollen. Vielleicht ist jetzt die Stunde der Kurzsichtigen, die ihn nur verschwommen sehen, die ihn also in Wahrheit nicht präzise beobachten, wie es ein Wissenschaftler tut, sondern die ihn eher fühlen als sehen. In diesem Augenblick wird er zum guten Mond, wie es im dem bekannten Volkslied heißt, ein Mond, mit dem ich reden und dem ich, so wie unser unbekannter Poet, meine Sorgen anvertrauen kann."

„Darf ich?" rief begeistert der Hein aus Hamburg und hatte schon sein Schifferklavier auf dem Schoss. Er wartete gar nicht erst die Erlaubnis des Alten ab, sondern begann gleich die ersten Töne der den meisten bekannten Weise anzustimmen. Bald fielen die Camper in das Lied ein und diejenigen, die den Text nicht gleich parat hatten, summten selig vor sich hin.

Guter Mond, du gehst so stille durch die Abendwolken hin
Bist so ruhig und ich fühle, daß ich ohne Ruhe bin
Traurig folgen meine Blicke deiner stillen, heitern Bahn

Oh, wie hart ist das Geschicke, daß ich dir nicht
folgen kann

Guter Mond, du gehst so stille durch die
Abendwolken hin
Deines Schöpfers reiner Wille hieß auf dieser
Bahn dich ziehn
Leuchte freundlich jedem Müden in das stille
Kämmerlein
Und ergieße Ruh und Frieden ins bedrängte Herz
hinein

Guter Mond, dir will ich's sagen, was mein banges
Herze kränkt
Und an wen mit bittern Klagen die betrübte Seele
denkt!
Guter Mond, du sollst es wissen, weil du so
verschwiegen bist
Warum meine Tränen fließen und mein Herz so
traurig ist

Mit dem Verklingen des letzten Tons aus dem Schifferklavier war es still im Saal geworden. Der Alte strich über sein Manuskript, als ob er etwas wegwischen wollte, was ihn beim Lesen störte. Ich wusste, das er versuchte zu seinem Ausgangspunkt zurückzufinden, was dann auch seine nächsten Worte bestätigten.

„Sie sehen, wie uns die großen Denker, in diesem Falle Hinz, auf Wege bringen, die leicht zu Abwegen werden können. Aber eines scheinen wir verstanden zu haben, es gibt eine Einheit alles Seienden, die darin besteht, dass alles Seiende ist."

Der Deutschlehrer, den es sonst nicht kümmerte, wenn er den Alten in seinem Vortrag unterbrach, hob jetzt artig die Hand. Der Alte gab ihm das Wort, obwohl es hie und da im Publikum zischte.

„Warum sagen Sie denn nicht gleich, um welchen Philosophen es hier geht. Warum verschweigen Sie, dass dieser sogenannte Hinz ein ausgemachter Nazi war und sich auch später nie für seine Taten entschuldigt hat!"

Der Alte lächelte.

„Diesen Einwand höre ich stets. Deshalb beantwortet sich ihre Frage eigentlich von selbst. Ich nenne diesen Denker Hinz, ein Name, den keiner unter den großen Denkern vermutet, um ein voreiliges Einschnappen von nach dem Hörensagen gebildeten Urteilen zu verhindern."

„Aber er war ein Nazi!" Dem Germanisten hatte es die Zornesröte ins Gesicht getrieben.

„Ja, ja!" stimmte ihm der Alte zu, ließ ihm aber keine Gelegenheit fortzufahren, sondern redete selbst weiter.

„Hinz hatte, ganz am Anfang, Sympathien für einige Ideen der nationalen Sozialisten. Gespür für die heraufziehende politische Katastrophe, was man von einem Denker seiner Statur wohl hätte erwarten können, hatte er sicherlich nicht. Aber darum geht es mir heute gar nicht."

„Worum geht es denn?" Der Deutschlehrer nutzte die kurze Pause, die durch den Griff des Alten zum Wasserglas entstanden war, schamlos aus. „Dieser Hinz war ein Naziphilosoph und Sie machen sich mit ihrem Vortrag zum Türöffner seiner abstrusen Ideen. Genau wie damals an der Universität!"

Mir stockte der Atem, das also war es! Der Alte blickte in den Saal, dann auf sein Manuskript und dann wieder in den Saal. Alle erwarteten jetzt von ihm eine Antwort auf der Höhe dieser Provokation.

„Es ist nett von ihnen," begann er schließlich und sah dabei den Germanisten direkt an, „mich an meine Zeit als Philosophieprofessor zu erinnern, ich hatte diese Zeit schon zu den Akten gelegt, denn der Ort, wo am wenigsten gedacht wird, ist, und ihre Bemerkungen sind ein lebendiges Beispiel dafür, die Universität von heute. Auf jedem Campingplatz trifft man mehr Tiefsinn, als da wo Sie herkommen!"

„Bravo!" rief Bruno.

Bei seinem letzten Wort hatte der Alte mit der flachen Hand auf sein Manuskript geschlagen und war dabei dem Wasserglas gefährlich nahegekommen. Ich machte mich sprungfertig, um Schlimmeres zu verhindern. So hatte ich den Alten noch nicht gesehen! Über Politik hatte ich ihn bis dahin noch nie reden gehört. Auch hatte ich ihn nie gefragt, wo denn seine parteipolitischen Sympathien lägen. Wahrscheinlich lag das daran, dass ich selbst mich nicht für das politische Geschäft interessierte, sondern lieber seinen Geschichten lauschte, die auf seltsame Weise nicht von dieser Welt waren. Doch heute hatte den Alten das gepackt, was man in biblischer Ausdrucksweise wohl Heiligen Zorn nennen könnte. Abermals schlug er mit der Hand auf sein Manuskript und fuhr den Deutschlehrer regelrecht an.

„Ohne Hinz gäbe es Kunz nicht, der mit jenem eine politische Fehleinschätzung des Totalitarismus teilt, nur mit umgekehrtem Vorzeichen. Was wiegt schwerer: sich, wie Hinz, über den Nationalsozialismus Illusionen zu machen oder wie Kunz, über Stalinismus und Maoismus? Aber über Kunz, den ich übrigens genauso schätze wie Hinz, regt sich keiner auf. Warum ist es immer noch verzeihbar im Namen des Kommunismus über Millionen von Vertriebenen, Eingekerkerten und Toten hinwegzusehen?"

Der Germanist wusste die Antwort.

„Die Nazis waren eben viel schlimmer als die Kommunisten, die wenigstens eine gute Idee hatten!" Er schien sich seiner Sache sicher zu sein und machte keinerlei Anstalten sich geschlagen zu geben.

„Eine gute Idee!" der Alte hob beide Arme in die Höhe. „Eine gute Idee? Worin bestand die denn? Im Putsch gegen Kerenski und der völlig unnötigen Ermordung der Zarenfamilie? In der Enteignung und Ausbeutung der Bauern, um die Industrialisierung voranzutreiben? In dem ausgetüftelten System von Straf- und Arbeitslagern? Eine gute Idee!"

Der Alte nahm einen Schluck aus seinem Wasserglas und war sichtlich bemüht sich zu beruhigen. Doch der Germanist hatte an ein Thema gerührt, der den Alten einen Satz nach dem anderen ausstoßen ließ.

„Und kommen sie mir nicht damit, dass die Nazis die schlimmsten Bösewichter in der Geschichte der Menschheit waren. Das stimmt einfach nicht! Die Statistik des Massenmords führt Mao an, dann kommt die Sowjetunion Stalins und erst dann erscheint mit ebenfalls Millionen Toten auf dem Gewissen ihr österreichischer Obernazi. Dessen Verbrechen werden nicht dadurch verkleinert, dass man sie in den historischen Zusammenhang stellt und mit denen anderer totalitärer Regime vergleicht. Im Gegenteil! Das ganze Ausmaß der Katastrophe des zwanzigsten Jahrhunderts wird dadurch erst sichtbar!"

Jetzt hatte sich der Alte so weit von seinem Thema, das uns ja die großen Denker der Menschheitsgeschichte vorstellen sollte, entfernt, dass selbst ich nicht mehr sagen konnte, um was es eigentlich ging. Das, was der Alte über China und Russland sagte, hatte ich noch nie gehört und ich muss sagen, auch mir kam es fast wie eine Verkleinerung der Verbrechen der Nazis vor, diesen lediglich den dritten Platz unter den Völkermördern einzuräumen. Doch der Alte, der mit seinen Argumenten schon irgendwann vor langen, vergangenen Jahren auf Unverständnis und, der Germanist war ein Überbringer dieser Botschaft, eisige Ablehnung gestoßen sein musste, blieb dieses Mal so hartnäckig wie sein Widersacher.

„Wenn Sie die bedeutenden Denker der Menschheit nach ihren politischen Ansichten oder überhaupt nach ihrer Biografie beurteilen wollen, kommen sie buchstäblich in Teufels Küche. In dieser schwefeligen Küche sind einige der größten Gedanken gedacht worden und die feinsinnigsten Texte entstanden. Wollen Sie die alle wegwerfen?"

Der Alte hatte sich mit dieser Frage direkt an den Germanisten gewandt, der nicht gleich zu reagieren wusste und deshalb fragte:

„Wen denn bitte?"

„Wen denn bitte?" echote der Alte, der seinem Gegner heute keinen Zollbreit Boden überließ.

„Fangen Sie mit Platon an, der nach Syrakus reiste, um seinem Freund, dem Diktator Dion, gute Ratschläge zu geben. Stellen Sie sich Hinz als Ratgeber von Hitler vor, da hätten Sie ja, was Sie brauchen. Aber dazu ist es Gott sei Dank nie gekommen. Doch Platon, unbestreitbar ein großer Denker, hat hier einen politischen Fehltritt begangen, der Seinesgleichen sucht. Wahrscheinlich, wenn Sie Platons Akademie, nach heutigen geltenden Gesetzen beurteilen würden, käme die Hälfte ihrer gelehrten Männer wegen Unzucht mit Minderjährigen in den Knast. Knabenliebe nannte man das damals. Überhaupt, wenn Sie sich an die Biografien großer Literaten machen, wird ihnen schlecht. Ihnen, mir nicht, denn ich habe nicht die Erwartung, dass Schriftsteller moralisch einwandfrei sind. Schreiben müssen sie können. Ideen müssen sie haben, das schon. Aber große Autoren sind oftmals, im realen Leben, miese Typen. Da wimmelt es von Alkoholikern, Ehebrechern, aufgeblasenen Ichs und Schurken aller Art.“

Der Alte war nicht mehr zu bremsen.

„Kennen Sie Caravaggio? Den Maler? Einer der größten seiner Zeit. Ein Messerstecher! Wenn Ihnen der nichts sagt, dann Rousseau, den kennen Sie bestimmt, weil er für die Hälfte der Ideen verantwortlich ist, die sie heute vertreten. Wissen Sie, was der mit seinen fünf oder sechs Kindern gemacht hat?“

Der Germanist war dem Alten jetzt offenbar nicht mehr gewachsen, sonst hätte er nicht dieses klägliche „Nein“ hervorgebracht, das jetzt zu hören war.

„Ins Waisenhaus hat er sie gesteckt, allesamt! Toll, was? Und ein anderer Mann, dem Sie sicherlich ebenfalls positiv gegenüberstehen, Karl Marx, haben sie sich schon einmal dessen Familienleben angesehen? Seine Frau Jenny von Westphalen hat er fast in den Wahnsinn getrieben, aufgerieben hat sie sich für ihn und versucht zu verhindern, dass nicht alle ihre Kinder an Hunger und Krankheit starben. Und der Dank dafür: ein uneheliches Kind mit Helene Demuth, der Küchenhilfe.“

Der Alte nahm den letzten Schluck Wasser, der noch in seinem Glas war und sah kurz zu mir hinüber, wie immer, wenn er nach dem roten Faden in seiner Rede suchte, den er irgendwo zwischen den ihn offenbar selbst beeindruckenden Beispielen großer Autoren mit defekten Biografien verloren hatte. Dann senkte er die Stimme. Offenbar war die Zorneswelle dabei auszuklingen.

„Ich will ja nur sagen: wir können große Denker nicht nach ihrem Leben beurteilen. Ideen sind eine Sache, die Politik eine andere. Hinz und auch Kunz, über dessen sexuelle und politische Verfehlungen wieder einmal niemand geredet hat, was vielleicht auch besser ist, sind keine kleinen Geister wie Sie und ich“ – dabei sah er wieder den Deutschlehrer an – „weil sie politisch oder moralisch geirrt haben. Sie gehören deshalb in unsere Vortragsreihe, weil sie Großes gedacht und Bedeutendes geschrieben haben!“

Das Publikum, das bis dahin den Vortrag des Alten wie ein Donnerwetter über sich hatte ergehen lassen, bei dem man lieber den Kopf einzieht, erwachte aus seiner Schreckstarre.

Zuerst klatschte der Platzwart, dann Bruno und jetzt fielen alle anderen mit ein. Nur der Germanist saß auf seinem Stuhl und rührte sich nicht.

Der Alte wollte wohl noch seinen Vortrag über Hinz und Kunz retten, indem er ein paar abschließende Sätze sagte. Ich selbst, wie wohl auch die andern, hörte kaum noch zu.

„Was wird von beiden bleiben? Von Kunz wahrscheinlich nur die Romane, wo es um die Frage individueller Freiheit geht. Von Hinz seine komplette Philosophie des Seins und seine späte Technikphilosophie, die beide bis heute Einfluss haben. Die Politik, ja die Politik, die bleibt uns auch: für den Stammtisch, wo wir, die wir nie in historisch vergleichbaren Situationen getestet worden sind, im Nachhinein alles besser wissen.“

Wieder klatschten alle und die Veranstaltung, über die man noch Tage danach redete, war beendet.

Man merkte jetzt doch, dass der Sommer zu Ende war. Die ersten kühlen und regennassen Herbsttage ließen eine Ahnung von dem aufkommen ließen, was noch kommen sollte. Unser Vorzelt hatte sich aus dem Ort, wo wir uns vorzugsweise aufhielten, in eine zugige Stätte verwandelt. Bruno, trotz seiner beschränkten geistigen Fähigkeiten ein durchaus hilfsbereiter Mensch, hatte schon seit Tagen gesagt, dass wir etwas unternehmen müssten, obwohl er im Unklaren ließ, was er damit genau meinte. Nach einer weiteren regnerischen Nacht, gefolgt von einem nebligen Morgen, der es uns ratsam zu sein schien, uns im Inneren des Wohnwagens zu verkriechen, stand er wieder da. Dieses Mal hatte Bruno, offenbar der Meinung, dass wir bereits

113

seinen unausgesprochenen Plänen zugestimmt hatten, einen ganzen Anhänger mit Brettern, Latten und einigen schweren Bohlen mitgebracht, die er freudestrahlend vor unserer Tür, wenn man denn die im Wind schlagende Plane des Vorzelts so nennen wollte, ablud.

Er verschwand und kam am nächsten Tag wieder, dieses Mal mit einem anderen Dauercamper im Gefolge, den er kurz als „der Maurer" vorstellte. Während sich Bruno daran machte, unser Vorzelt abzubauen, lief der Maurer mit einem Handkarren zwischen dem Eingang des Campingplatzes und unserem Standort hin und her und kam jedes Mal mit für das umfängliche Umbauprojekt nützlichem Material wieder. Bruno hatte uns inzwischen aufgeklärt: es gehe darum das Vorzelt und „den ganzen Krempel", wie er sagte, winterfest zu machen.

Der Mauerer und er liefen mit einem Zollstock hin und her und hatten bald die Orte markiert, an den zuerst die Verschalungen und dann, einige Tage später, viereckige Betonsockel als Grundlage für den weiteren Ausbau unseres Vorzelts stehen sollten. Der Alte und ich hatten einerseits erfreut, andererseits mit einer gewissen Hilflosigkeit dem Treiben Brunos und des Maurers, der eigentlich Karl-Heinz hieß und Friseurmeister war, zugesehen. Mit dem Fortschritt der Arbeiten, die sich nun schon in die zweite Woche hinzogen, wurde immer sichtbarer, worauf das Ganze hinauslaufen sollte. Bald waren Bohlen über die Betonsockel gelegt, quer über diese dann die vorher angekarrten Bretter, und diese dann, an den nach langem Palaver ausfindig gemachten

114

Stellen, durchbohrt. „Für die Anschlüsse", wie Bruno uns erklärte.

Diese „Anschlüsse" schienen es nun in sich zu haben. „Sie platzen", sagte Bruno. Sie würden im Winter mit Sicherheit platzen, deshalb müsse man sie isolieren. „Sie verstopfen", sagte Bruno und garantierte unter Gebrauch der Wasserwaage und nach einem abschließenden Test mit der Gießkanne, ein ausreichendes Gefälle bis zum Abflussrohr, dass hinter allen Stellplätzen im Erdreich verborgen war und von Bruno erst nach langwierigen Grabungsarbeiten gefunden wurde. Als der Fußboden fertig war, luden uns Bruno und der Maurer zum Richtfest ein, so nannten sie das für das Ende der zweiten Woche anberaumte Treffen, das, wie konnte es auch anders sein, ein willkommener Anlass für die anderen Camper war, die Schnapsflasche kreisen zu lassen.

Am darauffolgenden Montag baute Bruno das Vorzelt wieder auf. Es stand bald fast genau da, wo es vorher gestanden hatte, nur eben erhöht und „im Trockenen", wie Bruno zufrieden feststellte. Ich dachte schon, das Vorhaben unser Vorzelt winterfest zu machen, wäre damit beendet, doch Bruno lachte. Nein, das Zelt müsse nur genau da stehen, wo es vorher stand, weil sonst das Ordnungsamt „Rabatz" mache.

„Von draußen sieht das keiner," sagte er, womit die Arbeitsphase der nächsten Tage eingeleitet war. Bruno, unterstützt von sich untereinander abwechselnden Nachbarn, verkleidete das Vorzelt von innen mit Holz und schob, „zum Dämmen," wie er sagte, ein mir unbekanntes Material zwischen die Planen des

115

Vorzelts und die Holzvertäfelung, wobei er in einem fort fluchte.

„Für die Fenster habe ich Platz gelassen, die sind teuer, aber die müsst ihr noch einbauen, bevor es richtig kalt wird." Mit diesen Worten übereichte uns Bruno die Schlüssel für die neue Tür des Vorzelts, als krönender Abschluss der Umbauarbeiten gerade fertiggestellt. Selbst Wochen später, als die Fenster schon eingebaut waren, die Einbauküche stand und ein Gasofen für angenehme Wärme sorgte, nannten wir es immer noch Vorzelt.

Zweiter Teil: Der Junge

Wir lebten nun schon vier Jahre auf dem Campingplatz. Die letzten Winter hatten wir gut überstanden, wohl auch weil sie nach einhelliger Meinung unserer Mitcamper die mildesten Winter gewesen waren, die sie je erlebt hatten. Finanziell kamen wir so einigermaßen über die Runden. Gegen die Proteste des Alten hatte ich eine Unterstützung durch das Sozialamt beantragt und auch durchbekommen. Auch die monatliche Miete, das heißt, die Standgebühr für unseren Trailer, hatten sie übernommen. Eine seltene Ausnahme, wie alle bestätigten. Zusammen mit den Einnahmen aus den Lesungen hatten wir also eine Summe zur Verfügung, mit der es sich leben ließ. Nun gut, meine tägliche Busfahrt zum Gymnasium, nebst Anschaffungskosten für Bücher und angemessener Kleidung, verursachte Ausgaben, die es besser nicht gegeben hätte, aber es ging. Im letzten Jahr hatte der Alte endgültig auf auswärtige Lesungen verzichtet und beschränkte seinen Einsatz auf vierzehntägige Lesungen im großen Saal des Campingplatzes. Diese waren zu einem beständigen kommunalen Kulturangebot geworden, was sogar in der regionalen Zeitung angekündigt und regelmäßig auch von Auswärtigen, wie die Camper sie nannten, besucht wurde.

Es hätte also alles noch lange so weitergehen können, wenn der Alte nicht plötzlich gestorben wäre. Ich berichte über dieses für mich einschneidende Ereignis in diesem sachlichen Tonfall, weil es nun ebenfalls schon Jahre zurückliegt und sich die Dinge seitdem radikal verändert haben. Doch, obwohl ich mich nicht gerne daran erinnere, muss ich noch einige Worte zum Tod des Alten sagen, ohne die der weitere Lauf der Dinge schwerlich verständlich wäre.

Er wollte am Morgen der für diesen Tag angesetzten Lesung nicht aufwachen. Schon drei Mal hatte ich ihn, jedes Mal lauter werdend, an den gedeckten Tisch gebeten, aber er machte keine Anstalten meiner Einladung zu folgen. Ich muss gestehen, dass eine leichte Verstimmung in mir aufzusteigen begann, die ich sicherlich nicht zugelassen hätte, wenn ich gewusst hätte, dass er tot war. Dies wurde mir schlagartig klar, als ich ihn an die Schulter fasste und, in der Absicht ihn zu wecken, das sein Gesicht zur Hälfte bedeckende Betttuch zurückzog. Vielleicht hätte ich ihn gerüttelt, versucht ihn durch aufmunternde Worte aufzuwecken, vielleicht wäre ich hinausgelaufen und hätte um Hilfe geschrien, aber ich wusste

118

sofort, dass alles zwecklos war. Es war nach meiner Mutter der zweite Tote, den ich sah.

Ich setzte mich an sein Bett und blickte auf den alten Mann, der in diesen letzten Jahren mein Dreh und Angelpunkt gewesen war. Sein Mund war halb geöffnet und seine Augen geschlossen. Eine Fliege machte Anstalten, sich auf seine blassen Lippen zu setzen. Nachdem ich sein Gesicht wieder mit dem Betttuch bedeckt hatte, ging ich hinaus. An alles weitere erinnere ich mich nur schemenhaft. An den vom Platzwart gerufenen Krankenwagen, den kopfschüttelnden Notarzt, an die katholische Beerdigung, die Beileids-bekundungen und an Hein aus Hamburg, der es sich nicht nehmen ließ am offenen Grab „Nehmt Abschied Brüder" zu spielen.

In den folgenden Wochen machte ich damit weiter, womit ich schon vor seinem Tod begonnen hatte. Ich stand kurz vor dem Abitur und hatte vor allem in Mathematik noch einiges nachzuholen. So saß ich, wenn ich nicht in der Schule war, im Wohnwagen und paukte. Ich wunderte mich selbst, dass mein Kopf funktionierte. Aber mir war völlig klar, dass es von nun an ganz auf mich allein ankam. Bevor ich irgendwo eine Beschäftigung annehmen konnte, um meinen Lebensunterhalt zu verdienen, musste ich das Abitur in der Tasche haben. Ich wollte studieren, studieren um Lehrer zu werden, das stand fest.

Nur so ist auch verständlich, dass ich erst Wochen nach seinem Tod, als ich das Abitur endlich bestanden hatte, daran ging, das, was an Habseligkeiten des Alten übriggeblieben war, auszusortieren. An den Koffer mit den Manuskripten machte ich mich zuletzt, wohl

119

wissend, dass in ihm das enthalten war, was der Alte häufig sein Vermächtnis genannt hatte. Ich kramte in den Papieren und es blieb nicht aus, dass ich das ein oder andere Manuskript aufschlug und einige Sätze las.

Durch die verschwommene Wand meiner Tränen, sah ich den Umschlag, auf den der Alte „Testament" geschrieben hatte. Erst als ich mich wieder gefangen hatte, öffnete ich ihn. Ich hatte keine Eile damit, denn sein Inhalt war mir wohl bekannt. So las ich die Liste mit den Manuskripten und beschloss sie in der Reihenfolge, wie sie im Testament aufgeführt waren, neu zu ordnen. Wahrscheinlich, so dachte ich, stehen sie in einem inneren Zusammenhang, der für den Alten wichtig war und den ich respektieren wollte. Als ich am Ende des Nachmittags damit fertig war, steckte ich die Liste in den Umschlag zurück, wobei ich einen letzten Blick auf die Unterschrift warf, unter die er unsere vollständige Anschrift nebst Datum gesetzt hatte. Vier Jahre war es her, dass er dieses Testament verfasst hatte. Eine Situation, ich erinnerte mich, die mich damals zum Lachen gereizt hatte. Doch da durchzuckte es mich. Mit seiner nur schwer leserlichen Handschrift hatte er, wie es sich gehörte, mit seinem vollen Namen unterschrieben. Und - ich las es wieder und wieder - sein Familienname war mit dem meinem identisch. Ich ließ alles stehen und liegen und machte mich noch am selben Tag auf, um im Kinderheim nachzuforschen, was es damit auf sich habe. Dort hatte ich bald, neben einer Fotokopie meiner Geburtsurkunde, einen Auszug aus dem Familienbuch in der Hand, aus dem klar hervorging, dass er und meine Mutter verheiratet waren. Es stand unverrückbar fest: der Alte war mein Vater.

„Sicherlich," sagte die Leiterin, „sonst hätten wir sie ja nicht an ihn übergeben. Wir waren sogar verpflichtet dazu, schließlich waren sie minderjährig und er ihr leiblicher Vater. Merkwürdig, dass er ihnen das nie gesagt hat."

Merkwürdig war ebenfalls, dass ich mich nie gefragt hatte, warum der Alte als mein gesetzlicher Vertreter in der Schule akzeptiert worden war. Einen wildfremden Mann, der nichts mit mir zu tun hatte, hätte man schwerlich die Anmeldung eines damals noch Minderjährigen unterschreiben lassen. Ein Kreisel von Gedanken begann sich in meinem Kopf zu drehen. Ich hatte einen Vater verloren, den ich eigentlich nie gehabt hatte, aber den ich jetzt, nachdem ich ihn verloren hatte, endlich mein Eigen nennen konnte.

Aber dann besann ich mich und versuchte mit einigen beherzten Gedanken dem Strudel der Gefühle zu entkommen. Wäre denn etwas anders gelaufen, wenn man mir im Kinderheim, gleich nach dem Tod meiner Mutter, gesagt hätte: „Morgen kommt dein Vater und holt dich ab?" Wäre ich ihm nicht auf die gleiche Art gefolgt? Und hätte ich nicht ebenso bereitwillig die Rolle seines Assistenten übernommen? Ich sah keine logische Alternative als diese Fragen mit „Ja" zu beantworten. Was sollte es also, dass mir die Gleichheit unseres Familiennamens erst so spät ins Bewusstsein gedrungen ist! Waren wir nicht wie Vater und Sohn von Lesung zu Lesung gereist und hatten schließlich in den letzten Jahren einträchtig im Wohnwagen miteinander gelebt?

Hatte er mich nicht sogar häufig „mein Junge"
genannt?

Als ich mich daran erinnerte, füllten sich
meine Augen erneut mit Tränen, die schließlich in
ungehemmten Strom über meine Wangen liefen. In
meine Trauer um den Verlust des Alten, mischte
sich jetzt ein Gefühl, das ich so nicht gekannt hatte.
Ich fühlte mich schuldig. Ich fühlte mich schuldig,
ihn nicht eher als meinen Vater anerkannt zu
haben. Nie hatte ich ihn so genannt: „Vater!". Selbst
das „Du", was er mir angeboten hatte, hatte ich
ausgeschlagen und ihn bis zu seinem Tode gesiezt.
Was mochte der Alte, der ja wusste, dass ich sein
Sohn war, nur empfunden haben?

Diese Frage und natürlich auch die nach
dem Verhältnis meines Vaters zu meiner Mutter,
beschäftigte mich in der nächsten Zeit immer
wieder. Warum hatte meine Mutter mir nie von
ihm erzählt? Doch so viel ich auch nachdachte, ich
fand keine Antwort darauf, zumal mich das Leben
umgehend vor neue Aufgaben stellte, die es zu
meistern galt.

Ich war im Februar achtzehn geworden
und hatte kurz danach mein Abitur gemacht. Wie
zu erwarten, waren die Noten in den
naturwissenschaftlichen Fächern nur gerade
ausreichend, was man in den Fächern wie Deutsch,
Philosophie und Geschichte nicht sagen konnte.
Dort glänzte ich mit hervorragenden Noten und
gehörte, wie schon in den letzten Schuljahren, zu
den Besten der Klasse. Es war klar, dass damit für
mich ein Studium der Mathematik, der Physik oder
der Medizin versperrt war, aber das kümmerte
mich recht wenig, denn ich hatte schon seit langem
beschlossen Lehrer zu werden. Lehrer für Philoso-

phie, vielleicht auch für Sozialwissenschaften, aber das wusste ich noch nicht genau.

Doch, vor den Sieg haben die Götter den Kampf gesetzt! Ich erinnerte mich an diesen Satz, den der Alte immer dann zitierte, wenn wir wieder einmal eine umständliche Reise zu einem Lesungsort vor uns hatten. Dieses Mal bedeutete der Satz, dass ich gleich nach seinem Tod und mit dem frischbestandenen Abitur in der Tasche auf Arbeitssuche gehen musste. Mit dieser Gewissheit hatte ich das Sozialamt verlassen, wo mir eine Angestellte erklärt hatte, dass sie jetzt, wo ich volljährig sei, keinen Angehörigen zu pflegen hätte und überdies stark und gesund sei, wie man es eben von einem jungen Mann erwarte, nicht mehr für mich zuständig sei. Ich solle Arbeit suchen. Auch das Jobcenter, so ergänzte sie, als sie meine fragende Miene sah, würde mir das gleiche sagen.

Im Oktober sollte das neue Semester beginnen. Ich hatte vorgehabt, die bis dahin verbleibenden fünf Monate mit Lesen zu verbringen und mich auch insgesamt geistig auf das Studium vorzubereiten. Doch stattdessen hatte ich jetzt drei Anschriften von Firmen in der Hand, die Hilfskräfte suchten. Ich hatte Glück, dass die einzige der drei, die ich noch so eben mit dem Fahrrad erreichen konnte, mich sofort einstellte. Vom nächsten Tag an radelte ich jeden Morgen um sieben Uhr zur Getränkefirma Kaminski, wo um acht Uhr mein Dienst begann. Ich solle die Flaschen in die dazugehörigen Kästen sortieren, sagte mir der Mann an der Pforte, den ich zuerst für den Besitzer hielt, der aber lediglich die Funktion hatte, den Ausgang von Waren, in diesem Falle die Lastwagen, vollgepackt mit allen möglichen Arten von Kästen mit Getränken, zu kontrollieren. In einer Ecke des Hofes, der groß genug war, einem Lastwagen das Wenden zu ermöglichen, standen Türme mit farbigen Kästen. Jedes Mal, wenn ein Lastwagen zurückkam, wurden dort die „Leeren", wie die Fahrer sich ausdrückten, mit Hilfe eines Gabelstaplers abgeladen. Ich stand vor diesen Türmen von Kästen mit leeren Flaschen wie David vor Goliath. Am Ende des ersten Tages mochte ich vielleicht fünfzig Kisten mit den dazu passenden Flaschen gefüllt haben, was natürlich voraussetzte, dass ich zuvor die Flaschen einer und derselben Marke aus anderen Kästen herausfischte, einen dazugehörigen Kasten freimachte, um mich darauf einer anderen Marke und einem anderen Kasten zu widmen. Um mich herum war bald alles voll leerer Flaschen verschiedenster Provenienz.

Am Lachen des Gabelstaplerfahrers hatte ich schon gemerkt, dass ich mich wohl ziemlich ungeschickt anstellte und weit unter dem Tagesdurchschnitt geblieben war. Und in der Tat, rief mich am nächsten Morgen ein Arbeiter zur Seite und sagte, ich solle sehen, wie er es mache. Mit Werkstudenten wäre es immer dasselbe, sagte er. Aber sein Sohn würde auch studieren und er würde mir zeigen, wie es geht.

„Wir haben acht verschiedene Marken, nur acht, deshalb brauchst du acht leere Kästen von jeder Sorte."

Irgendwo im Hof fand er diese leeren Kästen, die bald ordentlich nebeneinander-standen.

„Falls ein Kasten frei wird, stellst du ihn gleich dahinter, sagte er. So jetzt an die Arbeit!"

An diesem Tag füllte ich einhundertzwanzig Kästen.

„Lass langsam gehen", sagte der Gabelstapler am Ende des Tages. „Dein Vorgänger hat nie mehr als hundert geschafft."

Wenn ich nicht diese in den falschen Kästen steckenden Flaschen gehabt hätte, die darauf warteten von mir in die richtigen Kästen sortiert zu werden, ich wäre vielleicht in meinen Grübeleien über meine Eltern versunken und in eine ernste Krise geraten. So aber zog ich die Mineralwasserflaschen aus der Cola-Kiste und steckte sie in den dazugehörigen Kasten Gerolsteiner. Die freiwerdenden Plätze in der Cola-Kiste füllte ich mit den entsprechenden Flaschen auf, die ich nun aus anderen Kästen entfernte, in die Fanta-Flaschen oder Apfelsaft-Flaschen gehörten. Man musste richtig hinsehen, ein paar Handgriffe machen und das war es dann. Denken war nur insofern nötig, als es der richtigen Kombination zwischen Flaschen und dazu-gehörigen Kästen bedurfte. Also gerade so viel, um mich von anderen Dingen abzulenken.

Diese anderen Dinge überfielen mich dann, wenn ich nach der Arbeit im Wohnwagen saß und an mein Leben dachte. Der Tod meiner Mutter war nun schon viele Jahre her und ich hatte, das muss ich gestehen, von Jahr zu Jahr weniger an sie gedacht. Jetzt aber, nach dem Tod des Alten, suchte mich die Erinnerung an sie regelrecht heim und mischte sich mit Fragen, die ich manchmal, im Wohnwagen hörte es ja niemand, halblaut an sie stellte. Warum hatte sie mir nie von ihm erzählt? Warum hatten sie sich getrennt?

Ich konnte mir nicht vorstellen, was der Alte, der jetzt mein Vater war, angestellt haben musste, um diese Strafe, völlig aus unserem Leben ausgeschlossen zu werden, zu verdienen. In meine Trauer, die mich in den letzten Jahren auf zärtliche Weise noch mit meiner Mutter verbunden hatte, mischten sich alsbald bittere Tränen. Ich konnte nicht umhin, ihr insgeheim Vorwürfe zu machen, hatte aber umgehend fürchterliche Schuldgefühle, was mich zusätzlich niederdrückte und zudem zu nichts führte. Wenn sie mir wenigstens widersprochen hätte! Aber ihr Schweigen, an dem auch ein Besuch an ihrem Grab nichts änderte, sondern nur noch spürbarer machte, empfing ich wie eine Strafe.

Und der Alte selbst, warum hatte er mir nicht deutlich gesagt, dass er mein Vater war? Gut, er hatte mich „mein Junge" genannt. Und gerade jetzt, wo ich mich wieder daran erinnerte, musste ich schlucken. Aber warum hatte er mich nicht beiseite genommen und mir klar ins Gesicht gesagt, wer er war?

Oder hatte ich es überhört? Hatte vielleicht sogar meine Mutter über ihn geredet und ich hatte es bloß vergessen? Manchmal war mir so, als ob sie es getan hätte. Es erschien mir zumindest logisch, dass eine Mutter, die sich von ihrem Mann trennt, irgendwann das gemeinsame Kind aufklärt. Vielleicht hatte sie es mir gesagt, und ich wollte von diesem verstörenden Thema einfach nichts wissen. Vielleicht war es meine eigene Schuld, dass ich nichts wusste. So zermarterte ich in den Wochen nach dem Tod des Alten mein Gehirn und erging mich in Selbstzweifeln.

Es war also gut, dass es die Kästen mit den durcheinandergewürfelten Flaschen gab, die ich jeden Tag sortieren musste. Hundert Kästen mit feinsäuberlich geordnetem Inhalt, in acht Blocks aufgestapelt, gaben mir am Ende des Tages das Gefühl etwas Sinnvolles getan zu haben und in das Chaos der Dinge, wenigstens auf diesem eng begrenzten Feld, Ordnung gebracht zu haben. Mein Talent auf dem Gebiet der Leergutsortierung blieb nicht unbemerkt. Eines Tages stand ein junger Mann neben mir, der ebenso wie ich vor dem Studienbeginn jobbte.

„Du sollst dich bei Kaminski melden", sagte er mir. „Ich soll dich hier ablösen, aber vorher sollst Du mir erklären, wie das hier geht."

Ich wurde zum Kontrolleur befördert. Das Gute daran war, dass ich pro Stunde einige Cents mehr bekam. Von nun an stand ich neben einem Fließband, über das die frisch gefüllten Flaschen im Gänsemarsch an einer Kastenlampe vorbeiliefen, um dann weiter hinten vom Band genommen und in Kisten gepackt zu werden. Erst jetzt begriff ich, dass die Getränkefirma gar keine Getränke produzierte, sondern diese nur abfüllte. Zwei Tage lang nur Mineralwasser, dann einen Tag Limonade, dann einen halben Tag eine bestimmte Marke und den Rest des Tages eine andere. Meine Funktion war nun zu sehen, ob alles in Ordnung war. Mehr sagte Kaminski dazu nicht. Erst mein Nebenmann, der weiter hinten für das Bepacken der Kästen zuständig war, gab mir einige Details an, auf die ich achten sollte.

„Sieh zu, dass die Flaschen richtig laufen und keine umfällt. Manchmal kommt auch eine vorbei, die sie nicht gespült haben. Oder die Maschine ist kaputt und die Kronkorken fehlen."

So stand ich neben den an mir vorbeizuckelnden Flaschen und spähte nach eventuellen Defekten aus. Stundenlang geschah gar nichts, alle Flaschen waren sauber, weder fehlten Korken noch Etikett und das Band lief wie geschmiert. Am liebsten hätte ich mich hingesetzt und die Augen geschlossen, die vom grellen Licht der Kastenlampe tränten. Dann riss die endlose Flaschenreihe plötzlich ab. Das Band lief leer weiter, bis es schließlich stand.

„Sortenwechsel!" rief ein Kollege irgendwo aus dem Innern.

Nach einer Weile ruckelten die ersten Flaschen erneut an mir vorbei. Später wusste ich, dass es dieser Sortenwechsel in sich hatte. Irgendwie musste sich die Maschine wohl erst an die neue Flaschengröße gewöhnen, denn jetzt kamen in der Tat Flaschen ohne Verschluss, andere zwar verschlossen, aber nur halb voll, und ich hatte alle Hände voll zu tun, um diese vom Band zu nehmen. Natürlich blieb es nicht aus, dass ich, unerfahren wie ich war, eine der nächsten Flaschen anstieß und aus dem Gleichgewicht brachte. Sie kippte quer auf das Band und brachte die nachfolgenden Flaschen dazu, ebenfalls umzustürzen. Mein Kollege vom Ende des Bandes musste mich wohl beobachtet haben, denn schon stand er neben mir und fing einige umstürzende Flaschen auf und verhinderte, dass sie zu Boden fielen. Bald lief die neue Sorte, wie gewohnt an der Kastenlampe vorbei und ich wischte mir den Schweiß von der Stirn. Nach einigen Tagen hatte ich mich in meine neue Funktion eingearbeitet.

Manchmal kam Kaminski vorbei und schlug mir auf die Schulter.

„Willst du nicht bei uns bleiben?" fragte er, wenn er wieder seine Runde durch die Halle machte.

Aber dazu kam es nicht. Der Oktober war angebrochen und das Wintersemester sollte in einigen Tagen beginnen. Es war Zeit Abschied zu nehmen, nicht nur von meiner stumpfsinnigen Arbeit, sondern auch vom Campingplatz.

„Wir passen auf den Wagen auf!" sagte der Platzwart, als ich ihm mitteilte, dass ich ihn verkaufen müsse, denn Geld für die Monatsmiete des Standplatzes hätte ich nicht.

„Lass ihn ruhig erst mal da stehen, wer weiß, ob Du ihn nicht noch mal brauchst. Schick mir nur deine Adresse, sobald du eine hast."

Eigentlich kam mir der Vorschlag des Platzwarts ganz gelegen, denn was hätte ich mit dem Koffer des Alten machen sollen? So blieb er da, wo er immer gewesen war, und ich zog los, mit lediglich einer Reisetasche an der Hand, um mein neues Leben als Student zu beginnen.

Einerseits waren die universitären Vorlesungen das, was ich vom Alten her kannte. Vorne saß meistens ein älterer Herr, manchmal auch eine Dame, die, hinter einem Manuskript oder Bücherstapel hervorlugend, zu den verschiedensten Themen Stellung nahmen. Andererseits war ich geschockt von der Art und Weise wie dieses geschah. Da war nichts von der liebenswürdigen Didaktik des Alten, da gab es keine Zwischenrufe oder sonst etwas, was den monotonen Fluss von Gelehrsamkeit hätte unterbrechen können. Vor allem fühlte ich mich

129

deutlich im Nachteil. Denn weder hatte ich die Bücher gelesen, die der Professor vor sich aufgestapelt zur Schau stellte, eine Praxis, die wohl genau dieses Gefühl der Uninformiertheit erzeugen sollte, das mich überfiel, sobald ich den Hörsaal betrat, noch konnte ich die Fülle von Fremdwörtern und neuen Begriffen in der gebotenen Schnelle in eine mir angemessene Sprache übersetzen.

Nach drei Wochen hatte ich die Hälfte der Veranstaltungen aus meinem Terminkalender gestrichen und ging in den freigewordenen Stunden in den Stadtpark, wo ich meine Gedanken ordnete, indem ich versuchte, die wenigen noch an den Bäumen verbliebenen Blätter zu zählen. Hin und wieder trudelten ein oder zwei auf den Boden, wo sie sich mit dem gelbbraunen Laub auf dem Boden vermischten, das sich schon vor Tagen seiner Bestimmung ergeben hatte. Grund genug, meine Bilanz der immer weniger werdenden Blätter täglich zu erneuern. Als schließlich kein Blatt mehr zu zählen war und es auch zu kalt geworden war, um weiterhin auf einer Parkbank zu sitzen, verbrachte ich meine Freistunden in einem Café, das mir schon bei meinem ersten Besuch gefallen hatte und das jetzt mein täglicher Anlaufpunkt wurde.

Besonders die zwischen hölzerne Zeitungshalter geklemmten Zeitungen hatten es mir angetan. Für den Preis eines Kaffees hatte ich das Recht ein halbes Dutzend lokale, regionale und sogar eine ausländische Tageszeitung, die Le Monde, nach Belieben zu durchstöbern. Andere brachten ihre Zeitungen gleich mit und verbargen sich dahinter, nur hin und wieder zu einem

130

Schluck Kaffee auftauchend, um gleich darauf mit ausgebreiteten Armen ihre Lektüre fortzusetzen. Man durfte damals noch rauchen, eine Freiheit, die an fast allen Tischchen ausgiebig genossen wurde und das ganze Café in eine beständige Rauchwolke hüllte. Die Einzigen, die nicht rauchten, war die Bedienung und ich. Sobald ich eintrat und mich an meinen Platz gesetzt hatte, nahm sie den leeren Aschenbecher an sich, um mir nach einigen Minuten einen herrlich duftenden Kaffee zu servieren. Sie entfernte das für mich unnütze Porzellan, was ich als freundliche Aufmerksamkeit registrierte, gab sie doch damit zu erkennen, dass sie sich an mich, den täglichen Kunden, erinnerte und mir für meine Lektüre Platz schaffen wollte.

„Sie werden es verbieten", sagte die Bedienung eines Tages.

„Das Rauchen", fügte sie hinzu, als ich sie verständnislos ansah.

„Mich stört es nicht," sagte ich und legte das mitgebrachte Buch auf das Tischchen und las, während meine Kommilitonen im Hörsaal dem Professor lauschten.

Ich möchte nicht sagen, dass ich ein Autodidakt war, das wäre wirklich übertrieben, denn die wenigen Seminare, die ich besuchte, blieben nicht ohne Einfluss auf mich. Häufig las ich sogar im Café die vom Professor empfohlene Lektüre in der Absicht, so etwas wie eine rote Linie in meine privaten Studien zu bringen. Aber, wenn es diese Linie denn gab, ähnelte sie wohl eher der Bewegung einer Schlange, die sich blitzschnell durch den Wüstensand windet und versucht sich mit möglichst geringem Körperkontakt vor dem

131

heißen Untergrund zu schützen. Woher meine Abneigung gegen den Universitätsbetrieb kam, kann ich beim besten Willen nicht sagen. Manchmal steigerte sie sich sogar bis zur Unfähigkeit, den angebotenen Stoff einfach zur Kenntnis zu nehmen. Es war keinesfalls fehlender Respekt vor den Professoren, oder vielleicht sogar ein verspätet einsetzender pubertärer Oppositionsgeist, wie man ihn recht häufig auch noch unter Studenten findet. Nein, eher war das Gegenteil der Fall. Ich nahm die akademischen Lehrer aus einer Perspektive war, in der ich mich selbst irgendwo in Bodennähe ansiedelte. Was wusste ich schon? Und um mir meiner eigenen Bedeutungslosigkeit bewusst zu werden, bedurfte es nicht des Bücherstapels auf dem Pult oder ellenlanger Literaturlisten. Ich gab mich von Vorneherein geschlagen. Erst, wenn ich wieder einmal in mein Café geflüchtet war, die Kellnerin den Aschenbecher abräumte und den Kaffee absetzte, konnte ich frei durchatmen. Was kümmerten mich die Rauchschwaden, die heute dicker als sonst durch den Raum waberten, weil jemand am Nebentisch eine Pfeife angezündet hatte! Ich war frei! Und diese Freiheit bestand darin, dass ich denken konnte, was ich wollte. Auch über das mitgebrachte Buch von Arthur Koestler, das ich mir gestern ausgeliehen hatte und dessen Titel zu den Rauchwolken passte, welche unter der Deckenlampe hingen und die Sonne verfinsterten.

Seit der Zeit, in der ich mit dem Alten auf Lesereise war, hatte ich mir angewöhnt, ein kleines Notizbuch zu führen. Es diente in der ersten Zeit hauptsächlich dazu, Anschriften von Tagungsorten festzuhalten und auch, was damals ganz wesentlich war, eine Art Buchführung über unsere Einnahmen und Ausgaben zu machen. Zwar notierte ich auch jetzt noch manche Nützlichkeiten, die meistens aus Literaturangaben bestanden, doch war ich mehr und mehr dazu übergegangen Leseeindrücke von Büchern festzuhalten, die mir als wichtig erschienen und mit einer Mischung aus Scham und Stolz ein paar eigene Gedanken zu notieren, so sie mir denn kamen.

Wenige Wochen an der Universität hatten mir rasch klar gemacht, dass man nicht alles sagen darf. „Und doch", so notierte ich, „dürsten wir danach, dass es einer sagt." In diesen ersten noch unbeholfenen Zeilen kündigte sich, was ich damals natürlich nicht wissen konnte, mein weiterer Lebensweg an. Sie klingen fast wie ein Programm meines Scheiterns oder auch, wenn man sie mit wohlwollenden Augen betrachten will, meines Erfolgs bei den wenigen Menschen, die ähnlich empfanden wie ich. Deshalb gebe ich sie hier ungekürzt wieder:

„Mut braucht man und auch Gespür für die feinen Töne. Direkt geht gar nichts. Etwas muss in Schwingung gebracht werden, damit anderes anklingt, das tief in uns verborgen ist. Vielleicht ist es besser man singt. Wer es kann, sollte es tun. Denn die Töne können das Herz erweichen, lange bevor ein Wort es erreicht. Alles muss richtig sein, sonst regen sie sich auf oder verstehen dich nicht. Aus Worten machen sie Begriffe. Sie sind exakt und schneiden alles ab, was nicht dazu gehört. Fast sind es Zahlen. Da gibt es kein mehr oder weniger, da ist jedes Wort ein Punkt. Man singt aus ganzem Herzen und voller Kehle, aber man spricht korrekt nur mit gepressten Lippen. Deshalb ist es besser man singt, aber wer kann das schon? Und vor allem: wer hat den Mut dazu? Doch ich suche Worte, die nicht abschneiden oder die Dinge einkreisen und ihnen keine Luft mehr lassen zum Atmen. Das ist schwer, weil die Worte von den Begriffen besetzt sind. Wenn ich zum Beispiel sage: die Frau. Dann sagt gleich einer, die gibt es nicht, das ist biologistisch, du reduzierst sie auf ihre Geschlechtsorgane. Aber das habe ich gar nicht gesagt, sondern nur: die Frau. Überhaupt ist es schon falsch, wenn ich, ein Mann, sage: die Frau. Das darf nur sie selbst sagen, nur die Frau darf die Frau sagen, weil nur sie weiß, was eine ist. Wenn ich dann sage, das verstehe ich nicht, weil ich es wirklich nicht verstanden habe, fangen sie an zu schreien. Dabei habe ich nur an den Duft ihrer Haare gedacht, beim Aufwachen, und an ihre krause Stirn, die sie gemacht hat, als sie die Augen aufschlug. Vielleicht sollte ich anders sprechen, sie nicht mehr Frau nennen. Aber wie dann? Wie könnte ich sie nennen? Das ist es, um das es geht, Worte zu finden, welche die Dinge nicht gleich erdrücken, Worte, die uns aufhorchen lassen, weil man sie nicht gleich versteht. Worte, welche von den Begriffen nicht gleich totgeschlagen werden. Denn Worte, anders als aus Wörtern gemachte Begriffe, bestehen aus ungewohnten Gefühlen, manchmal sogar aus Gedanken. Wörter hingegen sind nur eine Anzahl von Buchstaben, die einen Sinn verwalten, den keiner mehr kennt. Deshalb ziehe ich Worte vor und meide die Wörter."

Jemand hielt mir einmal entgegen, als ich dieses oder Ähnliches sagte: „das sind doch nur große Worte!"

„Große Worte," sagte ich ihm, „genau das sind sie. Worte sind größer als Wörter. Diese kann man buchstabieren, jene nicht."

„Kann man doch," erwiderte er trotzig und lachte. Da schwieg ich, denn die Wörter sind aus Silber, die Worte aber aus Gold.

Was ich im ersten Semester noch nicht sehen konnte, aber in den folgenden immer deutlicher wurde, war, dass die vortragenden Professoren und die zuhörenden Studenten, gewissermaßen die Fassade eines dahinter brodelnden Kampfes zwischen den verschiedensten Meinungen und Weltanschauungen waren. Am ehesten war mir dies in den Arbeitsgruppen aufgefallen, welche unter Anleitung älterer Semester uns Jüngeren helfen sollten, die anfallende Lektüremasse zu verarbeiten. Dieses war zumindest der offizielle Auftrag der Tutoren, wie unsere studentischen Betreuer genannt wurden. Einerseits erweckten die heftigen Diskussionen zwischen den studentischen Kontrahenten meine Neugier, andererseits stieß mich aber der Fanatismus, mit dem diese Debatten geführt wurden, bald ab. Es waren, so erwies sich in den folgenden Semestern, auch immer dieselben, die jede Gelegenheit nutzten, um ihre Ansichten unter die Leute zu bringen.

Für mich ein Grund mehr, auch diesen Veranstaltungen fernzubleiben und im Sommer im Stadtpark und im Winter in meinem Café Zuflucht zu nehmen. Dass ich mich dabei von dem, was man landläufig Studentenleben nennt, isolierte, war

135

ein Nebeneffekt, dem ich zuerst wenig Bedeutung zumaß, den ich dann aber, als ich im fünften Semester immer noch allein war, schmerzlich zu fühlen begann.

In den ersten Semestern war ich nur alle paar Wochen zum Campingplatz gefahren, um dort im Wohnwagen nach dem Rechten zu sehen. Statt aber die Abstände zwischen meinen Besuchen immer grösser werden zu lassen und mich mit der Zeit von meiner alten Heimat ganz abzunabeln, geschah genau das Gegenteil. In besagtem fünften Semester schließlich fuhr ich fast wöchentlich „nach Hause", wie ich den Campingplatz in meinem Taschenkalender nannte und freute mich schon freitags darauf, bald die altbekannten Schnapsnasen wieder zu sehen.

Ich solle doch nicht mein ganzes Geld für die Fahrerei ausgeben, meinte Bruno, als er hörte, wie knapp mein Stipendium bemessen war. Der Platzwart begann sich Sorgen, wie er augenzwinkernd sagte, um meine sexuellen Präferenzen zu machen, da ich immer noch unbeweibt, wie er es nannte, durch die Lande zöge. Da viele der Dauercamper eine mehr oder weniger turbulente Familiengeschichte hinter sich hatten, die meistens in Scheidung und anschließendem Junggesellenleben geendet war, ließ ich mir auf diesem Gebiet nicht viel sagen. Und ob ich homosexuell war oder nicht, das ging keinen etwas an.

„Richtig", sagte Bruno, während der Platzwart, der zwei gescheiterte Ehen hinter sich hatte, die Augen verdrehte.

Natürlich bekam ich irgendwann die Quittung für meine unregelmäßige Teilnahme an

Vorlesungen und Seminaren. Als ich gegen Ende des sechsten Semesters überschlug, was ich noch alles bis zum Abschlussexamen an Leistungsnachweisen erbringen musste, wurde mir schwindelig. Die Zeit, die ich bis dahin lesend und meinen Gedanken nachhängend im Café verbracht hatte, war mir nur in einer Hinsicht nützlich gewesen. Ich hatte ein deutlich größeres Pensum an Lektüre hinter mir als meine Mitstudenten, dafür waren diese jetzt im Besitz von Klausurnoten und Teilnahmebescheinigungen, die es ihnen ermöglichte, das Studium wie vorgesehen nach acht Semestern zu beenden. Ich selbst, das musste ich mir eingestehen, würde mindestens zwei Semester länger brauchen und auch das nur, wenn ich einem Stundenplan folgte, der mich dazu verdonnerte, von jetzt an, den ganzen Tag in Hörsälen und Seminarräumen zu verbringen.

Auch brauchte ich einen Professor, der bereit war meine Examensarbeit zu betreuen. Wie unter Studenten üblich, erkundigte ich mich, wer von den Professoren eher als großzügig einzuschätzen war und wer sich als scharfer Hund in den Prüfungen einen Namen gemacht hatte. Die Auskünfte, die ich bekam, waren äußerst widersprüchlich und wenig zuverlässig, da keiner von den Befragten schon eine Prüfung abgelegt hatte. Wir waren also alle auf die Gerüchte angewiesen, die von ganz oben, also von denen, die schon das Examen in der Tasche hatten, nach unten durchsickerten.

Auch hatten etliche Professoren Verbindungen, und das war, was mich am meisten überraschte, mit den schon erwähnten Gruppierungen, die sich in den Arbeitsgruppen befehdeten. Gewisse weltanschauliche Übereinstimmungen, so wurde gesagt, seien also durchaus angebracht, wenn eine gedeihliche Zusammenarbeit während der Verfertigung der Examensarbeit gewünscht wäre. Aber was war meine Weltanschauung? Nie hatte ich mir diese Frage gestellt und mir wurde heiß und kalt gleichzeitig. Schon das Wort erschreckte mich: Weltanschauung! Konnte man die ganze Welt anschauen? Ich erinnerte mich vage an einen Vortrag des Alten, in dem er dieses Wort erwähnt und sich darüber lustig gemacht hatte.

„Was ist denn dein Thema?" fragte mich eine Kommilitonin, die mir wegen ihrer hautengen Leggings schon ein paar Mal aufgefallen war. Das Thema sei schließlich ausschlaggebend für die angemessene Wahl eines Professors, sagte sie. Angemessen hieße hier, jemanden zu suchen, der mit Thema und Interpretation desselben im Einklang stünde. Ich hatte weder ein Thema noch die passende Interpretation noch eine Weltanschauung und begann mich des Nachts in meinem Bett zu wälzen.

„Schreib über uns!" sagte Bruno bei meinem nächsten Besuch auf dem Campingplatz, als ich meine Seelenpein den mitfühlenden Campern offenbarte. Mir ging ein Licht auf! Das war es! Und auch der Soziologieprofessor, dem ich gleich in der nächsten Woche meine Idee vorstellte, war einverstanden. Über Tourismus im Allgemeinen gäbe es schon etliche Arbeiten, aber über eine Gemeinschaft von Dauercampern, nein, da müsse er lange nachdenken und selbst dann fiele ihm spontan keine Arbeit ein. Dazu könne ich eine Fragestellung ausarbeiten, allerdings käme es natürlich auf die Perspektive an, auf meinen theoretischen Bezug und auf eine originelle These, denn Originalität, das sollten wir Studenten selbst auf diesem ersten bescheidenen Niveau, dem der Magisterarbeit, schon zeigen.

Ich wusste, dass viele Studenten ihre Professoren duzten, zumal, wenn sie ihre Examensarbeiten betreuten. Gerade die jüngeren Professoren, die etwas lockerer gekleidet waren, und sich in ihren Umgangsformen nur wenig von den Studenten unterschieden, wurden allgemein geduzt. Der vor mir sitzende Professor Großkopf, trug zwar keine Krawatte, aber er strahlte etwas aus, was mich auf Distanz hielt. Kurzum, ich wusste nicht, wie ich ihn anreden sollte und sagte deshalb lieber gar nichts, oder umschrieb die Sätze, in denen eine direkte Anrede erforderlich war, mit einigen, wohl etwas altmodisch klingenden, Versatzstücken. Statt: Was ich Sie noch fragen wollte? sagte ich dann: In diesem Zusammenhang stellt sich mir die Frage, ob ...

Aber die mich am meisten interessierende Frage, ob denn dieses Thema überhaupt von Bedeutung sei und für eine Examensarbeit geeignet wäre, brachte ich wohl dermaßen verschwommen vor, dass er den Kopf wiegte und meinte, es käme natürlich auf die Perspektive an. Da war sie wieder, die Perspektive. Und als ich mich in der nächsten Sprechstunde traute zu fragen, was denn wohl die geeignete Perspektive sei, um eine Gruppe von Dauercampern theoretisch zu erfassen, meinte er, das wäre eine gute Frage und ich solle sie gleich zu Anfang meiner Arbeit erläutern. Übrigens vermied auch er das „Du" oder das „Sie". Diese Unschlüssigkeit in der Anrede hielten wir bis zum Ende meines Studiums bei, was entscheidend dazu beitrug, dass ich nie eine persönliche Beziehung zu ihm bekam.

Vielleicht war der Grund für unser distanziertes Verhältnis auch einfach, dass ich von Anfang an eine gewisse Angst vor ihm hatte. Je mehr ich mich unter meinen Mitstudenten über ihn erkundigt hatte, desto widersprüchlicher wurden die Kommentare über ihn. Er wurde von einigen gelobt, von anderen aber wegen seiner Arroganz, die zu seinem Namen passe, kritisiert. Professor Großkopf sei ein Marxist, hieß es, und zwar ein undogmatischer. Dies hatte ich aus einem Interview entnommen, das mit diesem Titel in der Zeitschrift der Studentenvertretung veröffentlicht worden war. „Professor Großkopf: ein undogmatischer Marxist", hieß es da. Was ein undogmatischer Marxist sein solle, verstand ich zunächst nicht, denn entweder, so fand ich, ist man ein Marxist oder man ist es nicht. Doch als ich weiterlas, vernahm ich aus seinem eigenen Munde, dass er nicht nur eine gerechte Gesellschaft, sondern ebenfalls eine solare Revolution verteidige. Eine Position, die mir unmittelbar einleuchtete, war doch die Sonne eine unerschöpfliche Quelle von Energie. Was das mit Marxismus zu tun hatte, verstand ich nicht, aber das mochte an meinen Lektüredefiziten liegen.

Mit diesen bruchstückhaften Informationen über Professor Großkopf ausgestattet, versuchte ich, einen guten Eindruck zu machen, ein Versuch, der hauptsächlich darin bestand, seinen listigen Äuglein standzuhalten, die mich in einem fort musterten. Auch fragte er mich so allerlei, nach meiner bisherigen Lektüre, nach meinen Interessen und auch nach meinem Lebenslauf. Fragen, die ich offenherzig beantwortete, obwohl mir seine nervös auf und niederschlagenden Augenlider sagten, dass er jeden Moment unser Gespräch abbrechen könnte.

„Leben auf dem Campingplatz: Endstation oder Alternative?" so lautete schließlich das Thema meiner Magister-Arbeit. Professor Großkopf hatte es in das Formblatt eingetragen, das ich zuvor mit meinen persönlichen Daten ausgefüllt auf seinen Schreibtisch gelegt hatte. Nach einer kurzen Pause fügte er noch einen Untertitel hinzu, der, so versicherte er, dem imaginären Leser klar machen solle, dass es sich um eine wissenschaftliche Arbeit handele. „Eine soziologische Fallstudie", stand da jetzt auf dem Papier, was an der Ernsthaftigkeit meines Vorhabens keinen Zweifel mehr aufkommen ließ. So auf den Weg gebracht war es naheliegend, dass ich die nächsten Monate in meinem alten Wohnwagen verbringen würde. „Sie müssen eine Feldstudie machen," hatte Großkopf gesagt und mir empfohlen unter den Dauercampern eine Befragung zu veranstalten.

Es waren mehr als vier Jahre vergangen, seitdem ich mit dem Alten auf dem Campingplatz gewohnt hatte. Vielleicht lag es an dem Untertitel, vielleicht an dem Druck im Kopf, den ich verspürte, wenn ich daran dachte, dass ich nur wenig Zeit hatte, um meine Arbeit zu Ende zu bringen, aber es war das erste Mal, dass ich den Campingplatz als Endstation wahrnahm. Vor drei Jahren schon, war ein Dauercamper verstorben, einer der den ganzen Tag in seinem Wohnwagen saß und selbst an den Leseabenden nur selten

141

erschienen war. Ich musste lange nachdenken, bis mir sein Name wieder einfiel. Ja, Sterling, so hieß er, denn alle nannten ihn nur mit seinem Familiennamen. Aber Familie, ob er die hatte? Ich beschloss mich danach zu erkundigen, denn das Schicksal von Sterling, so schien es, passte zur „Endstation", die mein Professor im Titel untergebracht hatte. Es schien mir ein bitterer Fingerzeig zu sein, dass nur einen Tag vor meiner Ankunft ebenfalls der Hein aus Hamburg verstorben war und nun aufgebahrt und kreideblass im noch offenen Sarg lag. Es war für mich so, als wäre ein Verwandter von mir gestorben und ich war ehrlich betroffen, als mir der Platzwart, gleich bei meinem Eintreffen, die traurige Nachricht überbrachte.

„Morgen ist die Beerdigung," sagte er. Und er fragte mich, ob ich nicht, bevor es zum Friedhof ginge, ein paar Worte sagen könne, denn von den Campern selbst sei keiner dazu in der Lage und er, der Platzwart, am allerwenigsten. Obwohl ich abwehrte, blieb er dabei. „Die anderen sind auch dafür", sagte er, ich sei der Einzige, der studiert hätte, ja, wenn der Alte noch lebte, hätte der das sicher gerne gemacht, aber so müsse ich eben ran. Er sagte noch etwas wie, „vielen Dank und bis morgen" und verschwand in seinem Büro.

Den ganzen Abend kramte ich im Koffer mit den Manuskripten des Alten, bis ich endlich etwas fand, das zum Anlass passte. Ich würde diesen Text morgen einfach vorlesen und damit hatte es sich. Nur der Titel musste den Umständen angepasst werden und die Grabrede war fertig. So erklärte ich am nächsten Tag der anwesenden Trauergemeinde, der Alte habe, obwohl ebenfalls bereits verstorben, wohl in weiser Voraussicht und noch zu Lebzeiten, einen Text verfasst, der den Titel trüge: „Für Hein aus Hamburg". Darunter hätte er geschrieben: „Aus gegebenem Anlass". Dieser Anlass sei nun gegeben und ich wünsche Aufmerksamkeit für die Rede des Alten, meines Vaters, ein Wort sozusagen über die Gräber hinweg, Worte eines schon länger Verstorbenen, nichtsdestotrotz auch an uns gerichtet, die wir ja früher oder später ebenfalls das Zeitliche segnen würden. Ich wartete, bis Frau Oldesiel eine Serie von Schluchzern beendet hatte und begann.

„Wenn das, was wichtig ist, keiner sagen kann und dann kommt plötzlich einer daher und sagt es, als ob nichts dabei wäre. Wenn plötzlich einer singt, als habe er Atem, ohne Luft holen zu müssen zwischen den Tönen und immer noch singt, wo jeder normale Mensch nach Luft schnappt, er aber weiter singt, als wäre es nichts. Und es ist nicht nur die Luft, es ist die Stimme, die Kraft der Stimme und ihre Farbe, wo kommt das her? So etwas kann man nicht lernen. Das kommt von tief innen oder von ganz weit weg, wo noch keiner war. Wenn jemand sich an etwas herantraut, an ein Meisterwerk, das, wenn man es nachmacht, nur eine Kopie sein wird, bestenfalls. Und dann sieht man, dann hört man, ein neues Werk, dem Original ebenbürtig und mehr als das. Da spricht der Meister selbst oder sein Schüler, da singt ein Engel, geschickt von wem? Man sagt, dass jeder ein Künstler ist. Ich glaube das nicht. Kunst ist, was nur wenige können. Was man üben muss, tausendmal und das doch nur zur Kunst wird, wenn es von innen kommt. Wir lieben das Schöne, weil es selten ist, weil es schwer zu machen ist.

143

Warum ist auf den Spitzen tanzen schön? Versuche es, dann weißt du warum. Die Schönheit ist immer kurz, wie ein Sonnenaufgang, bevor die Sonne selbst ihn vertreibt, oder bevor die Erde sich wegdreht und sie untergeht. Alles Schöne ist kurz, wie ein Ton des Schifferklaviers der seufzend vergeht. Wo ist der Ton genau? Im Ohr? Im Gedächtnis, oder kommt er noch? Wann ist der Ton da? Vorher, jetzt, danach? Es gibt auch Schönheit, die bleibt. Die Pyramiden sind so. Aber wenn man da ist, sieht man sie nicht. Die Pyramiden schon, aber nicht die Schönheit. Wenn die Schönheit dauert, sehen wir sie nicht oder nur kurz, denn sie verschwindet im Gedränge der Touristen. Andere versuchen sie festzuhalten, indem sie das Schöne immer und immer wieder fotografieren. Aber es geht nicht. Die Schönheit vergeht so oder so, sie ist wie Musik, sie ist nur ein Hauch."

Es war lange still im Saal. Ich fragte mich jetzt, ob ich wohl den richtigen Text gewählt hätte, aber dann hörte ich ein zaghaftes: „Ergreifend!" aus der ersten Stuhlreihe. Gefolgt von einem barschen: „Und jetzt ab zum Friedhof!" Es war der Platzwart. Der Sarg wurde zugeklappt und wir trotteten hinter dem Leichenwagen her, angeführt von Frau Oldesiel, die das Schifferklavier trug, das bei jedem ihrer Schritte einen jämmerlichen Quietschton von sich gab.

Nur mit Mühe konnte ich am nächsten Tag meine Arbeit wieder aufnehmen, das heißt, nach zwei Stunden, die ich über dem Titel brütete, gab ich es auf. Ich schlenderte über den Platz, blieb hier und dort stehen, tauschte mit der alten Garde einige Erinnerungen an den Verblichenen aus und

144

betrat schließlich das Büro des Platzwartes, der mich vom Fenster aus hereingewinkt hatte.

Er hatte den alten Hein, wie er ihn zärtlich nannte, vor gut zwanzig Jahren kennengelernt. Damals hatte dieser eine Fischbraterei in Altona gehabt. Als seine Frau ihn verlassen hatte, sei er mit dem Saufen angefangen, bis er schließlich den Laden habe dicht machen müssen. „Nachdem er die Schulden bezahlt hatte, reichte es gerade noch für den Wohnwagen und seitdem ist er hier. War er hier," berichtigte sich der Platzwart und schnäuzte sich umständlich in ein Taschentuch, das er schon bei meinem Eintritt in den Händen gehalten hatte. Nach einer langen Pause fügte er hinzu: „Und wer sorgt jetzt für Stimmung? Das Schifferklavier steht da, Frau Oldesiel hat es bei mir deponiert."

„Und sein Wohnwagen?" fragte ich, nur um auch etwas zu unserem Gespräch beizusteuern.

„Ja, der Wohnwagen, der steht da."

„Was geschieht denn jetzt damit?" fragte ich, in der Hoffnung, den Platzwart mit einem praktischen Problem von seinen trüben Gedanken abzulenken.

„Vermieten, verschenken, was weiß ich. Er hat ihn dem Campingplatz vermacht. Irgendeiner wird ihn schon brauchen." Es gäbe genug alte Leute, welche ihre Miete nicht mehr bezahlen könnten, meistens alte Männer, aber in der letzten Zeit auch ältere Ehepaare und er hätte sogar Anfragen von alleinstehenden jungen Frauen. Alleinerziehende, wie sie das heute nennen. Es sei ein Jammer, in den nächsten Jahren werde uns wohl einer nach dem anderen wegsterben und bald seien wir selbst dran.

Ich versuchte, mich nicht von den düsteren Visionen des Platzwarts hinreißen zu lassen, wusste aber auch nicht, wie ich ihn hätte aufmuntern können. Da fiel mein Blick auf das Schifferklavier und ich hatte eine Idee. Eine Idee, welche die Stimmung des Platzwarts schlagartig verbesserte und die er gleich am nächsten Tag in die Tat umsetzte. In verschiedenen Anzeigenblättern und auch der Zeitschrift für Campingfreunde erschien bald Folgendes: „Alleinunterhalter für Campingplatz gesucht. Wohnwagen mit festem Standplatz und Schifferklavier werden gestellt."

Wer hätte gedacht, dass es im Lande so viele Personen gab, die Schifferklavier spielten und die daran interessiert waren auf einem Campingplatz ihren festen Wohnsitz aufzuschlagen! Siebenunddreißig Anfragen erhielten wir in einer Woche und das nicht nur von Männern. Die acht Frauen sahen wir uns als erstes an, die Fotos wohlgemerkt, denn alle hatten eines mitgeschickt, was bei den Bewerbungen der Männer nicht der Fall war.

„Nicht aussagekräftig!" sagte der Platzwart, wenn er eine Bewerbung öffnete, wo alles fehlte, was über die Person Aufschluss hätte geben können. Wegen Einsilbigkeit fielen die meisten Männer durch. Auch fortgeschrittenes Alter war für den Platzwart ein Ausschlussgrund.

„Sonst stirbt der uns bald weg, wie der Hein und das lohnt die Investition nicht."

Auch andere, mir immer zweifelhafter erscheinende Kriterien, brachte der Platzwart ins Spiel. Höhere Bildungsabschlüsse verfielen ebenso seinem Veto, wie verheiratete Kandidaten mit Kindern. Die Ersten, weil sie bestimmt alles besser wüssten und die Zweiten, weil eine Familie mit Kindern nicht in Heins Wohnwagen passte und überdies die Schlange vor den Duschkabinen schon lang genug sei.

So blieben schließlich die acht Frauen übrig, die wir jetzt aufmerksam studierten, da wir ja an einer objektiven Auswahl das größte Interesse hatten und schließlich vor den anderen Dauercampern unsere Auswahl rechtfertigen mussten. Leider hatten alle der Kandidatinnen Kinder, so dass wir nach dem gerade angewandten Kriterium alle hätten ablehnen müssen. Doch der Platzwart fand rasch eine Lösung.

„Erwachsene Kinder zählen nicht, die haben schon eine eigene Wohnung!"

Mir leuchtete das ein.

„Mehr als ein Kind unter achtzehn, geht auch nicht, wegen der Schlange vor den Duschen, weswegen wir ja etliche Männer aussortiert haben!"

Ich ließ den Platzwart mittlerweile nach dessen Gutdünken Kriterien erfinden und andere verwerfen, denn ich merkte schon, dass er mit einer Kandidatin liebäugelte, zugunsten derer er mal so und mal so entschied. Schließlich blieb diese junge Frau übrigblieb, die ihrer Bewerbung ein ansprechendes Foto beigefügt hatte. Sie hatte ein Baby auf dem Schoss, das in einer Hand einen Pfirsich hielt. Ich fühlte mich an die Marienstatue in meiner Heimatpfarrei erinnert, wo die milde lächelnde Muttergottes ihren Sohn präsentierte, die eine Hand wie zum Schwur erhoben und in der anderen eine Weltkugel haltend.

„Sie heißt Kateryna, sie ist die Beste", sagte der Platzwart.

„Das sehe ich auch so", stimmte ich ihm zu.

Es dauerte keine drei Tage da stand Kateryna vor uns. Sie trug ihr Baby in einem Tragetuch vor dem Bauch und auf dem Rücken einen mittelgroßen Rucksack, aus dessen Seitentasche eine Milchflasche ragte.

„Ein Akkordeon brauche ich nicht, das habe ich selbst", sagte sie, nachdem sie sich lächelnd vorgestellt hatte. Sie hatte einen slavischen Akzent und betonte das „r" so, wie ich es schon von Polen gehört hatte.

„Zeig ihr, wo er ist," sagte der Platzwart und gab mir den Schlüssel des verwaisten Wohnwagens, der einmal Hein gehört hatte. In Ermangelung eines Themas, denn mir hatte es regelrecht die Sprache verschlagen, wies ich bald nach links bald nach rechts, zum einen, um ihr den Weg zu zeigen, zum anderen, um ihr den einen oder anderen der aus ihren Vorzelten lugenden Camper vorzustellen. Am Wohnwagen angekommen händigte ich ihr den Schlüssel aus, öffnete den Wasseranschluss hinter dem Wagen und erklärte ihr das Funktionieren der Gasheizung, die um diese Jahreszeit in manchen Nächten noch nützlich sei. Sie hatte mittlerweile das Akkordeon und ihren Rucksack abgesetzt und wiegte ihr Baby.

„So, das wäre es", sagte ich und zog mich zurück, nicht ohne ihr versichert zu haben, dass sie mich jederzeit rufen könne, wenn sie Hilfe bräuchte.

„Das Schifferklavier. Nimm es mit."

Ich griff nach dem ramponierten Kasten und hängte ihn mir über die Schulter. Sie hatte mich die ganze Zeit mit ihren schwarzgeschminkten, dunklen Augen angesehen. Als ich mich auf dem Weg umdrehte und kurz die Hand zum Abschied hob, stand sie immer noch da und sah mir nach.

Kateryna war Ukrainerin, sprach aber fließend Deutsch. Das heißt, hin und wieder vertauschte sie die Reihenfolge der Wörter und mischte auch, wenn sie eine Vokabel nicht wusste, ein ukrainisches Wort in ihre Rede. Ich fand das charmant oder zumindest amüsant, aber der Platzwart war anderer Meinung.

„Wir sollten sie umtauschen," sagte er, „in ihrer Bewerbung hat sie nichts davon gesagt."

„Wovon?" fragte ich nicht wenig erschrocken.

„Davon, dass sie nicht richtig Deutsch spricht."

Jetzt musste ich energisch protestieren. Ich verstünde sie fabelhaft und auch diejenigen, die schon mit ihr gesprochen hätten, fänden sie sehr sympathisch.

„Du wohl auch" sagte der Platzwart und zog sich grollend zurück. Seine Meinung über Kateryna besserte sich erst, als er sie am ersten samstäglichen Treffen in unserem Saal spielen hörte. Sie saß aufrecht auf einem Schemel und bewegte das Akkordeon mit einer Eleganz, die durch ihre blonden, zu einer Art Schnecke geflochtenen Haare, noch unterstrichen wurde. Sie spielte Polka, Tango und sogar einige deutsche Volkslieder.

„Das hätte der Hein sehen sollen," sagte der Platzwart und eröffnete den Applaus, der an diesem Nachmittag noch manches Mal Katerynas

149

virtuoses Spiel belohnte. Frau Oldesiel war nicht gekommen. Nicht, weil sie etwa Kateryna als Konkurrentin des verblichenen Hein aus Hamburg boykottieren wollte, nein, sie passte in dessen ehemaligen Wohnwagen auf deren Baby auf.

Wer erwartet hatte, dass ich bald in Professor Großkopf so etwas wie einen intellektuellen Ersatz für den Alten gefunden hätte, wurde bald eines Besseren belehrt. Der Alte hatte, wegen seiner bedächtigen und nie aufs Ganze gehenden Art, nie bei mir den Eindruck hinterlassen, dass er mich von etwas überzeugen wollte. Vielmehr überraschte er mich häufig mit seinen abstrusen Ideen und Wortspielereien, in die ich mich nicht selten verwickeln ließ, ohne mich dabei auf irgendeine Art gezwungen zu fühlen. Es wäre gewiss nicht falsch zu sagen, dass der Alte mir das Denken beigebracht hatte, ein Denken ohne eine bestimmte Zielrichtung und das als Ausgangspunkt oft lediglich das Erstaunen über ein Wort, oder eine beiläufige Begebenheit hatte, wie diesen Stein dort, den sein schlurfender Schritt ins Rollen gebracht hatte.

Professor Großkopf, war da ganz anderer Natur. Mittlerweile hatte ich einige Veröffent-lichungen von ihm gelesen und verstand, warum man ihn einen Marxisten nannte, nur was das mit der solaren Revolution zu tun hatte, wollte immer noch nicht in meinen Kopf. Mit seiner Stimme im Ohr verbrachte ich den Großteil des Tages damit, über den Campingplatz zu laufen, um mich meiner Fallstudie zu widmen. Zuerst galt es das Feld meiner Forschung klar einzugrenzen, so wie Großkopf es von mir verlangte. Ich musste also die Masse der Touristen, so nenne ich einmal die

Camper, die nur einen oder zwei Tage, manchmal auch ein paar Wochen blieben, von den Dauercampern, mein eigentliches Studienobjekt, trennen. Diese waren eine kleine verschworene Gemeinschaft, auf einem Teil des Campingplatzes untergebracht, der etwas niedriger in Richtung des nahegelegenen Sees lag und von den „Touristen" kaum bemerkt wurde, da schon vor Jahren der Platzwart eine Hecke gepflanzt hatte, die jetzt über mannshoch war und die Sicht auf die meisten der festinstallierten Wohnwagen und Mobilheime verdeckte. Bald hatte ich ihre aktuelle Zahl ermittelt. Es waren genau achtunddreißig Stellplätze, die jetzt diesem bunt zusammengewürfelten Haufen, als festen Wohnsitz dienten.

Ich kannte nicht alle Dauercamper, denn es hatte etliche Neuzugänge gegeben, welche die zwei Sterbefälle mehr als kompensierten. Weggezogen war niemand, was mich erfreute, aber den Verdacht aufkommen ließ, dass sich die Welt da draußen, denen, die einmal hier gelandet waren, wohl für immer verschlossen hatte. Das sei eine gute Arbeitshypothese, die in Richtung Endstation zeigt, sagte Professor Großkopf, als ich ihm einen ersten Zwischenbericht meiner Forschungen vorlegte. Er gab mir einen Fragebogen mit, den er als „Muster einer Standarderhebung in sozialen Brennpunkten" bezeichnete und trug mir auf, diesem möglichst genau zu folgen.

So ging ich von einem Domizil zum anderen, begrüßte meine alten Freunde und lernte die Neuzugänge kennen. Alle löcherte ich mit den vorgestanzten Fragen und alle gaben mir bereitwillig Auskunft. Hatte ich anfangs gedacht, dass ich die achtunddreißig Interviews in drei

151

oder vier Tagen erledigt hätte, wurde ich schon am ersten Tag eines Besseren belehrt. Gerade ein einziges Gespräch brachte ich an einem Vormittag zu Ende, und ich brauchte den ganzen Nachmittag, um die Fülle der Informationen in Professor Großkopfs Fragebogen zu pressen. Wichtige Teile des Gesprächs fielen schlichtweg unter den Tisch, weil sie in keine Rubrik passten oder einen Anhang benötigt hätten, um alle Details unterzubringen. Vielleicht hatte es daran gelegen, dass ich mit einem mir noch unbekannten, erst vor einigen Wochen zugezogenen Camper begonnen hatte, denn jede meiner Fragen löste eine wahre Lawine von Mitteilungen aus, die ich nicht den Mut hatte zu stoppen. Meine sparsamen Interventionen, brachten den Redefluss meines Gesprächspartners lediglich in eine neue Richtung, konnten ihm aber keinen Einhalt gebieten.

Er hieß Volkmar Wieschering und war zweiundsechzig Jahre alt, Frühpensionär, wie er gleich eingangs feststellte. Die Bandscheibe, die Wirbelsäule und überhaupt der Rücken hätten ihn zur Strecke gebracht. Ob er Jäger gewesen sei, fragte ich ihn, worauf er stutzte, und mich fragte, woher ich das wisse. Aber eine Antwort meinerseits wartete er gar nicht erst ab, sondern erzählte mir von Abschussquoten und sogenannten Spießern, um die es nicht schade wäre, weil sie nur das Erbgut vermasseln würden, denn sie hätten im Zweikampf der Böcke den Vorteil, den Nebenbuhler, behindert durch sein weitverzweigtes Geweih, einfach aufspießen zu können. Spießer hin, Spießer her, die langen Stunden auf dem ungeheizten Hochsitz, hätten seinem Rücken schließlich den Rest gegeben.

Ich warf einen Blick auf den Fragebogen von Professor Großkopf, denn so konnte das Gespräch unmöglich weitergehen. Als er schließlich, nach einem gruseligen Bericht über einen angeschossenen Rehbock, dessen Schweißspur er mit höllisch schmerzendem Rücken über drei Kilometer habe verfolgen müssen, kurz verschnaufte, um einen Schluck Mineralwasser zu sich zu nehmen, konnte ich endlich fragen, was denn der Grund für seinen Umzug auf den Campingplatz gewesen sei.

„Meine Frau," sagte er, „meine Ex-frau." Diese habe ihm den finanziellen Garaus gemacht, von den anderen Dingen wolle er gar nicht erst anfangen, aber er habe das Haus verkaufen müssen, dessen Erlös gerade so eben die Hypotheken abgedeckt hätte. Er wäre dann in eine kleine Wohnung gezogen, klein, aber teuer, auf jeden Fall zu teuer, was ihm klar wurde, als er dann wegen des Rückens pensioniert wurde und seinen ersten Rentenbescheid erhalten hatte. Er hätte dann die Notbremse gezogen. Die vom Hausverkauf und einer betrieblichen Abfindung verbliebenen dreissigtausend Euros habe er dann, clever wie er sei, in dieses Mobilheim investiert und jetzt käme er mit seiner bescheidenen Rente so einigermaßen hin.

In der Tat hatten sich zwischen die alten, von ihren Besitzern ausgebauten Campingwagen immer mehr dieser sogenannten Mobilheime geschoben. Sie waren grösser als die Campingwagen und ihre umgebauten Vorzelte und hatten praktisch alles, was eine oder auch zwei Personen zum Leben brauchten.

Er sei vollauf zufrieden und könne jetzt wieder ruhig schlafen, natürlich nur mit Schmerzmitteln, wegen des Rückens, aber das sei ja vorher auch so gewesen. Nur hätte er sich von seiner Hörnersammlung trennen müssen. Auf meinen verständnislosen Blick hin, wies er auf ein Hirschgeweih, das er über dem Fernsehgerät angebracht hatte. Ein Sechsender, der passe hier noch so gerade rein, wäre aber das kleinste Geweih, das er gehabt hätte. Man müsse eben Abstriche machen. Seine Frau hätte sich über die vielen Geweihe in ihrem Haus immer aufgeregt. Hörner hat sie die immer genannt, sagte er, nur um ihn zu ärgern. Aber jetzt seien sie eben weg, genau wie seine Frau, die bestimmt, da wäre er sich sicher, auch noch an diesem letzten ihm verbliebenen Geweih herummäkeln würde. Aber damit sei nun ja Schluss.

Ich fand beim besten Willen keine Frage in Professor Großkopfs Formular, die auf diese durchaus interessanten und sehr anschaulichen Antworten von Volkmar Wieschering passte. So übertrug ich diese in ein gesondertes Archiv, als ich am Nachmittag das Audio abtippte. Eine Praxis, die ich auch bei den folgenden Interviews beibehielt. Vielleicht, so dachte ich mir, könne ich diese später einmal verwerten und sei es als Anhang zu den mageren Daten, Tabellen und Statistiken, die ich, wie Professor Großkopf mir aufgetragen hatte, aus den Achtunddreißig Fragebögen versuchte herauszufiltern. Aber noch war es nicht so weit.

In den nächsten Tagen, die sich bald zu einer und dann zu zwei Wochen summierten, denn ich schaffte meistens nur zwei, höchstens aber drei

Interviews am Tag, bekam ich einen Einblick in die absurdesten Lebensläufe. Mal war ich versucht, diese Schicksal zu nennen, mal schienen sie eine Aneinanderreihung von Missverständnissen zu sein oder erinnerten mich an eines dieser Bücher, bei deren Lektüre man nicht weiß, ob man lachen oder weinen soll. Was mich am meisten wunderte, war, dass sich keiner der Interviewten negativ über seine jetzige Situation äußerte. Alle lobten den Campingplatz, an dem ihnen besonders die guten nachbarschaftlichen Beziehungen gefielen. Sie priesen die endlich gefundene Nähe zur Natur, der man, das konnte ich aus eigener Erfahrung bestätigen, bei Regen und vor allem beim Gang zum Duschhaus schwerlich ausweichen konnte. Alle, die ich bisher interviewt hatte, sahen eine glückliche Zukunft vor sich, die sie sich als einfache Andauer des jetzigen perfekten Zustandes vorstellten. Dieser Optimismus kontrastierte mit den Erzählungen über eine Vergangenheit, die manch einem, während er sich im Gespräch daran erinnerte, die Tränen in die Augen trieb.

Besonders die Älteren unter den achtunddreißig Dauercampern, und das war die deutliche Mehrheit, hatten von so manchem Missvergnügen zu berichten, das ihnen widerfahren war. Nicht selten, was sage ich, in fast allen Fällen, waren gescheiterte Ehen an einem Absturz beteiligt, der schließlich, nach jahrelangen Versuchen ihn abzuwenden, aus einem gutverdienenden Mann und Familienvater einen verschuldeten zum übermäßigen Alkoholkonsum neigenden Arbeitslosen gemacht hatte. Fast alle meiner bisherigen Gesprächspartner waren

Männer schon fortgeschrittenen Alters, aber es gab auch drei Doppelinterviews, die mir eine Menge Arbeit ersparten, das heißt, statt einen ganzen Tag auf ein einziges Gespräch zu verwenden, saß ein Ehepaar vor mir, das mich die Sitzung mit zwei ausgefüllten Fragebögen beschließen ließ. Diese Doppelinterviews hatten zudem den Vorteil, dass die Antworten der beiden nahezu identisch waren, was mir eine Menge Schreibarbeit ersparte.

Ich war mir sicher, dass ein Paar, das zusammen nach dreißig oder gar fünfunddreißig Jahren Ehe in einem preiswert erstandenen gebrauchten Mobilheim auf dem Campingplatz landete, durch keine nur ausdenkbare Schikane mehr auseinanderzubringen war. Es sei denn, dass der Tod dazwischenkam. Drei Männer, von denen zwei noch keine sechzig waren, hatte dieses Schicksal ereilt, was diesen Einzelinterviews eine zusätzliche tragische Note gab. Die Frau war vor ihnen gestorben, was, wie mir alle drei glaubhaft versicherten, statistisch völlig untypisch sei. Dieses unvorhersehbare und schockierende Event ließ zwei von ihnen zur Flasche greifen, gefolgt von Arbeitsplatzverlust, Schulden und erfolglosen Versuchen sich erneut mit einer Frau zu liieren. Den dritten der drei Witwer schien der Verlust seiner Frau jedoch nicht aus der Bahn geworfen zu haben. Er zeigte mir sogar ein Foto von einer mittelalterlichen, freundlich in die Kamera lächelnden etwas übergewichtigen Blondine im Badeanzug, die er an jedem Wochenende besuche und die, ja das könne er so sagen, seine neue Freundin sei. Ich fragte mich, was da noch alles auf mich zukäme, denn ich hatte erst knapp die Hälfte der Dauercamper interviewt.

Mir schwirrte der Kopf voll von Gesprächsfetzen und so kam mir das Wochenende gerade recht. Ein „Russischer Abend" war angesagt. Am Akkordeon: Kateryna. So stand es auf dem Plakat, das der Platzwart angefertigt und an die Tür zu den Duschen geheftet hatte.

Ich war dermaßen in meine Feldforschung vertieft gewesen, dass ich erst mitbekam, was die Stunde geschlagen hatte, als der Platzwart schnaufend vor meinem Wohnwagen stand und mit hochrotem Kopf feststellte:

„Der Platz ist voll! Rappelvoll!"

In der Tat waren in den letzten Tagen auf dem Teil des Campingplatzes, der allgemein zugänglich war und im Sommer von Touristen mit Zelten, Wohnwagen und Wohnmobilen belegt wurde, Reisende eingetroffen, die mit ihren Wohnwagen zumeist älteren Baujahres, jede verfügbare Fläche belegt hatten. Nur war jetzt kein Sommer.

Der Platzwart hatte das Plakat in der Hand, auf dem unser „Russischer Abend" angekündigt wurde. Jemand hatte darauf mit grobem Filzstift „Slava Ukraini!" geschrieben und ein anderer es zu allem Überfluss mit einem Hakenkreuz übermalt.

„Deine Kateryna ist voll in Aktion!"

Damit bezog er sich nicht auf das Plakat, sondern, wie ich gleich selbst vor Ort feststellen konnte, auf ihre Tätigkeit als Dolmetscherin und Platzanweiserin, die sie spontan übernommen hatte.

„Seit zwei Tagen ist die Hölle los!" Er schüttelte den Kopf, als ich entschuldigend meinen Stapel von noch auszufüllenden Fragebögen anführte.

„Siehst Du denn kein Fernsehen?"

In der Tat hatte ich, der ich sowieso selten den Fernseher anstellte und wenn, dann eben nur zu Nachrichtensendungen, selbst diese vergessen.

„Es ist Krieg!" sagte der Platzwart, „und das sind Flüchtlinge!"

Kateryna war gerade dabei, einer Frau in einem altmodischen Pelzmantel zu erklären, dass man zum Duschen Duschmarken brauchte und diese zum Wert von fünfzig Cents an der Kasse vom Mini-Markt erwerben könne. Ich verstand nur, was Kateryna sagte, weil dies zu den Standard-erklärungen für Neuankömmlinge gehörte und sie mehrmals das Wort Duschmarke gebrauchte, während sie diese der Frau vor die Nase hielt. Die Frau hatte sie wohl verstanden, hatte aber keine Münzen für den Apparat. Ich kramte fünfzig Cent aus meiner Hosentasche und gab sie ihr. Sie sagte etwas, was ich nicht verstand.

„Sie hat danke gesagt. Nett von Dir!"

Für den Rest des Tages blieb ich an Katerynas Seite, um zu helfen, wie ich dem Platzwart versicherte.

„Na, dann hilf mal schön", sagte dieser und kniff mir ein Auge zu.

Einige der Neuangekommenen, das Wort Flüchtling mochte mir nicht über die Lippen kommen, sprachen Deutsch, oder zumindest so viel Englisch, dass sie sich mit mir verständigen konnten. Hier und da galt es, einen Wackelkontakt im Stromanschluss zu beseitigen, oder den Campingwagen auszubalancieren, indem man ein Stück Holz unter die ausklappbaren Stellfüße schob. Immer gab es irgendwelche Hand-reichungen zu machen, die nun einmal das

158

Camperleben erfordert. Mir war gleich aufgefallen, dass fast nur Frauen mit Kindern, sowie einige Männer im Pensionsalter in den Campingwagen wohnten.

„Die Männer zwischen achtzehn und sechzig sind in der Ukraine geblieben." Und als Kateryna mein verständnisloses Gesicht sah, ergänzte sie rasch: „Sie kämpfen! Sie kämpfen gegen die Invasoren."

„Die Russen?" sagte ich, nur um irgendetwas zu sagen.

„Ja", sagte sie, „die Russen, aber es gibt auch Tchetchenen, das sind die Schlimmsten."

Sowohl Russen als auch Tschetschenen, waren mir bisher noch nicht über den Weg gelaufen, selbst in der Universität nicht. Oder, sie waren es, aber ich hatte sie nicht als solche erkannt. Um ehrlich zu sein, auch mit einer Ukrainerin hatte ich, bis ich jetzt auf Kateryna traf, noch nie vorher gesprochen. Und auf einmal war der Platz voll von ihnen, von Ukrainern.

„Ukrainerinnen", sagte Kateryna. „Es sind fast nur Ukrainerinnen."

Schon wandte sie sich der nächsten Hilfesuchenden zu, die wohl einen Arzt für ihre dreijährige Tochter brauchte, welche seit gestern hohes Fieber hatte. Wieder wurde ich in die Hilfsaktion miteinbezogen, denn ich konnte nicht anders, als ihr eine Mitfahrgelegenheit in die nächste Praxis anzubieten. Kateryna begleitete uns, denn auch beim Arzt war eine Dolmetscherin nötig. In den nächsten Tagen ging es so weiter. Von morgens bis abends dolmetschte Kateryna für die ukrainischen Flüchtlinge. Ich stand ihr zur Verfügung und versuchte zusammen mit dem

Platzwart zu helfen, so gut es ging. Meine Fragebögen hatte ich vergessen. Nur manchmal, wenn ich abends in den Wohnwagen kletterte, warf ich einen Blick darauf. Sie waren grau und unwichtig. Was ebenfalls in Vergessenheit geraten war, das war der russische Abend. Kaum traute sich der Platzwart, mich daran zu erinnern.

„Nennen wir ihn einfach Geselliges Beisammensein", schlug ich vor.

„Das verstehen doch nur die Deutschen", antwortete er.

Ich zog Kateryna zu Rate, die gleich eine Lösung wusste.

„Schreib ganz groß „Musik" und darunter, etwas kleiner, Slava Ukrayni, dann kommen sie."

Ich konnte sogar eine gelbe Pappe ergattern, auf die ich mit blauem Filzstift den vorgeschlagenen Titel schrieb. Als ich fertig war, fielen mir die Dauercamper ein, und ich fügte ganz oben einige unverfängliche Wörter hinzu. „Deutsche und Internationale Musik" stand da jetzt. Neben Ort und Uhrzeit klebte ich ein Foto des verstorbenen Hein aus Hamburg, dessen Akkordeon gut zur Geltung kam. Es passte nicht ganz, wie ich fand, gab aber dem Ganzen die Richtung an. Tatsächlich blieb das Plakat, ohne abgerissen oder beschmiert zu werden, bis zum nächsten Samstagabend hängen.

Ich muss sagen, dass mir Nationalhymnen immer irgendwie unangenehm waren. Da sangen Leute, die seit Jahren verbeamtet waren und keinem Hähnchen den Kopf abhacken könnten, dass sie den Tod der Knechtschaft vorzögen und bereit wären, ihre Feinde mit ins Grab zu nehmen. Andere, die treu und brav ihren Frauen beim

Abwasch halfen und beim ersten Schuss davonlaufen würden, schworen, dass das Blut ihrer Feinde die Äcker tränken werde. Andere kannten keine grüneren Wiesen als die eigenen, kein schöneres Land als das ihre und versprachen ebenfalls ihr Leben, wenn es denn darauf ankäme, dafür hinzugeben. Alle diese Peinlichkeiten wurden aus vollem Halse gesungen, möglichst im Stehen mit einer Hand auf dem Herzen und der anderen an der Hosennaht. Vor allem diese immer wieder beschworene und auf sich selbst stolze Großgruppe, das Volk, löste bei mir eine innere Abwehr aus, die mir stets als so natürlich und selbstverständlich erschienen war, dass sie meinerseits keiner argumentativen Rechtfertigung bedurfte.

Kateryna hatte, wohl weil ihr als Dolmetscherin an Verständigung gelegen war, den Text der ukrainischen Nationalhymne ins Deutsche übersetzt und im Publikum verteilt. Das war schon ganz am Anfang des Musikabends geschehen und ich musste nach dem zusammengefalteten Zettel in meinen Taschen suchen, als Kateryna die deutschen Anwesenden aufforderte, doch bitte die Übersetzung zu verfolgen. Sie würde jetzt, zum Abschluss des Abends, zu Ehren der gefallenen ukrainischen Soldaten und auch derjenigen, die immer noch kämpften, die Hymne anstimmen. Alle standen auf und ich versuchte, mich von dem in mir aufkommende Gefühl der Peinlichkeit abzulenken, indem ich las.

Ich war mit dem Lesen schneller fertig als die anwesenden Ukrainer singen konnten. Entweder war die Hymne in Wahrheit viel länger, oder sie wiederholten die Strophe mehrere Male. Auf jeden Fall wich meine reflexhafte Abneigung jeglicher Art von Hymnensingerei zuerst einer gewissen Neugier, die sich in erster Linie auf Kateryna bezog, welche ihrem Akkordeon eine fast melancholisch anmutende Sequenz von Tönen entlockte, die sich in Klang und Ausdruck deutlich von dem unterschieden, was sie bisher gespielt hatte. Sie hatte den Kopf über ihr Instrument geneigt und blickte jedes Mal kurz auf, wenn es hieß: „Verschwinden werden unsere Feinde wie Tau in der Sonne!"

Meine Neugier war jetzt einem Gefühl gewichen, das man nur als Rührung bezeichnen konnte. Es mochte wohl der melancholischen Melodie geschuldet sein, die so gar nichts mit dem triumphierenden Gebaren anderer National-hymnen zu tun hatte. Den zerknitterten Zettel in der Hand beschäftigte mich, während Kateryna aus dem Akkordeon herzzerreißende Laute presste, diese Zeile mit dem Tau, den die ersten Sonnenstrahlen langsam in Luft auflösten. Es war ein friedliches Bild, das sich da vor meinem inneren Auge auftat. Statt eines blutigen Gemetzels, grüne, taubedeckte, von den ersten Sonnenstrahlen gestreifte Wiesen und Felder. Die Feinde, nicht hingemordet, sondern sich freiwillig im Angesicht des ersten Sonnenlichts zurückziehend. Neben mir weinte eine Frau, und auch Kateryna standen die Tränen in den Augen. Ich konnte mich Gottseidank bis zum Schluss beherrschen und hatte, während alle klatschten, Zeit, meine Gefühle zu ordnen.

Diese ganze Flüchtlingsgeschichte hatte mich ziemlich aus der Bahn geworfen. Meine

Interviews mit den Dauercampern waren unbedeutend und die Fragebögen kamen mir lächerlich vor. Was war ich für ein Soziologe, der über das Ausfüllen von Fragebögen einen Krieg verschlafen hatte! In wenigen Tagen war ich, immer an der Seite der fleißig übersetzenden Kateryna, mit so viel erschreckenden Geschichten konfrontiert worden, dass ich des Nachts lange wach lag und, wenn ich dann endlich eingeschlafen war, von fürchterlichen Dingen träumte. Kateryna hatte wohl mitbekommen, wie mich dies alles von Tag zu Tag mehr niederdrückte. Manchmal sah sie mich von der Seite an und lächelte mir aufmunternd zu, wenn wieder einmal eine junge Frau weinend erzählte, wie ihr Wohnviertel bombardiert worden war und dass sie ihren Mann zurückgelassen hatte, der sich freiwillig zur Armee gemeldet hätte, um zu kämpfen. Nachrichten hatte sie schon seit Wochen nicht mehr von ihm. Dieser Mann war ein Kämpfer! Und ich? Ein Bücherwurm, den das Leben nie ernsthaft herausgefordert hatte. Meine Muskeln, die während meiner Zeit als Werkstudent noch nützlich gewesen waren, würden bald wegen Untätigkeit schlaff werden, bis sie eines Tages nur noch notdürftig mein Skelett zusammenhielten.

Diese Leute, obwohl aus ihren Wohnungen vertrieben und in ein Land verschlagen, dessen Sprache sie nicht verstanden, hatten etwas, was ihrem Leben einen Sinn gab. Heimat und Freiheit, darum kämpften sie, sei es als Flüchtlinge oder Soldaten in vorderster Front. Kateryna, der ich von meinen Eindrücken und Gedanken, wenn man denn meine wirren Gefühle so nennen konnte, erzählte, schlug mir vor, eine Pause zu machen und statt wieder einmal Leute bei Behördengängen zu begleiten oder zu erklären, wo es in der Nähe preiswerte Deutschkurse gab, einen Kaffee in meinem Wohnwagen zu trinken. Ich stutzte, worauf sie lachend darauf aufmerksam machte, dass in ihrem eigenen Wohnwagen Frau Oldesiel auf ihr Baby aufpassen würde. So machten wir uns auf und saßen bald einander gegenüber in der Sitzecke, so wie ich es vor Jahren mit dem Alten getan hatte. Ich hatte die Gasheizung angestellt, denn draußen pfiff heute ein ungemütlicher Wind.

„Erzähl mir von dir", sagte Kateryna. „Wir sind jeden Tag zusammen, aber eigentlich weiß ich gar nichts von Dir."

„Ich weiß auch nichts von dir", rutschte es mir heraus.

„Was willst Du wissen?" Kateryna rührte in ihrem Kaffee, ohne mich aus den Augen zu lassen. Sie hatte wunderbare dunkle Augen, die, obwohl sie jetzt lächelte, von einer Traurigkeit waren, deren Grund ich gerne gewusst hätte.

„Dein Baby", sagte ich, „hat es keinen Vater?"

„Jedes Baby hat einen Vater", antwortete sie. Sie hatte zu heftig in ihrer Tasse gerührt, so dass der Kaffee überschwappte und ich ihr mit einer Serviette zu Hilfe kam. Während sie den Unterteller trocknete, fuhr sie fort.

„Er ist tot. Ich konnte ihm noch nicht einmal sagen, dass ich schwanger war. Im zweiten Monat meiner Schwangerschaft war er schon tot."

Alle möglichen Antworten auf meine Frage hatte ich erwartet, aber nicht diese. Ich musste wohl ein ziemlich dummes Gesicht gemacht haben, denn sie fügte hinzu:

„Er ist an der russischen Grenze gefallen, in der Nähe von Donezk. Ich war im zweiten Monat schwanger. Verheiratet waren wir nicht, aber wir hatten vor zu heiraten. Wie gesagt, er ist tot."

Ich wusste, dass ihr Kind noch kein Jahr alt war und rechnete kurz zusammen, wie lange es her war, dass dessen Vater gestorben war.

„Eineinhalb Jahre ist es schon her", sagte Kateryna, so als ob sie meine Gedanken gelesen hätte.

Ich schenkte ihr noch einen Kaffee ein, ohne dass sie darum gebeten hatte. Sie warf einen Zuckerwürfel hinein. Dieses Mal rührte sie den Kaffee nur ein, zweimal um und legte dann das Löffelchen zur Seite. Sie sah mich an.

„Und du?"

Ich sah in ihre Augen, die so dunkel waren, dass sich die Pupille kaum von der Iris unterschied.

„Es tut mir leid", sagte ich.

„Ja", sagte sie und legte kurz ihre Hand auf die meine. Ich erzählte ihr vom frühen Tod meiner Mutter und den Jahren mit dem Alten, meinem Vater, unserer jahrelangen Wanderschaft und den Manuskripten, die ich im Koffer von Ort zu Ort hinter ihm herschleppte. Während ich mich an alles Mögliche erinnerte und sprach, hörte Kateryna aufmerksam zu. Selbst als sie aufstand und durch den Wohnwagen ging, redete ich weiter.

„Ist er das?" Sie zeigte auf den Koffer, der seit langem, so als ob es ein Möbelstück wäre, immer an der gleichen Stelle stand.

165

„Der Koffer mit den Manuskripten? Ja, das ist er."

„Mach ihn auf", sagte sie. Es dauerte eine Weile bis der Reißverschluss, stumpf wie er war, nachgab und sich langsam öffnete. Nach ein paar weiteren ruckelnden Bewegungen brach der Nippel ab und Kateryna, sich auf den Deckel knieend, half mir zu verhindern, dass der papierne Inhalt, der sich aufzublähen schien, den noch nicht geöffneten Teil des Reißverschlusses einfach aufsprengte. Während sie auf dem Koffer hockte und ich am Verschluss schob und zerrte, streiften ihre langen Haare, die sie heute offen trug, meinen Kopf. Obwohl mir dieses einen Teil der Sicht nahm und mich bei meiner Arbeit behinderte, sagte ich nichts. Ein diskreter Duft umhüllte mich, den ich begierig in mich einsog und der mich immer noch umgab, als Kateryna sich erhob und der Koffer sich endlich öffnete. Neben dem Text „Über das Wesentliche" lag das Manuskript über „Hinz und Kunz". Es waren die beiden letzten Vorträge des Alten.

Ich las ihr einige Abschnitte daraus vor und erzählte von diesem merkwürdigen Deutschlehrer, der dem Alten immer ins Wort gefallen war und ihm sogar vorgeworfen hatte, mit den Nazis zu sympathisieren, obwohl es ihm nur um die Philosophie gegangen sei. Ich las ihr noch aus anderen Manuskripten vor und sah, wie sie immer nachdenklicher wurde.

„Am Wochenende habe ich mehr Zeit, da kannst Du mir gerne noch mehr vorlesen, jetzt aber muss ich mich um Boris kümmern."

„Um Boris?"

„Ja, um Boris, mein Baby." Kateryna umarmte mich flüchtig und gab mir einen Kuss auf die Wange.

„Bis morgen!"

„Bis morgen", erwiderte ich und begleitete sie bis zum Gartentor. Ich sah ihr nach bis sie hinter der Hecke, die den Hauptweg säumte, verschwunden war. Wieder im Wohnwagen brauchte ich einige Zeit, um die überall herumliegenden Manuskripte wieder in eine annehmbare Ordnung zu bringen. Obenauf lag jetzt wieder das Manuskript über „Hinz und Kunz" und auch die Reihenfolge, in der sie vom Alten in seinen öffentlichen Lesungen vorgetragen worden waren, war wieder hergestellt. Aber so sehr ich mich auch mühte, es gelang mir nicht, den Koffer wieder zu schließen.

Kateryna begrüßte mich am nächsten Tag freundlich wie immer. Sie blieb nur länger als sonst üblich an meiner Seite und sagte etwas über die Manuskripte, was ich nicht ganz verstand, denn der Platzwart diskutierte hinter mir mit einem Dauercamper, der sich über eine verstopfte Toilette beschwerte. Das Wesentliche von Katerynas Worten hatte ich jedoch mitbekommen: sie wolle mich heute Abend, wenn es mir denn recht wäre, besuchen. Den Rest des Vormittags verbrachte ich mit den verschiedensten Dingen, die auf einem Campingplatz nun einmal anfallen, zumal, wenn er von einer wahren Heerschar geflüchteter Ukrainer heimgesucht worden war. Die verstopfte Toilette gehörte auch dazu. Wahrscheinlich hätte ich, nachdem ich dies gemäß meiner Gewohnheit, schon frühen Morgen getan hatte, an diesem Tag nicht noch ein zweites

Mal geduscht. Aber das bevorstehende Treffen mit Kateryna ließ mir eine erneute gründliche Körperpflege als angemessen erscheinen. Selbst meinen wenigen Barthaaren, die ich wegen ihrer Spärlichkeit meistens ignorierte, rückte ich, mit einer eigens zu diesem Zwecke im Mini-Markt erstandenen Rasierklinge, zu Leibe. Den Rest des Nachmittags verbrachte ich über meinen Interviews, aus denen ich versuchte, statistisch verwertbare Informationen zu filtern. Aber ich war nicht bei der Sache.

Gegen sieben Uhr abends kam sie. Sie trug ihr Baby in einem Tuch vor dem Bauch und beklagte sich, als sie es mit wenigen Handgriffen aus dem Tragetuch befreite, über sein Gewicht. Das sei wohl das letzte Mal gewesen, dass sie ihn so getragen habe.

„Er wird mir zu schwer", sagte sie und hielt mir den strampelnden Boris hin, der mir wohl aus den Händen geglitten wäre, wenn sie nicht kurzentschlossen nachgefasst hätte. In einer Plastiktasche hatte sie allerlei Babyzubehör, wie sie es lachend nannte. Bald war sie damit beschäftigt, ein Gläschen Brei auf meinem Gaskocher aufzuwärmen. Derweil hatte ich Boris auf dem Arm, ein, das muss ich zugeben, ungewohntes Gefühl, auch, weil er versuchte, sich einen meiner Finger in den Mund zu stecken.

„Er hat Hunger," sagte sie und löste den an meinem Zeigefinger saugenden Boris aus meiner ungelenken Umarmung. Sie setzte sich so, dass Boris in ihrem linken Arm zu liegen kam und sie ihm bequem mit einem abgerundeten Plastik-Löffelchen den gewärmten Brei in den Mund schieben konnte. Vorher hatte sie sich

168

vergewissert, dass die Temperatur stimmte, indem sie selbst an der Babynahrung nippte. Für mich alles überraschende Dinge. Ich bewunderte die Selbstverständlichkeit, mit der sie dem Baby den Brei in den Mund stopfte. Konnte Boris nicht gleich den ganzen Inhalt eines Löffels schlucken, was fast jedes Mal der Fall war, schabte Kateryna flink die breiige Masse zusammen und schob sie in das mittlerweile wieder geöffneten Mündchen.

Zu einem wirklichen Gespräch kamen wir erst, nachdem Kateryna mit Boris auf dem Arm eine Weile im Campingwagen auf und ab gegangen war und dieser ein paar Mal leise aufgestoßen hatte. Schließlich, nachdem ihm auf ihrem Arm schon die Augen zufielen, legte sie ihn aufs Bett, wo er dann nach kurzer Zeit, während Kateryna leise eine Melodie summte, einschlief.

„Ist das jeden Abend so?" fragte ich.

„Ja", sagte sie. „Zum Glück hilft mir Frau Oldesiel. Sie selbst hat keine Kinder und in Boris sieht sie so etwas wie einen Enkel, den sie wohl gerne gehabt hätte". Kateryna lächelte.

„Kannst Du mir einen Kaffee kochen?"

Ich muss gestehen, dass, als Kateryna ihren Sohn in den Schlaf wiegte, mich eine wohlige Ruhe erfasst hatte, wie ich sie schon lange nicht mehr verspürt hatte. Am liebsten hätte ich mich dazugelegt und mich von Katerynas zärtlichem Summen einschläfern lassen.

„Kannst Du einen Kaffee machen?" wiederholte Kateryna. Ich schreckte auf.

„Ja, sicherlich. Eine gute Idee, sonst schlafe ich auch noch ein."

„Pssst!" sagte Kateryna und legte einen Finger vor den Mund. „Sprich etwas leiser, sonst wird er noch wach!"

Ich bemühte mich, nicht mit dem Geschirr zu klappern und drehte, als das Wasser zu kochen begann, schnell das Gas ab, noch bevor der Kessel anfangen konnte zu pfeifen. Derweil hatte sie sich bereits den Manuskripten zugewandt, die auf dem geöffneten Koffer lagen. Als der Kaffee endlich fertig war und sich sein belebendes Aroma im Raum verteilte, war sie in die Lektüre vertieft und machte auch jetzt, wo ich mit dem Kaffee neben ihr stand, keine Anstalten, damit aufzuhören.

„Der Kaffee ist fertig", sagte ich.

„Ja", sagte sie, ohne den Kopf zu heben.

„Wenn du möchtest, stell ich ihn hier auf den Tisch."

„Ja, bitte," sagte sie.

Kateryna las das Manuskript bis zur letzten Seite und nahm dann das nächste, was sie mit ebenso konzentrierter Aufmerksamkeit verschlang. Sie hätte wohl auch noch ein drittes gelesen, wenn ich sie nicht, mit dem Hinweis, dass der Kaffee sicherlich schon kalt sei, aus ihrer Lektüre in die Wirklichkeit zurückgeholt hätte.

„Schade", sagte Kateryna.

„Schade um den Kaffee", stimmte ich ihr zu. „Soll ich einen neuen machen?"

„Nein, nein", antwortete sie. „Ich meine, schade, dass er schon tot ist."

„Wer?" fragte ich.

„Stell dich nicht so dumm", sagte Kateryna und versenkte einen Zuckerwürfel im lauwarmen Kaffee. Das, was sie gelesen hätte, fände sie ausgezeichnet und sie würde gerne, wenn mir dieses recht wäre, auch die anderen Manuskripte lesen.

„Er war wirklich dein Vater?"

„Ja," sagte ich, „aber ich habe es erst erfahren, als es schon zu spät war."

„Zu spät?"

„Ja, nach seinem Tod. Deswegen habe ich ihn auch nie Vater genannt. Für mich war er immer nur der Alte."

„Und wie hast du ihn angeredet?"

Ich brauchte einige Sekunden, um mir klar zu werden, dass ich den Alten in der Tat nie direkt mit seinem Namen angesprochen hatte. Bis zum Schluss hatte ich ihn gesiezt. Ich schämte mich dafür und sagte es ihr. Kateryna hatte mich bereits mehrmals lange angesehen und dabei den Kopf leicht zur Seite geneigt. Unser Gespräch war erloschen und sie sah mich immer noch an. Noch nie hatte ich mich einem anderen Menschen gegenüber so ungeschützt gefühlt. Dabei war dieses Gefühl der Schutzlosigkeit jedoch nicht verbunden mit dem Bewusstsein der Verwundbarkeit oder mit der normalerweise in einer solchen Situation einschnappenden Abwehr einer vermeintlichen Bedrohung. Nein, ich öffnete mich ihrem dunklen Blick und ließ ihn in meine Seele eintauchen, in Tiefen, die mir selbst unbekannt waren. An diesem Abend küssten wir uns das erste Mal.

Die turbulenten Ereignisse um mich herum und selbst der glückliche Beginn meiner Liebesbeziehung zu Kateryna, konnte nun nicht davon ablenken, dass ich meine Examensarbeit in wenigen Tagen abgeben musste. Ich bat den Platzwart und auch Kateryna um Verständnis und schloss mich mit meinen Fragebögen im Wohnwagen ein. Da ich mir nicht vorstellen konnte, dass meine Umfrage unter den Dauercampern in irgendeiner Weise repräsentativ für alle Campingplätze Deutschlands war, ich aber irgendeine allgemeine These oder Theorie über das von mir beobachtete soziale Feld, wie mein Professor es nannte, formulieren musste, griff ich in meiner Verzweiflung zu einer kühnen Methode, die einzige, die irgendeine Art von Erfolg versprach.

„Campingplatz: Endstation oder Alternative? Eine Fallstudie." Diese Frage musste ich beantworten, koste es was es wolle. Ich legte die Fragebögen übereinander, die irgendetwas miteinander zu tun hatten. Sei es die Herkunft, der erlernte Beruf, das Alter, der Familienstand oder auch Krankheiten, wobei ich auch den Alkoholismus als eine solche akzeptierte. Aus meinen achtunddreißig Fragebögen wurden so etwa fünfzehn Stapel, eine Zahl, die mir als deutlich zu hoch erschien, um hier irgendeine Tendenz ablesen zu können. Ich erinnerte mich, dass ich irgendwo darüber gelesen hatte, dass jegliche gesellschaftliche Kommunikation darauf angewiesen sei, die vorhandene Komplexität so zu reduzieren, dass ein gedeihliches Miteinander und vor allem Verständigung möglich sei. Diese Theorie warf ein grelles Licht auf die Fragebögen, indem sie offenkundige Absonderlichkeiten und untypische Einzelfälle als störendes „Rauschen" entlarvte und als für eine wissenschaftliche Erhebung als zu vernachlässigen einstufte. Es blieben drei Stapel, die ich auf lediglich einen einzigen hätte reduzieren können, aber dies kam mir dann doch übertrieben vor. Diesen drei Stapeln, die drei Gruppen von Dauercampern entsprachen, konnte ich nun eine eindeutige Problemlage zuordnen, ganz wie der Standardfragebogen über soziale Brennpunkte es nahelegte. Die erste Gruppe bestand aus Rentnern, die auf den Campingplatz ausgewichen waren, weil sie wegen einer minimalen Rente sich keine Mietwohnung mehr leisten konnten. Die zweite aus asozialen Elementen, die ich natürlich so nicht bezeichnen konnte, und deshalb als „Träger diffuser Probleme" bezeichnete. In dieser Gruppe sprachen fast alle regelmäßig dem Alkohol zu. Die letzte Gruppe, das muss ich gestehen, bestand nur aus einer einzigen Person, genauer gesagt, aus zweien, nämlich aus Kateryna und ihrem Sohn Boris. Ich hatte diese Gruppe eingeführt, weil ich Kateryna weder mit den asozialen Alkoholikern, noch mit den verarmten Rentnern auf einen Nenner bringen konnte. Ausserdem verpflichtete der Fragebogen dazu, besonders auf die Situation der Frauen, insbesondere der alleinerziehenden Mütter einzugehen. Und das war Kateryna nun einmal: eine alleinerziehende Mutter.

Zwei Tage vor Abgabetermin hatte ich alles in auch grafisch ansprechende Tabellen gebracht und es war mir nun ein Leichtes, aus den farbigen Türmchen und Torten eine empirisch abgesicherte Schlussfolgerung und eine allgemeine Theorie abzuleiten. Es gab sie nämlich nicht. Der Campingplatz war weder eine Endstation noch eine Alternative, er war einfach, wie er war, ein schillerndes Soziotop, das um keinen Deut anders, geschweige denn besser war, als der Rest der Gesellschaft. Ich gestehe, dass ich

173

darauf gefasst war, durchzufallen oder zumindest vom Professor aufgefordert zu werden, alles noch einmal gründlich zu überarbeiten. Umso überraschter war ich, als dieser mich freudig begrüßte, meine Arbeit überschwänglich lobte und sogar sagte, er hätte viel bei der Lektüre gelernt. Mir kam das so übertrieben vor, dass ich ihn von nun an nicht nur für einen Schmeichler, sondern für einen ausgesprochenen Lügner hielt. Von nun an, denn anstatt, dass mir mit meinem Examen der Befreiungsschlag gelungen wäre und ich fortan fern der Universität mein Brot hätte verdienen müssen, lud er mich ein, bei ihm zu promovieren. Ich hatte schon beide Arme erhoben, um dankend abzulehnen, als er seine Einladung mit den Worten ergänzte: „Ein Stipendium haben wir auch schon." Ich ließ meine Arme sinken, bedankte mich und versicherte, dass ich es mir überlegen würde.

„Was gibt es da zu überlegen?"

„Ich habe kein Thema", sagte ich, in gewisser Weise froh, ein Schlupfloch gefunden zu haben.

„Kein Problem", sagte er. „Das Stipendium lässt ihnen sowieso keine Wahl. Es fördert Studien über die alleinerziehende Frau und überhaupt über Frauen in der Politik. Und auf diesem Gebiet haben sie sich mit ihrer Feldarbeit ja hervorragend qualifiziert."

Ich dachte an den kleinen Boris, an Kateryna, während mir immer heißer wurde und mir die Hände schwitzten.

„Eine Doktorarbeit muss natürlich noch mehr in die Tiefe gehen."

„In die Tiefe?"

„Ja, in die Tiefe. Ich empfehle ihnen Anschluss an eine zeitgenössische Fragestellung zu finden."

„Über Alleinerziehende?"

„Über die Frau und die Politik. Das könnte natürlich die alleinerziehende Mutter in der Politik sein. Ein interessantes Thema."

„Ja", sagte ich.

„Oder haben Sie eine bessere Idee?"

Die Situation war dermaßen absurd, dass ich kurz davor war, einen Lachanfall zu bekommen. Ich weiß nicht, welcher Teufel mich geritten hatte, als ich, um diesem Missverständnis ein Ende zu bereiten, sagte: „Wie wäre es mit: Die Frau ohne Kinder in der Politik. Eine historische Studie."

Der Professor war begeistert.

„Ausgezeichnet", rief er. „Die Frau ohne Kinder in der Politik!" Er begann etwas in ein vor ihm liegendes Formular zu kritzeln. „Gut, sehr gut", sagte er mehrmals. Dann sah er mich an.

„Nur der Untertitel. Muss der sein? Entweder lassen sie den weg, sonst kriegen wir noch Ärger mit den Historikern, oder sie schreiben: Eine soziologische Studie."

Ich wusste nicht, welche Probleme er mit seinen Kollegen aus dem Fachbereich für Ältere und Neuere Geschichte hatte, aber als er nach einigem Kopfwiegen einen neuen Untertitel vorschlug, willigte ich ein. Der komplette Titel lautete jetzt: „Die kinderlose Frau in der Politik. Eine soziologische Studie über ausgewählte historische Fälle."

Die mündliche Master-Prüfung war nur noch eine Formsache, denn ich wurde von der

Prüfungskommission schon augenzwinkernd als neuer Doktorand gehandelt. Ich schloss mit der Höchstnote ab. Das Stipendium traf bereits zum nächsten Ersten auf meinem Konto ein und meine chronischen Geldprobleme waren auf absehbare Zeit gelöst. Dafür hatte ich ein anderes. Ich musste eine Doktorarbeit über ein Thema schreiben, von dem ich keinen blassen Schimmer hatte.

„Ich helfe dir", sagte Kateryna, als ich ihr mein Leid klagte.

„Woher soll ich wissen, welche Frauen in der Politik Kinder hatten und welche keine. Überhaupt gibt es kaum welche. Frauen in der Politik, meine ich."

„Wir machen ein brainstorming," schlug Kateryna vor. „Nenne mir wahllos alles, was dir zu Frauen in der Politik einfällt."

„Calygula", sagte ich. Kateryna lachte.

„Du blockierst. Entspanne Dich und fang noch einmal an."

Ich legte mich auf das Bett und verdammte den Tag, an dem ich dieses Stipendium angenommen hatte.

„Katherina die Große", sagte ich.

„Meine Namensvetterin. Aber die hatte doch Kinder."

„Was weiß ich", sagte ich.

„Gut, das sehen wir später. Mach weiter."

Ich musste eine ganze Weile nachdenken.

„Jean d´Arc!"

„Notiert", sagte Kateryna, die am Kopfende neben mir saß, wie in einer psychoanalytischen Sitzung. Das war etwas, was ich an ihr schätzte, ihre Hilfsbereitschaft kombiniert mit einem feinsinnigen Humor. In dieser Sitzung kamen wir

176

nur auf wenige Namen, was ich als weiteren Beweis meiner Inkompetenz wertete. Erst als ich mich auf das beginnende zwanzigste Jahrhundert konzentrierte, kam etwas Bewegung in die Liste.

„Rosa Luxemburg!" Ja, die hatte kein Kind und eine lange parteipolitische Laufbahn.

„Klara Zetkin!"

„Wer ist das?" wollte Kateryna wissen.

„Eine Frau", sagte ich. „Das war die Mutter von Rosas Geliebtem. Nicht von Leo Jogiches, der war vorher. Sie hatte also wenigstens ein Kind. Fällt also aus."

Jetzt hatte ich den Faden verloren. Ich brauchte eine ganze Weile bis mir Hannah Arendt einfiel, die hatte keine Kinder und hatte wohl über Politik geschrieben, war aber nie in einer Partei oder hatte sonst eine politische Funktion. Ich grübelte vor mich hin, während Kateryna einen Kaffee kochte, eine Funktion, die sie freiwillig übernommen und ich gerne an sie abgetreten hatte.

„Eva Braun!" entfuhr es mir.

War die nun in der Politik, in der Nähe der Politik oder hatte die schlicht gar nichts mit Politik zu tun? Auf jeden Fall keine Kinder, das stand fest.

„Simone de Beauvoir." Ebenfalls nicht in der Politik, wenn man darunter die Welt der Parteien, Parlamente und Regierungen versteht. Aber irgendwie hatte sie doch etwas mit Politik zu tun, wurde sie nicht beständig als Wegbereiterin des Feminismus zitiert?

„Ist Feminismus Politik?" fragte Kateryna. „Eigentlich eher eine Bewegung", sagte ich. „Aber eine Bewegung, die auf die Politik einwirkt, also indirekt auch Politik macht."

Ich grübelte eine Weile darüber nach, ob Eva Braun Einfluss auf die Entscheidungen Hitlers hatte, wusste aber zu wenig darüber.

„Was denkst Du?" fragte Kateryna.

„Ob Frauen von Politikern in der Politik sind oder nicht. Die Frau von Goebbels, zum Beispiel, die hat ihre fünf Kinder vergiftet, weil sie keine Lebensperspektive ohne den Nationalsozialismus mehr sah. Das war doch ein politisch motivierter Akt, oder nicht?"

Kateryna und ich saßen eine Weile voreinander. Jeder hing seinen Gedanken nach bis Kateryna die Stille unterbrach und fragte:

„Was ist eigentlich der Unterschied zwischen einem Mann in der Politik und einer Frau in der Politik?" Ich wusste es nicht.

Je mehr ich in den nächsten Tagen über mein Thema nachdachte, desto unheimlicher wurde es mir. Ich versuchte mich an den Untertitel zu halten: „eine soziologische Studie über ausgesuchte historische Fälle". Aber welche Fälle sollte ich auswählen?

Versuchsweise nahm ich mir Rosa Luxemburg vor. Die hatte nun mal nachweislich keine Kinder und auch an ihrem Leben als Parteipolitikerin konnte kein Zweifel bestehen. Doch auch hier galt, je mehr ich mich ihr näherte, desto merkwürdiger erschien sie mir. Erschrickt man sich nicht ebenfalls, wenn man einen gemeinhin bekannten Gegenstand unter die Lupe legt oder gar durch ein Mikroskop anschaut? Ein einfacher Wasserfloh, eben noch einer neben tausend anderen, klitzeklein und unbedeutend, wird plötzlich zu einem vorgeschichtlichen Monstrum, dessen bizarre Kauwerkzeuge es uns

178

als geraten erscheinen lassen, etwas vom Mikroskop abzurücken. Vielleicht wählen wir einfach eine weniger starke Vergrößerung, um das zappelnde Wesen auf eine erträgliche Größe zu bringen, oder aber wir verzichten gleich ganz darauf, in eine Welt einzudringen, die nicht für unser Auge bestimmt ist. Ich wählte diesen letzten Weg, nachdem ich mich einige Monate mit Rosa, wie ich sie Kateryna gegenüber nannte, beschäftigt hatte. Und es war nicht fehlender Fleiß, der es mich als geraten zu sein schien, aus ihr einen ausgesuchten Fall zu machen, eher ein gewisses Mitleid, gefolgt vom täglich stärker werdenden Gefühl, dass es unanständig sei, weiterhin in den privaten Briefen anderer Leute herumzustöbern. Denn das hatte ich getan. Rosas Korrespondenz mit ihrer liebsten Freundin, der Ehefrau Karl Kautskys, die sie zärtlich Luise nannte, hatte ich, soweit erhalten, gelesen. Ebensolches hatte ich mit ihren Briefen an Leo Jogiches getan, denen ich entnahm, dass Rosa wohl gerne ein Kind von ihm gehabt hätte, er aber wohl nicht, denn er war ihr die Antwort schuldig geblieben. Zumindest konnte ich keinen diesbezüglichen Brief, selbst nicht unter falschem Namen, entdecken, obwohl ich mir eine kleine Tabelle von Pseudonymen angelegt hatte, die sowohl er als auch Rosa benutzten, um der Zensur zu entgehen. Warum dieser Leo diese Rosa so eifersüchtig für sich beanspruchte, fiel mir schwer zu verstehen. Es mochten wohl eher geistige Werte sein, die ihn an ihr faszinierten, denn Rosa, es ist mir peinlich davon zu sprechen, hatte eine angeborene doppelseitige Hüftgelenk-verrenkung und hinkte. Zudem war sie zwergenhaft klein und aus ihrem für ihre

Körpermaße zu großem Kopf ragte eine kantige Nase hervor, die ebenfalls zu groß geraten war. Schreiben, ja, das konnte sie. Rührend, ihre Briefe aus diversen Gefängnissen, in denen sie sich besorgt nach ihrer Katze Mimi erkundigte, von den Vögelchen berichtete, die sie von ihrem Zellenfenster aus sehen konnte und obendrein noch anderen, besonders ihren Freundinnen Luise und Sonja, der Frau Karl Liebknechts, Mut machte, um die für alle schwierigen Kriegszeiten zu überstehen.

Je mehr ich mich in Rosas Leben vertiefte, desto rätselhafter wurde sie mir. Sie schien nicht von dieser Welt zu sein, oder zumindest, und das schien mir mehr als belegt, war sie in fast allem eine Ausnahme. Als Jüdin in einem Teil Polens geboren, der manchmal zu Russland und manchmal zu Österreich gehörte, sprach sie und ihre Familie polnisch, obwohl ihre Umgebung Jiddisch sprach. Dabei muss man wissen, dass damals, in den siebziger Jahren des 19. Jahrhunderts nur etwa dreieinhalb Prozent der in Polen lebenden Juden das Polnische beherrschte, die anderen eben Jiddisch sprachen. Rosa war von Kindesbeinen an eine Ausnahme, immer in der Minderheit. Sie hatte auf dem polnischen Gymnasium neben Deutsch auch Russisch gelernt und es war die deutsche Sprache, in der sie ihre wichtigsten Arbeiten schreiben sollte. Auf dem sozialdemokratischen Parteitag von 1898 war sie eine von nur sechs Frauen unter 252 Delegierten und eine von nur sechs mit akademischem Diplom. Sie war als Jüdin, als weibliche Delegierte, als Polin in Deutschland, als Akademikerin und Körperversehrte und, nun ja, als kinderlose Frau, immer in der Minderheit. Es wunderte mich nicht mehr, dass sie selbst in der SPD politisch in der Minderheit war und mit einer Handvoll Unentwegter gegen Reformisten und Revisionisten vom rechten Flügel der Partei kämpfte und selbst der Mehrheitsfraktion, dem marxistischen Zentrum der Partei, angeführt von Bebel und Kautsky, die Leviten las.

Obwohl, wie gesagt, ich Rosa als für eine Fallstudie völlig ungeeignet erachtete, vertiefte ich mich immer weiter, eifrig Notizen machend, nicht nur in ihr absonderliches Leben, sondern ebenso in ihre Reden und Schriften, die, so meinte ich, man nicht einfach links liegen lassen könne. Ich war gerade dabei die Lektüre der „Akkumulation des Kapitals" abzuschließen, zu der ich ebenso wie zu den anderen Schriften Rosas eine Unzahl von Karteikarten angelegt hatte, als mich Kateryna daran erinnerte, dass das erste Jahr meiner Zeit als Stipendiat gerade abgelaufen sei und ich vielleicht gut daran täte, endlich zu entscheiden, welche Frauen denn nun für meine soziologischen Fallstudien in Frage kämen.

Mein Schreck war nicht unerheblich! Erst gestern, so kam es mir vor, hatte ich die Vorstudien zu meiner Doktorarbeit begonnen und nun war schon ein Jahr vorbei! Die blanke Panik erfasste mich. Und statt, wie von Kateryna liebevoll beabsichtigt, zur rationalen Organisation der mir verbleibenden Zeit beizutragen, geschah das genaue Gegenteil. Um Rosas Schrift über die spontanen Massenstreiks in Russland von 1905 zu verstehen, lieh ich mir Bücher zur russischen Geschichte aus. Dabei konnte ich selbstverständlich Lenin, dem sie dann später, im

181

Jahr 1918, mutig in die Parade gefahren war, nicht umgehen. Ebensowenig konnte ich vermeiden, einen Abstecher in die Vorgeschichte des ersten Weltkriegs und die innenpolitischen Verhältnisse im wilhelminischen Deutschland zu machen. So kam, was Kateryna besorgt vorausgesehen hatte. Auch das zweite Jahr ging vorbei, ohne dass ich meinem Thema auch nur einen Schritt nähergekommen wäre.

„Was haben Sie denn die ganze Zeit gemacht?" fragte Professor Großkopf, als ich schließlich zerknirscht vor ihm saß und ihm mitteilte, dass ich ihm meine Doktorarbeit nicht zum vereinbarten Termin vorlegen könne.

„Ich habe gelesen und Notizen gemacht", antwortete ich, „bin aber über einen Einzelfall nicht hinausgekommen."

„Sind das ihre Notizen?" fragte er und wies auf die drei Aktenordner, die ich mitgebracht hatte, nur um zu beweisen, dass ich tatsächlich gearbeitet hatte.

„Ja", sagte ich.

„Darf ich mal einen Blick hineinwerfen?"

Ich reichte ihm die Ordner und wartete, während er sie aufklappte und in der wirren Ansammlung von beschriebenen Blättern zu lesen begann. Es musste wohl eine halbe Stunde vergangen sein, als er schließlich den Kopf hob.

„Aber das ist doch alles sehr interessant! Rosa Luxemburg, ja, da haben sie sich einen interessanten Fall herausgegriffen. Eine Frau ohne Kinder in der Politik. Mit einem tragischen Ende, ohne Zweifel."

Ich versuchte, mich zu rechtfertigen: „Ich habe zwei Jahre lang jeden Tag gearbeitet, aber es sind nur Notizen geworden und eben nur über eine einzige Frau. Ich sollte eine soziologische Studie über mehrere ausgesuchte Fälle machen, aber dazu bin ich nicht gekommen."

„Das sieht man", sagte er.

„Und jetzt?" fragte ich.

„Wenn sie die Arbeit nicht einreichen, müssen sie das Stipendium zurückzahlen. In Raten, aber das ist die Regel."

Mir wurde heiß und kalt gleichzeitig.

„Machen wir also das Folgende", fuhr er fort. „Wir ändern als erstes den Titel, damit er passt. Wie wäre es mit: Rosa Luxemburg, ein Einzelfall? Eine soziologische Studie zu einer kinderlosen Frau in der Politik."

Ich war baff. Mit einem Federstrich war ich der Verpflichtung entbunden, ebenso langwierige Studien noch über andere Frauen anzustellen. Aber was sollte ich mit den drei Ordnern voller Notizen machen? Auch dazu hatte der Professor einen Vorschlag.

„Volumen haben Sie ja schon", sagte er. „Ich schätze, das sind hier ungefähr 1500 beschriebene Seiten. Lesen sie sich alles noch einmal durch und werfen sie das heraus, was überflüssig ist. Was wichtig ist und was nicht, müssen sie natürlich selbst entscheiden. Dann verdichten sie ihre Notizen und vor allem die Kommentare zu einem fortlaufenden Text. Machen sie Kapitelüberschriften und folgen der Einfachheit halber einer zeitlichen Chronologie. Ihre Notizen geben diese Gliederung gewissermaßen schon vor. Aus dem, was sich nicht in den Text einfügen lässt, machen Sie Quellenverweise, Fußnoten, Literaturangaben und was dann noch übrig ist, stellen sie einfach in einen Anhang, der in diesem Fall, wohl einigermaßen umfangreich sein wird."

Großkopf sah mich an und ich fand ihn das erste Mal sympathisch.

„Zwei Wochen kann ich die Prüfungskommission noch hinhalten. Schaffen sie das in der Zeit?"

Natürlich bejahte ich diese Frage, denn die Rückzahlung meines Stipendiums wäre mein finanzielles Ende gewesen. So kam es, dass mir nach Ableistung meines mündlichen Doktorexamens, das sie merkwürdigerweise Rigorosum nannten, aber ebenso wenig rigoros war, wie die Beurteilung meiner schriftlichen Arbeit, mir der Doktortitel verliehen wurde.

Mir war, als wäre ich von einer Krankheit genesen oder von einer langen Reise zurückgekehrt und sähe nun das erste Mal meine Heimat wieder. Ich ging Hand in Hand mit Kateryna über den Campingplatz und staunte, was es alles an Neuigkeiten gab. Boris war jetzt fast drei Jahre alt und lief vor uns her, hin und wieder an einem Gartentürchen auf uns wartend. Zwei der Dauercamper hatten ihren Wohnwagen mit einem Mobilheim getauscht und eine Deutschlandfahne gehisst. Fast alle Ukrainer seien nach einiger Zeit zurück in ihre Heimat gegangen oder hätten sich ein neues Zuhause in Deutschland gesucht, sagte mir Kateryna, die es sichtlich genoss, dass mein Kopf und mein Herz endlich wieder für andere Dinge frei waren. Und natürlich auch für sie! Sie lehnte sich beim Gehen manchmal zärtlich an mich und ich hatte fast ein schlechtes Gewissen, weil ich mich in der letzten Zeit so wenig um sie gekümmert hatte.

„Nein," sagte sie, „es ist alles gut."

Wir gingen noch bis zum Spielplatz, den Boris zielstrebig angesteuert hatte. Während er immer wieder die zwei Stufen der Rutsche erklomm, um aus stolz erlangter Höhe die Abwärtsfahrt anzutreten, genoss ich die wiedererlangte Freiheit. Jetzt stand mir die Welt wieder offen und ich konnte aus ihrem reichhaltigen Angebot an Möglichkeiten wählen, was mir in den Sinn kam. Aber in Wahrheit war es nur eine kurze Pause zwischen den Schlachten des Lebens, die uns das Schicksal kurzeitig gewährte.

Meine Doktorarbeit hatte ich, genau wie der Alte seine Manuskripte, in den Tiefen eines Koffers vergraben und diesen ganz hinten unter die Eckbank geschoben, wo auch der Kasten mit Heins Schifferklavier auf bessere Zeiten wartete.

„Morgen sind wir zwei Jahre zusammen", sagte Kateryna.

„Erinnerst du dich?" Und sie zeigte auf den schmalen goldenen Ring an ihrer linken Hand. Tatsächlich hatte ich ihr vor zwei Jahren diesen Ring geschenkt. Ich hatte ihn unter den wenigen Sachen, die der Alte mir hinterlassen hatte, gefunden und war damals froh, dass der einsame Ring endlich eine Bestimmung gefunden hatte.

„Es ist ein Ehering", sagte sie.

„Ja", sagte ich, „wahrscheinlich der, den der Alte getragen hatte, als er noch mit meiner Mutter zusammen war. Aber vielleicht ist er auch von ihr, wer weiß. Jetzt gehört er auf jeden Fall dir."

„Aber du trägst keinen", sagte sie. Mir schwante so langsam, was sie im Schilde führte. Boris war gerade mit dem Kopf voran im Sand am

185

Ende der Rutsche gelandet. Kateryna sprang auf, um ihm zu helfen. So hatte ich einen Augenblick Zeit, um so zu tun, als hätte ich ihre Anspielung nicht bemerkt und konnte die Initiative übernehmen. Als sie sich den Sand aus den Kleidern geschüttelt hatte und wieder neben mir saß, nahm ich ihre Hand, zeigte auf den Ring und fragte:

„Möchtest Du, dass ich auch so einen trage?"

Kateryna sah mich an und das Dunkle in ihren Augen wurde noch tiefer als sonst. Aber sie sagte nichts.

„Möchtest Du meine Frau werden?"

„Das bin ich schon", sagte sie, „aber wir können gerne heiraten, wenn Du es möchtest".

Nach einer Pause fügte sie hinzu: „Du wirst nämlich Vater, ich bin fast am Ende des dritten Monats."

Sie hätte es mir schon eher gesagt, aber sie wollte mich nicht noch mehr belasten, als ich es vor dem Abschluss meiner Dissertation sowieso schon war. Während Kateryna sprach, wusste ich, dass das Gefühl einer grenzenlosen Freiheit, das ich so lebhaft empfunden hatte, nur der kurze Augenblick vor einer Entscheidung war, die mich für das ganze Leben binden sollte. Boris war von der Rutsche gefallen und weinte. Die Tränen liefen ihm durch das sandverschmierte Gesicht. Dieses Mal war ich es, der sich um ihn kümmerte. Kateryna bedankte sich mit einem zärtlichen Kuss.

Meine unter der Bank verstaute Doktorarbeit sollte nun nicht die Bestimmung haben, die ich ihr zugedacht hatte. Statt dem Vergessen anheimzufallen und mich ein für alle

Mal von dem Gefühl der Peinlichkeit zu befreien, das ihre bloße Existenz in mir auslöste, stand sie unvermittelt im Rampenlicht. Der Professor rief mich an und teilte mir erfreut mit, dass ein akademischer Verlag sich bereitgefunden hätte, dieselbe zu veröffentlichen. Ein Druckkostenzuschuss sei zwar erwünscht, aber das hätte er schon geregelt. Er sprach von irgendwelchen Töpfen und Drittmitteln, beglückwünschte mich und legte auf, um unmittelbar danach wieder anzurufen. Er hätte das Wichtigste beinahe vergessen, nämlich, mich auf die Ausschreibung einer Juniorprofessur hinzuweisen. Meine Aussichten seien fabelhaft, denn meine Dissertation wäre ja, wie ich wüsste, bei der Prüfungskommission sehr gut angekommen und, er könne mir das vertraulich sagen, dieselben Kollegen aus der Prüfungskommission säßen nun auch in der Berufungskommission. Die Einzelheiten solle ich der Internetseite des Instituts entnehmen und mich schleunigst bewerben. Vielleicht hätte ich mich artig bedankt und wäre meiner Wege gegangen. Vielleicht wäre ich nach Italien gefahren und von da aus nach Afrika. Vielleicht wäre alles ganz anders gekommen. Aber da war die schwangere Kateryna, der kleine Boris und meine gerade getroffene Entscheidung mit ihnen fortan durchs Leben zu gehen. Kateryna arbeitete immer noch als Dolmetscherin, aber nur stundenweise. Auch gab sie einen Russischkursus an einer Volkshochschule in der Nähe, aber von ihren bescheidenen Honoraren konnten wir unmöglich leben. Noch am gleichen Tag füllte ich die Bewerbungsformulare aus. Meine Doktorarbeit kramte ich wieder hervor. Sie war mir noch fremder als zuvor. Wahrscheinlich hätten andere Jubelrufe ausgestoßen, wenn sie gleich nach abgelegtem Doktorexamen eine Anstellung als Juniorprofessor bekommen hätten und das noch mit der Aussicht nach sechs Jahren unbefristet angestellt zu werden. Ich aber, obwohl froh eine Einkommensquelle für unsere junge Familie zu haben, hatte das Gefühl in etwas hineingeschlittert zu sein, dem ich in keiner Weise gewachsen war.

Kateryna machte mir Mut. „Du bist zu bescheiden", sagte sie. „Wenn mehrere erfahrene Professoren sagen, dass Deine Doktorarbeit gut ist, dann ist sie es auch. Zumindest das Resultat, die fertige Arbeit, die sie in Händen hatten, ist gut, es weiß doch keiner, wie du dich damit gequält hast."

„Meine Arbeit ist ein Bluff", erwiderte ich. „Das Thema mag zeitgemäß sein, obwohl Rosa selbst es nicht war." Ich ertappte mich dabei, dass ich sie immer noch Rosa nannte.

„Eine Frau in der Politik. So was passt den Feministinnen natürlich in den Kram. Rosa war aber keine Feministin. Sie war streitlustig, manchmal sogar eine ausgesprochene Kratzbürste. Aber sie war keine Feministin. Oder ist man das schon, wenn man für das allgemeine Wahlrecht ist? Das ist doch Unfug!" Ich hatte mich regelrecht in Rage geredet, während Kateryna mir geduldig zuhörte. Als ich endlich innehielt, sagte sie: „Siehst du, du kennst dich mit dem Thema aus und hast eine eigene Position. Das will doch die Akademie von dir."

„Was sagst du?" fragte ich verdutzt.

„Dass du dich auf deinem Gebiet auskennst und eine gut fundierte und originelle Interpretation in die Debatte einbringst." Ich erinnerte mich an den Germanisten, der mehrmals auf den Lesungen des Alten erschienen war. „Ich hoffe du hast Recht. Aber ich bin skeptisch."

Die ersten Semester verliefen besser als ich erwartet hatte. Ich übernahm von einer ehemaligen Juniorprofessorin, die an einer anderen Universität eine Festanstellung bekommen hatte, die von ihr bis dahin abgehaltenen Seminare. Es handelte sich um Einführungen in die Soziologie, genauer gesagt, um Seminare und Vorlesungen über die „Klassiker der Soziologie". Die Studenten, durchweg Erstsemester, lasen brav die angegebenen Texte und fertigten ihre Hausarbeiten an. In den Diskussionen im Anschluss an meine Vorlesungen beantwortete ich Verständnisfragen und versuchte, ohne großen Erfolg, durch gezielte Provokationen ein wenig Bewegung in die Hörerschaft zu bringen. Mir selbst wurde, nachdem ich zwei Semester lang so verfahren war, zunehmend langweilig. Es konnte doch nicht angehen, dass man über hundert Jahre nach diesen Veröffentlichungen nichts Neues zu den damals verhandelten Themen sagen konnte! Ich verdonnerte die Studenten dazu, gefälligst die gesamte zu meinen Veranstaltungen angegebene Bibliografie zu lesen. Meine Seminare hingegen sollten nur noch den Diskussionen und Erweiterungen des Lesehorizonts dienen. Das war es, was ich den Studenten sagte und ich musste wohl selbst an diese meine didaktische Absicht geglaubt haben. Zumindest hatte ich sie schriftlich so beschrieben und im kommentierten Vorlesungsverzeichnis abdrucken lassen. Doch insgeheim ahnte ich, dass meine Ungeduld sich aus einer anderen Quelle speiste.

189

Es war am Ende des zweiten Jahres meiner Anstellung, als ich dazu überging, den Studenten nahezulegen, die sogenannten Klassiker gegen den Strich zu lesen. Was wäre, so fragte ich die Studenten, wenn genau das am wichtigsten wäre, was die Klassiker für das Unwichtigste und theoretisch zu Vernachlässigende gehalten hätten? Das war die Frage, die ich den Studenten stellte, die, obwohl sie eine gewisse Raffinesse nicht verleugnen konnte, darauf angelegt war, die Klassiker vom Sockel zu stürzen. Ich selbst war mir zu diesem Zeitpunkt jedoch keinesfalls klar darüber, dass dieses die einzige logische Konsequenz meines so harmlos daherkommenden Vorschlags sein konnte. Schon jetzt konnte die Mehrheit der Studenten nicht mehr mithalten, außer einer Minderheit, wie ich später erfuhr, waren zwei von ihnen ausgezeichnete Schachspieler, sie allesamt aber vernarrt in Computerspiele, von denen sie auch während der Vorlesungen nicht die Finger ließen. Es mochte sie das spielerische Moment meines Vorgehens gereizt haben mitzumachen. Oder war es die Faszination des diabolischen Aufblitzens, das jedes Unterfangen begleitet, welches sich anschickt, bis dahin nicht angezweifelte Autorität zu zerstören?

Unter meiner Anleitung brachten wir, während die Mehrheit im Saal vor sich hindöste, die Politische Ökonomie von Karl Marx zum Einsturz. Das war einfacher, als man gemeinhin annehmen konnte, denn er selbst hatte dazu, die Fährte gelegt. Im vierzehnten Kapitel des ersten Bandes des „Kapital", in der Marx die dem „tendenziellen Fall der Profitrate entgegenwirkenden Ursachen" zwar aufführte, aber als letztlich unbedeutend zur Seite wischte, war der Ansatzpunkt den großen Denker elegant auf den Rücken zu legen. Indem wir die Ausnahme zur sich durchsetzenden, geschichtsmächtigen Regel erhoben, hebelten wir die entscheidende Kraft, die zu den periodischen Krisen des Kapitalismus führten, einfach aus. Mehr noch, die unvermeidbare finale Akkumulationskrise verschwand so aus dem historischen Horizont des Marxismus. Ohne ökonomischen Zusammenbruch, keine Revolution, ohne Revolution, kein Kommunismus! Und, so fragte ich die Studenten, ist es nicht das, was tatsächlich passiert ist? Hatte nicht seit zweihundert Jahren der krisengeschüttelte Kapitalismus sich immer wieder erhoben und sich letztendlich global durchgesetzt? „Wie lange," so rief ich in den Raum, „muss eine historische Ausnahme dauern, bis sie zur Regel wird?"

Was wäre aus Europa geworden, wenn diese meine Erkenntnis der Menschheit bereits in der zweiten Hälfte des neunzehnten Jahrhunderts zur Verfügung gestanden hätte? Kein Lenin, kein Trotzki, keine russische Revolution, keine Sowjetunion! Ja, selbst der erste Weltkrieg wäre anders verlaufen und der zweite? Vielleicht hätte es ihn gar nicht gegeben. Es war das erste Mal, das etwas aus meinen Seminaren den Raum verließ und auch unter höheren Semestern die Runde machte. Grund dafür war ein Artikel in der Studentenzeitung, die eben meine Frage als Schlagzeile brachte, nur ohne das dazu gehörige Fragezeichen.

„Kapitalismus ohne Alternative", stand da und darunter mein Name und eine völlig verzerrte

Widergabe dessen, was wir im Seminar erarbeitet hatten. Auch unter den Professoren machte der Artikel die Runde, aber noch traute sich niemand mich darauf anzusprechen. Dies sollte sich ändern, als ich im Wintersemester den französischen Soziologen Emile Durkheim behandelte.

Die Schachspieler, wie ich insgeheim das halbe Dutzend Studenten bezeichnete, die meiner Lesart klassischer Soziologie schon im Marx-Seminar hatten folgen können, saßen auf den hinteren Stühlen und feixten. Aber da waren die anderen. Es mochten ungefähr achtzig gewesen sein, denn der Hörsaal C war für hundert Hörer ausgelegt und der Saal war nahezu besetzt. So redlich ich mich bemühte, den mich entgeistert anblickenden Studenten den Begriff der Anomie nahezubringen, es gelang mir nicht. Zumindest schloss ich dies aus den stumpf auf mich gerichteten Blicken.

„Chaos!" sagte ich schließlich, „Sie wissen doch was Chaos ist." Einige nickten und ich wähnte mich auf der richtigen Fährte. „Gut", sagte ich, „Anomie ist nichts anderes als Chaos."

Ich nahm in Kauf, dass ich den guten Durkheim zeitgenössischer Didaktik zuliebe vereinfachte, aber was sollte es. „Anomie ist", so fuhr ich fort, „das Chaos gesellschaftlicher Normen, von denen keiner weiß, welche von ihnen denn gerade anzuwenden ist. Anomie ist das Chaos von Sinn und Bedeutungen, ein Durcheinander, das Verständigung unmöglich und das Absurde alltäglich macht. Anomie ist Bindungslosigkeit, Beliebigkeit, das Flüssigwerden alles Soliden, die totale Relativität jeglicher Werte. Und davor," so

192

schlussfolgerte ich, „hatte Durkheim eine Heidenangst."

Die Schachspieler freuten sich und sogar in den vorderen Reihen hellten sich für einen Augenblick die Gesichter auf.

„Im Grunde hatte Durkheim Themen heutiger Soziologen vorweggenommen, nur eben, indem er sich voll Entsetzen abwandte und alles mobilisierte, was diesem Chaos Einhalt gebieten könnte. Ordnung, Ordnung und nochmals Ordnung! Nur diese könne das Auseinanderfallen der Gesellschaft verhindern. Was wäre besser als eine solide Moral und ein arbeitsteiliges, solidarisch organisiertes Zusammenleben, um das soziale Durcheinander zu bekämpfen. Durkheim war insgeheim ein Chaostheoretiker, nur sträubte sich sein moralisches Empfinden gegen das soziale Chaos, das von ihm wohl wahrgenommen, aber theoretisch verdrängt wurde."

Und wieder war es die Studentenzeitung, die meine Dürkheim-Vorlesung publik machte. Durkheim: ein Chaostheoretiker? War jetzt die Überschrift eines Artikels, der dieses Mal zumindest einigermaßen korrekt wiedergab, was ich im Auditorium gesagt hatte. Doch es reichte, dass meine Kollegen davon erfuhren und dieses Mal sogar mir gegenüber Bemerkungen machten wie: Wann können wir einen Artikel von ihnen über Dürkheim lesen? Diese Frage hatte aber nicht den Sinn, den man ihr auf den ersten Blick zuordnete, sondern war eine Stichelei, die mir bedeutete, dass ich erst einmal publizieren solle, bevor ich mich in der Universität zu Wort melde.

Im dritten Jahr meiner Juniorprofessur, dem Jahr, in dem ich das erste Mal durch eine kollegiale Kommission begutachtet werden sollte, kam es dann, anlässlich meiner Weber-Vorlesung und des sie begleitenden Seminars, zum endgültigen Eklat. Max Weber, so empfanden es die Studenten, war der schwierigere unter den drei Klassikern. Ich konnte dem nicht ganz zustimmen, war doch auch die politische Ökonomie von Marx, man denke nur an den dritten Band des „Kapitals" und die „Grundrisse", nicht gerade für Anfänger. Aber zumindest konnte man Marx in einer verkürzten Fassung lesen, in der er eher ein Geschichtsphilosoph und politischer Revolutionär war. Manche meinten gar mit der Lektüre des „Kommunistischen Manifests" den ganzen Marx erfasst zu haben und erhoben ihn daraufhin, ohne ihn richtig zu kennen, entweder zu ihrem Lieblingsklassiker oder legten ihn einfach beiseite. Ich überließ es den Studenten, ihre Wahl selbst zu treffen und wandte mich im nächsten Semester Max Weber zu. Wie zu erwarten, stolperten die Studenten gleich zu Beginn über einen Begriff, welcher der Weberschen Soziologie den Namen gegeben hatte, das Verstehen. Die sogenannte verstehende Soziologie war nun nicht darauf aus, soziale Phänomene zu rechtfertigen oder irgendwie moralisch zu bewerten, sondern sie eben zu verstehen, wie man das Funktionieren einer Guillotine verstehen kann, ohne damit ihren Einsatz in der Französischen Revolution rechtfertigen zu wollen. Es fiel mir einigermaßen schwer, den Studenten diese Sicht Webers auf die Gesellschaft nahezubringen. Nicht, weil der Sachverhalt als solcher schwierig war, sondern weil die Studenten, wie es für Menschen beim Eintritt ins Erwachsenenalter typisch ist, sich

194

dagegen sträubten, soziale Dinge so zu sehen, wie sie tatsächlich waren, nüchtern und sachlich, ohne sie gleich mit einer moralischen Wertung in Verbindung zu bringen. Vielleicht waren es auch meine in didaktischer Absicht angeführten Beispiele, anhand derer ich einen objektiven Blick auf die Gesellschaft einüben wollte, die gleich in den ersten Seminarstunden bei einigen Studenten ein unübersehbares Unbehagen hervorrief. Dieses nahm im Verlauf des Semesters, wohl auch durch meine parallel angebotenen Vorlesungen angereizt, stetig zu.

Ich hatte, wissend das gerade dieses historische Beispiel einen neuralgischen Punkt traf, dazu aufgefordert, Hitler zu verstehen. Nachdem ein entsetztes Raunen durch den Seminarraum gegangen war, gelang es mir schließlich, die Nützlichkeit von Max Webers Konzept der charismatischen Herrschaft für ein Verständnis des Hitlerregimes plausibel zu machen. Doch waren seit diesem Moment nicht wenige der Studenten, und es wollte der Zufall, dass mittlerweile einer von ihnen Redakteur bei der Studentenzeitung geworden war, der Überzeugung, dass ich mit den Nazis sympathisiere. Über den dummen Artikel, welcher mit der Schlagzeile aufwartete „Professor versteht Hitler", will ich mich gar nicht äußern, zeugte er doch von einer Niveaulosigkeit, die man im Namen der Meinungsfreiheit wohl bereit ist zu ertragen, aber in keiner Weise wiedergab, was in jener Seminarstunde tatsächlich von mir gesagt wurde, geschweige denn der verstehenden Soziologie Webers gerecht wurde.

195

Meine älteren Kollegen gingen zunehmend auf Distanz. Nicht dass sie offen Kritik äußerten, nein, selbst die ein oder andere Stichelei, deren Kunst einige von ihnen auf das Vollkommenste beherrschten, blieb jetzt aus. Auch mein mir sonst immer gewogener Doktorvater, Professor Großkopf, redete nur noch mit mir, wenn niemand sonst auf dem Korridor zu sehen war. Er vermied es bei unseren kurzen Begegnungen auf meine Seminare oder Vorlesungen zu sprechen zu kommen. Stattdessen redete er von seiner baldigen Pensionierung und gab mir zu verstehen, dass mit ihm in naher Zukunft nicht mehr zu rechnen sei.

Kateryna, die zu Beginn meiner Uni-Laufbahn keine meiner Vorlesungen versäumt hatte, begleitet mich nur noch, wenn ich ausdrücklich darum bat. Vor allem, wenn ich ein auch für mich neues Thema präsentierte und ich ein kritisches Ohr brauchte, lud ich sie nach dem Vortrag zu einem Kommentar ein. Doch nachdem auch sie einige Male offenbar nicht recht verstanden hatte, um was es mir ging, ließ ich dies bleiben. Derweil bereitete ich mich auf meine restlichen Veranstaltungen vor und vermittelte meine Entdeckungen freimütig und in bester Absicht meinen Studenten. Die Abwesenheit Katerynas, so verstand ich, war durch die Betreuung der beiden Jungen gerechtfertigt und fiel mir nach einiger Zeit nicht mehr weiter auf.

In meiner Suche nach Schwachpunkten in den Texten der großen Theoretiker der Soziologie war mir aufgefallen, dass Weber und zwar gerade immer dann, wenn er auf die Zweckrationalität zu sprechen kam, häufig auf Irrationalitäten aller möglichen Art hinwies. Diese zwar wichtig seien,

196

um zu verstehen, was tatsächlich geschehe, aber gemäß seiner soziologischen Methode vernachlässigt werden könnten. Sie seien eben Abweichungen vom idealen Typ und als solche zweitrangig. Die ganze jüngere Geschichte, die Moderne, schien auf ein aus Rationalisierungen hervorgegangenes Gewebe hinauszulaufen, in dem sich der Mensch immer mehr verstricke. Aber, so fragte ich mich, wo blieb das Irrationale?

Ich fand Webers Vision beeindruckend. Eine technische Errungenschaft auf die andere türmend, schaffte der Mensch, einen Schritt rational vor den anderen setzend, ein eisernes Gehäuse der Hörigkeit, das ihm die Freiheit raubte. Ich musste an Korallen denken, wie sie ihre feinen Tentakel in die Strömung halten und in unermüdlicher Arbeit riesige, steinharte Korallen-bänke aufeinandertürmen, die in der Lage waren, massive Schiffsbäuche aufzuschlitzen. Ihr steinhartes Gehäuse mochte so gar nicht zu diesen in seinem Innern lebenden delikaten Wesen passen.

Ich weiß nicht, ob mich der Teufel geritten hatte, aber, statt meinen Studenten Weber so vorzustellen, wie es üblich war und er selbst es vielleicht selbst gewollt hätte, verfiel ich darauf, gerade das, was er in den Hintergrund zu rücken empfahl, die Irrationalität, in den Vordergrund zu stellen. Diese meine Eigensinnigkeit sollte mir zum Verhängnis zu werden, denn sie lieferte die Munition, welche meine Gegner nur noch abzufeuern brauchten, um mir den Garaus zu machen. Die Kommission, welche mich nach meinen ersten drei Jahren begutachten sollte, begann sich für meine Weber-Vorlesungen zu interessieren. Ich konnte die freundlich vorgebrachte Bitte an einer meiner Vorlesungen teilnehmen zu dürfen, nicht einfach ausschlagen. Aber vielleicht wäre es besser gewesen. Vielleicht hätte ich es tun sollen. Es wäre eine grobe Unhöflichkeit meinerseits gewesen, sicherlich, aber ich hätte die Argumente gegen mich nicht noch selbst zur Verfügung gestellt. So kam, was kommen musste. Wahrscheinlich durch die grienenden Studenten und die mit aufmerksamem, inquisitorisch anmutendem Blick in der ersten Reihe sitzenden Mitglieder der Kommission gereizt, formulierte ich meine Thesen noch zugespitzter als sonst.

Ich redete, wie geplant, über den Sinn, den Begriff des Sinns. Eingangs machte ich noch einen kurzen Verweis darauf, dass es Weber auch hier um das lediglich Verstehen des Sinns ginge, so wie er vom handelnden Individuum gemeint sei. Die Soziologie müsse sich einer eigenen Wertung enthalten und sich ganz auf die Absichten der sozialen Akteure konzentrieren. Es gäbe also, um es kurz zu machen, keinen objektiven, überall gültigen Sinn, sondern immer nur den jeweils vom Menschen als solchen empfundenen. So, wie ich hinter der Rationalität die Irrationalität entdeckt hatte, stürzte ich mich jetzt auf den hinter jedem Sinn verborgenen Unsinn. Natürlich verbesserte ich mich gleich und benutzte von nun an den Ausdruck Nicht-Sinn oder auch Sinnlosigkeit. Doch war ein verschämtes Grienen durch die Reihen gegangen, das ich versuchte zu ignorieren. Denn, so fuhr ich fort, wenn es nur den subjektiven Sinn gibt, dann ist jede Rede vom Sinn relativ und relativer Sinn, so sprach ich, kann logischerweise keine allgemeine Gültigkeit haben. Je mehr ich die Augen der Kommissionsmitglieder auf mich gerichtet spürte, desto mehr geriet ich in Fahrt. Ich schlug eine Brücke von dem sinnlosen Raum, in dem Gesellschaft sich ereignet, zur Irrationalität jedweder Art, die am Rande unseres Lebensweges lauere und stellte in Aussicht, dass all unser rationalisierendes Tun erst dann ein Ende fände, wenn die letzte Tonne fossilen Brennstoffs verglüht sei. Obwohl ich damit, wie ich meinte, im Sinne Webers gesprochen hatte, wurde der Gesichtsausdruck, der vor mir sitzenden Kollegen, immer ablehnender.

Es war gar nicht mehr nötig, dass ich die Konzentrationslager als Inbegriff der rationalen Produktion von Leichen bezeichnete, deren Sinn für die Täter deckungsgleich mit dem größten Unsinn sei, den die Geschichte kenne. Auch brachte mein Versuch, rational organisiertes Morden in industriellem Maßstab von gefühlsgetriebenen Passionsverbrechen mit in alle Himmelsrichtungen spritzendem Blut der Leidenschaft zu trennen, nicht die von mir erhoffte Klarheit. Es war totenstill im Saal geworden, selbst den sonst zu getuschelten Zwischenbemerkungen neigenden Schachspielern hatte es die Sprache verschlagen. Schließlich begann jemand zu klatschen, ein einzelnes sich gegen die feindliche Stille behauptendes Klatschen. Es war Kateryna, die, ohne dass ich es bemerkt hatte, in der letzten Reihe des Hörsaals Platz genommen hatte.

Das Zwischengutachten für Juniorprofessoren war eigentlich nur eine Formsache. Die Entscheidung über die Weiterbeschäftigung würde erst im sechsten Jahr der befristeten Anstellung getroffen. Trotzdem beschloss man, die für die Studenten obligatorischen Einführungsseminare in die klassische Soziologie an eine andere, gerade ihren Dienst antretende Juniorprofessorin zu vergeben. Mir wurde höflich mitgeteilt, dass meine Lehrverpflichtungen zugunsten meiner Forschungsarbeit um die Seminarstunden gekürzt würden, ich meine Vorlesung aber, so weit von mir gewünscht, weiter anbieten könne.

Eigentlich hatte ich also keinen Grund zur Klage. Einmal in der Woche eine Vorlesung zu „Grundfragen der Soziologie" und ansonsten freigestellt für die Forschung. Das war schon ein attraktives Angebot. Andererseits war mir klar, dass man mich auf diese Weise aus dem Verkehr ziehen wollte und meine Aussichten auf Festanstellung, zumindest an dieser Universität, immer geringer wurden. Kateryna machte mir Mut. Für weitere drei Jahre sei unser Lebensunterhalt gesichert und ich solle die Zeit nutzen, um zu publizieren. Auch käme es unserer Familie sicherlich zugute, wenn ich nun mehr Zeit und vor allem weniger Stress mit Studenten und Kollegen hätte. Boris war mittlerweile sechs Jahre alt und mit dem kleinen Lucas, unserem gemeinsamen Sohn, hatten wir vor Kurzem seinen dritten Geburtstag gefeiert.

So stürzte ich mich auf das Verfassen von sogenannten *Working Papers*, ersten Artikelversionen, die unsere Fakultät in geringer Auflage herausbrachte und deren Verbreitung keinerlei Genehmigungsinstanz unterworfen war. Jeder, sei es Professor oder Doktorand, konnte dort unterbringen, was er wollte. Lesen tat es sowieso niemand. Aber es war eine mit dem Stempel der Institution versehene Dokumentation der Produktivität ihrer Mitglieder, die eifrig nachzählten, wer denn die meisten dieser Papers publiziert hatte. Was dann später davon in seriösen Zeitschriften oder Sammelbänden veröffentlicht wurde, stand auf einem anderen Blatt. Ich legte los und nahm mir meine Stundenvorbereitungen zur klassischen Soziologie der letzten Semester vor, die ich in zehn bis fünfzehnseitigen Texten zusammenfasste. Bald erschien alle paar Tage ein *Working Paper,* auf dessen Deckblatt mein Name prangte. Nachdem ich wohl an die zwanzig in Umlauf gebracht hatte, erfuhr ich, dass eine Arbeitsgruppe damit beauftragt worden sei, das Format der *Paper* zu überarbeiten. Ich machte derweil unbeirrt weiter. Doch, als ich meinen nächsten Text ablieferte, teilte mir die Sekretärin mit, dass von nun an die Mindestseitenzahl von zwanzig Seiten eingehalten werden müsse und das unter Beachtung der Regeln für eine Normseite, nämlich sechzig Anschläge bei dreißig Zeilen. Mein letztes Paper gab sie mir wieder zurück, weil es schon auf den ersten Blick nicht den neuen Normen entsprach.

Kateryna lachte herzlich, als ich ihr davon erzählte und empfahl in die Offensive zu gehen. „Mach aus deinen bisherigen Texten ein Buch, das ärgert sie mehr als noch hundert Paper, die sowieso niemand liest."

Der Vorschlag eine „Kritische Einführung in die klassische Soziologie", so lautete dann der Titel, zu machen, war schnell realisiert. Ich stellte die losen Texte zu Kapiteln zusammen und hatte bald im Handumdrehen ein Buch von über vierhundert Seiten. Allerdings hatte Kateryna in einem Punkt nur zum Teil Recht. Die Papierversion meiner Papers verstaubte zwar auf den unteren Regalbrettern im Sekretariat, aber die digitalen Versionen, die man über die Homepage der Fakultät abrufen konnte, erfreuten sich bald, auch außerhalb der Universität, reger Aufmerksamkeit.

Doch war für mich mit diesem Buch, dass ich gegen eine happige Druckkostenbeteiligung veröffentlichte, die Soziologie erledigt. Nicht, dass ich es den zeitgenössischen Nachfahren der ersten Soziologen gegenüber an Respekt fehlen ließ, nein, ich fand nur, dass diese, wie meine Schachspieler in den Seminaren, auf intelligente Weise völlig an dem vorbeigingen, was sie selbst Gesellschaft nannten. Ganz abstrus wurde es nun bei denjenigen, die sich Theorieversionen zurechtlegten, die, wie sie selbst sagten, Deskonstruktionen waren. Deskonstruktionen! Diese ultimative Verirrung war nur die logische Konsequenz der zur Mode geratenen Auffassung, jegliche Theorie als Konstruktion anzusehen, die man nach Belieben erfinden und eben auch in ihre willkürlich zusammengesetzten Einzelteile zerlegen könne.

Da regierten für einige Soziologen sogenannte Patriarchen unsere Gesellschaft, wo ich nur eingeschüchterte und impotente Individuen sah. Gern hätte ich einmal solch einen Patriarchen gesehen, einen *pater familiae*, wie es ihn vielleicht noch in abgelegenen Gegenden Afghanistans gab, aber auch da war ich mir nicht sicher. Ich kannte nur vor dem nächsten Brief des Anwalts zitternde kleinlaute Gestalten, die von

202

einem Patriarchen, Macho oder anderem potenten Männertyp nun rein gar nichts hatten. Ja, der Hein aus Hamburg, der mit dem Schifferklavier, das war noch ein ganzer Mann gewesen. Und vielleicht auch der Platzwart. Aber ein Patriarch? Das wäre wohl eher eine Idee für ein Karnevalskostüm. Doch noch nicht einmal das konnte ich hinreichend beschreiben. Ich hatte keine Ahnung wie ein Patriarch eigentlich aussah.

Es mag sein, dass die vielen Jahre, die ich auf dem Campingplatz verbracht hatte, meinen Blick eingeengt hatte, denn patriarchalische Strukturen, konnte ich hier beileibe nicht entdecken. Überhaupt das Wort Strukturen! Was ist das und wo sind sie? Ich kannte das Wort, sah aber nichts, was eine Struktur hätte sein können. Ich vermutete, dass es etwas Festes hinter allem Unsoliden war, etwas das verhinderte, dass dieses endgültig in sich zusammenbrach. Eine Art verborgene Regel im Chaos, eine Art Geheimnis aus dem unverhofft die soziale Ordnung auftaucht, wie der Phönix aus der Asche. Aber eben ein Geheimnis oder ein theoretisches Abrakadabra, mehr nicht. In den Köpfen anderer Soziologen kreisten Systeme, merkwürdig schlichten binären Codes folgend, umeinander, dass es eine Freude war. Jedes System kannte nur seine eigene Sprache. Es gab entweder Ja oder Nein, Haben oder Nicht-Haben, gerecht oder ungerecht. Es war logisch, dass sich diese Systeme untereinander nicht verstanden. Die Ökonomie verstand die Ökologie nicht, die Wirtschaft die Moral nicht und so fort. Aber mir war, als ob, trotz dieser simplen Theorie, diese soziologische Schule auf verblüffende Weise in ihren Zeitdiagnosen weniger irrte als viele andere. Aber brauchte man dazu diese autistischen Systeme? Vielleicht hatten die Systemtheoretiker deshalb Recht, weil sie auch Recht gehabt hätten, wenn sie keine Systemtheoretiker gewesen wären, einfach wegen des gesunden Menschenverstandes, der bei ihnen, trotz der Systemtheorie, einfach ausgeprägter schien als bei vielen anderen. Vielleicht trieben sie aber auch nur ein irrelevantes theoretisches Spiel, das der Realität nichts anhaben konnte und gerade deshalb anderen Theorien überlegen war. Zumindest, so fand ich, war die Systemtheorie unwiderlegbar. Sobald man versuchte ihr zu widersprechen, wurde man zum Teil des Spiels, denn, man höre, auch die Kritik war ein System.

Ich konnte auf jeden Fall keinen Grund finden, mich irgendeiner theoretischen Richtung anzuschließen, sei es, weil ich sie nicht verstanden hatte oder, gerade weil ich sie verstanden hatte, widerstrebte es mir, mich ihr anzuschließen. Das Resultat war das gleiche, ich war zum Outsider geworden, ein Rufer in der Wüste, einer, der im eigenen Land nichts gilt, ein Querkopf oder Schlimmeres.

Der Ukrainekrieg lag nun schon eine ganze Zeit zurück. Kateryna hatte in den ersten Jahren mit dem kleinen Boris noch Ukrainisch gesprochen, manchmal auch Russisch, denn in ihrer Familie sprach man beides, Russisch und Ukrainisch. Doch mit der Zeit hatten die Umstände sich als stärker erwiesen, dazu gehörte, dass sie sich mit mir nur auf Deutsch verständigte und das Umschalten auf Ukrainisch mich aus ihrer Kommunikation mit ihrem Sohn ausschloss. Da der Kleine selbst aus dem Kindergarten täglich neue deutsche Wörter mitbrachte und uns spontan auf Deutsch ansprach, gab sie es dann irgendwann auf. Nur wenn ihr der Kragen platzte, weil die Kinder wieder einmal nicht gehorchen wollten, schimpfte sie in ihrer Muttersprache.

In die Universität ging ich nur noch, wenn ich meine Vorlesung hatte. Da diese für die Studenten keine Pflichtveranstaltung war, konnte teilnehmen, wer wollte. Ein Antrag seitens der Studentenvertretung, meine Vorlesung aus dem Vorlesungsverzeichnis zu streichen, war fehlgeschlagen. Die Anschuldigung, dass ich Sympathien für den Nationalsozialismus hätte und dessen Ideen an der Universität verbreiten würde, war wohl selbst für meine ärgsten Widersacher zu dümmlich. Trotzdem haftete an mir seit dem diesbezüglichen Artikel in der Studentenzeitung der Geruch des Rechtsextremismus. Es gelang mir nicht diesen loszuwerden, je mehr ich mich auch anfänglich bemühte die Sache aufzuklären, indem ich wieder und wieder erklärte, was es in weberscher Perspektive mit dem „Verstehen" eines Phänomens wie Hitler auf sich hatte. Schließlich gab ich es auf, mich und Weber zu rechtfertigen.

Die Zahl meiner Hörer war zu Beginn von Woche zu Woche gesunken, auch weil die Studentenvertretung zum Boykott aufgerufen hatte und sich mit Flugblättern in der Eingangshalle postierte. Es gehörte also seitens der wenigen Studenten, die mir verblieben waren, schon ein gewisser Mut dazu, an den Aktivisten vorbei, direkt durch das Tor der Verdammnis in meine Vorlesung zu gehen. Derweil machte ich einfach weiter. Was hätte ich auch sonst tun sollen?

Irgendwann verschwanden die militanten Posten und die kleine Gemeinde, der an meiner Vorlesung interessierten Studenten, schrumpfte nicht mehr. Als sie wieder zu wachsen begann und schließlich wieder fast alle Plätze besetzt waren, merkte ich das erst, als Kateryna mich darauf aufmerksam machte. Mir selbst war mittlerweile egal, wer und wie viele Menschen da vor mir saßen. Und vor allem: ich hatte es aufgegeben irgendjemanden von irgendetwas überzeugen zu wollen.

Was sich vielleicht wie Resignation anhören mag, war nun das genaue Gegenteil. Ich war, je mehr ich las und nachdachte, in einen geistigen Zustand geraten, der mich von einer Neuigkeit zur anderen taumeln ließ. Gut, es mag sein, dass die meisten dieser Neuigkeiten schon längst bekannt waren und nur mir selbst als solche erschienen. Aber meine Isolation an der Akademie verschonte mich nicht nur vor missgünstigen Kommentaren, sondern räumte auch jedes kritische Korrektiv aus dem Weg, dass mir eventuell hätte nützlich sein können. Ich war wie jener, der aus eigener Vorstellungskraft entdeckt, dass die Erde rund ist wie eine Orange und über diese und andere Offenbarungen in einen Zustand gerät, den man nur als Euphorie bezeichnen kann. Meine Methode, die ich nur als solche bezeichne, weil mir kein besseres Wort dafür einfällt, war, die Dinge gegen den Strich zu bürsten. Hatte ich mich schon in meiner Behandlung der klassischen Soziologie auf die Begriffe konzentriert, welche die Autoren selbst als zu vernachlässigen anrieten und so erstaunliche Dinge ans Tageslicht gebracht, verfiel ich nun darauf, genau das Gegenteil von dem anzunehmen, was eine Theorie für wahr und richtig hielt. Ich machte sowohl kleinere Gedankenexperimente, wie zum Beispiel das Gegenteil von Schwerkraft radikal zu durchdenken, eine Vorstellung, die mir tagelange Schwindelgefühle einbrachte, als auch ausgedehntere Lesereisen in Gebiete, die ich bis dahin nur von Ferne gesichtet hatte. Es dauerte eine Weile, bis ich die Idee des Unbewussten meinte halbwegs verstanden zu haben, um mich dann, mehr als über dieses, über das Bewusstsein selbst zu wundern.

Warum ich erst spät auf Heidegger gestoßen bin, ist mir bis heute ein Rätsel. Es mag wohl daran gelegen haben, dass ich, noch während ich selbst Student war, ein Büchlein von Wiesenthal in die Hand bekam, das diesem Phrasendrescherei und heimeliges Blut-und-Boden-Geraune unterstellte. Da ich mit einem solchen nichts zu tun haben wollte, las ich Heidegger erst gar nicht, obwohl mich hätte stutzig machen müssen, dass Wiesenthal es als notwendig erachtete, ein ganzes Buch schreiben zu müssen, um Heideggers sogenannten Jargon der Eigentlichkeit in Grund und Boden zu rammen. Dieses tat Wiesenthal, bekannt für seinen unübertrefflichen Stil, der mir bis heute Respekt abverlangt, auf so überzeugende Weise, dass ich mir nicht vorstellen konnte, das Gegenteil könne wahr sein. Heidegger war für mich erledigt, zumal auch ich davon gehört hatte, dass er von den Nazis als Rektor eingesetzt worden war und Sympathien für das gehabt hatte, was er selbst als nationalsozialistische Revolution empfunden hatte. Wahrscheinlich, so musste ich mir eingestehen, wäre auch ich den Vorlesungen von Professor Heidegger ferngeblieben, ohne je auch nur ein Wort aus seinem Mund vernommen zu haben.

Es war Kateryna, die mir eine vergilbte Fotokopie zusteckte, nachdem ich ihr von meinem Plan berichtet hatte einen Artikel über die Soziologie der Dinge zu schreiben. Erst nachdem ich den für eine philosophische Abhandlung recht kurzen Text Heideggers gelesen hatte, verstand ich, warum sie gelacht hatte, als sie mir die abgegriffene Kopie überreichte. Es war offenkundig, dass Heidegger meinen stümperhaften Gedanken über die moderne Technik weit voraus war.

Trotzdem, einmal im Besitz der neuen Kenntnisse, gab ich mich nicht damit zufrieden, wie der Philosoph am Abgrund zu sitzen, passiv hineinzustarren und zu warten, bis ein unverhoffter Retter mich aus der Angststarre vor der modernen Technik erlöste. In der alsbald anberaumten Vorlesung behauptete ich kühn, dass selbst, wenn zugegebenermaßen alle Utopien gescheitert seien, die Technik sich vor unseren Augen und durch unser eigenes Tun, stetig weiterentwickele. „Nur der Weg der Technik ist noch offen!" rief ich in den Saal und war mir sicher, dass ich auch diesen Satz schon irgendwo gelesen hatte. Ich hätte mir denken können, dass sich die anti-faschistischen Studenten durch meine Technikvorlesung provoziert fühlen mussten, war sie doch voller Verweise auf einen deutschen Philosophen, den sie nicht lasen, weil man einen Nazi eben nicht liest und den sie, ohne ihn zu kennen, aus tiefstem Herzen verabscheuten.

208

Zu Beginn der nächsten Lesung standen wieder die Posten vor der Tür, die sich einen Heidenspaß daraus machten, mich mit gestrecktem Arm und hämisch Heil Hitler! rufend zu empfangen. Ich öffnete die Tür zum Hörsaal, damit rechnend, dass ich es heute wieder nur mit einer kleinen Schar Unentwegter zu tun hätte. Aber nein, zu meinem Erstaunen war der Saal voll besetzt. Dieser Kontrast zwischen den mich anfeindenden Studenten auf dem Flur und den hier auf mich Wartenden hätte grösser nicht sein können. Nicht nur, dass die einen negativ und die anderen positiv auf mich gestimmt waren. Was mich berührte war die selbstbewusste Dummheit und moralische Überheblichkeit der Aktivisten da draußen und die passive Bereitschaft der vor mir Sitzenden Neues zu erfahren. Die schwere Eingangstür war hinter mir ins Schloss gefallen. Auditorium Maximum hieß früher dieser Saal, der an ein römisches Theater erinnerte. Es war der H1, der größte unter den Hörsälen der Universität. Ich ging ans Rednerpult und sah die Sitzreihen hinauf.

„Guten Abend, meine Damen und Herren", sagte ich, „wir haben uns hier versammelt, um zu hören. Soeben vernahmen wir noch die Heilrufe, wie ein fernes Echo der Geschichte. Auch dazu kann ein Auditorium dienen. Hier können wir in die Geschichte hineinhorchen und versuchen zu verstehen, was geschehen ist. Die Geschichte spricht aber nicht, so sehr wir auch die Ohren spitzen. Es ist kurios, dass wir ein Echo der Geschichte hören, obwohl sie keinen Laut von sich gibt."

Ich nahm den Stapel loser Blätter, auf denen ich skizziert hatte, was ich heute sagen wollte. Ich blickte auf und spürte, dass die vielen auf mich gerichteten Augenpaare, gerade das von mir wissen wollten, was ich bemüht war zu vermeiden. Ich fühlte einen finsteren Sog aus der Vergangenheit aufsteigen, gegen den ich mich stemmte und der es nötig machte Folgendes zu sagen.

„Goethe und Nietzsche, zwei Autoren, die verschiedener nicht sein könnten, waren sich in einer Sache einig, nämlich, dass zum Handeln das Vergessen gehört. Wer hätte zum Beispiel Mut zu heiraten, wenn er nicht alle anderen vergessen würde?"

Es ging ein gedämpftes Gelächter durch das Publikum.

„Welcher Mann würde noch in den Krieg ziehen, wenn er nicht seine Frau, die Kinder und seine beim Abschied weinende Mutter vergäße? Mehr noch, der Soldat muss nicht nur seine Vergangenheit, sondern auch seine vielleicht tödliche Zukunft vergessen, denn all das würde ihn lähmen und unfähig machen zu kämpfen. Zum Handeln und Leben im Hier und Jetzt gehört, so meine ich, dass man ein Gleichgewicht zwischen Vergangenheit, Gegenwart und Zukunft findet. Wer immer nur nach hinten sieht und aus den großen Männern und Frauen der Geschichte Idole macht, der wird sich selbst nie zu eigener, neuer Größe aufschwingen können, weil die Monumente der Vergangenheit ihn erdrücken. Noch mehr gilt dies für die Schurken und Gauner, Mörder und Missetäter, die an Anzahl den wirklich Großen haushoch überlegen sind und uns aus der Geschichte heraus anstarren, als wollten sie uns im nächsten Moment an die Gurgel. Wenn wir sie zum alleinigen Maßstab unseres heutigen Denkens und Handelns nehmen, laufen wir Gefahr zu negativen Kopien, dessen zu werden, was wir ablehnen.

Diejenigen, die da draußen vor der Tür wie Satyre herumspringen, sind in Wahrheit Opfer einer monumentalischen Betrachtung der Geschichte, so würde Nietzsche es nennen, und sie scheinen mir beim näheren Hinsehen, dem, was sie bekämpfen, näher zu sein als ihnen selbst lieb ist.

„In diesem Sinne: vergessen wir Hitler!" rief ich aus, „und wenden wir uns Interessanterem zu!"

Es muss wohl unter den Zuhörern jemand gewesen sein, der nur darauf gewartet hatte, wieder einen Satz von mir zu finden, aus dem man eine anti-faschistische Schlagzeile machen konnte. Schon auf dem Titelblatt der nächsten Studentenzeitung prangte in großen Lettern: HITLER VERGESSEN? Und darunter die üblichen Unterstellungen. Auch, dass ich Nietzsche, den Naziphilosophen, zitiert hatte, war unangenehm aufgefallen und allein die Tatsache, dass das Auditorium voll besetzt war, wurde als Anwachsen des Rechtsextremismus gewertet. Ich wusste beim besten Willen nicht mehr, was ich tun sollte. Selbst, wenn ich mich öffentlich von Hitler, den Nazis, dem Judenmord, der Bücherverbrennung, der Kristallnacht, dem Überfall auf Polen und die Sowjetunion distanziert hätte, diese studentischen Anti-Faschisten hätten es als geschickte Tarnung eines Unbelehrbaren ausgelegt und mit ihrer Posse weitergemacht. Ich überlegte, ob es nicht vielleicht besser wäre, die militanten Studenten einfach zu ignorieren und das Thema National-Sozialismus in Zukunft zu vermeiden. Wahrscheinlich wäre das besser gewesen und die Studenten hätten sich irgendwann ein anderes Opfer ausgesucht, aber irgendwie wurmte mich die Sache und, wenn ich ehrlich sein soll, sie begann mich zu ärgern. Und mehr ich nachdachte, desto grösser wurde mein Zorn. Schließlich war ich so in Rage, dass ich am liebsten zur nächsten Vorlesung in SA-Uniform erschienen wäre oder meine Vorlesung mit dem Hitlergruß eröffnet hätte, stattdessen erzählte ich, gleich nach der Begrüßung, einen Witz.

„Goebbels und sein Fahrer sind auf dem Weg nach Berlin. Unterwegs im Brandenburgischen passiert ein Missgeschick. Die Staatskarosse überfährt ein Schwein, das plötzlich über die Straße gelaufen war. Laufen wollte, denn das Schwein liegt unter dem Auto und rührt sich nicht. Goebbels befiehlt unwirsch seinem Fahrer, nachzusehen, was denn mit dem Schwein los sei. Der Fahrer steigt aus blickt unter das Auto und meldet, dass das Schwein tot ist. „Geh zum Bauern und frag ihn, was er dafür haben will", herrscht Goebbels ihn an. Der Fahrer tut, wie ihm befohlen. Geht zum nächsten Bauernhof und ruft den Bauern. Als dieser erscheint, nimmt er Haltung an und ruft zackig: „Heil Hitler, das Schwein ist tot!" Vor Freude fällt der Bauer dem Fahrer ihm um den Hals.

Niemand lachte, so fuhr ich fort: „Ich wollte unseren jungen Anti-Faschisten bei ihrer antifaschistischen Arbeit mit diesem Witz behilflich sein, denn er wurde damals, als Hitler und seine Kumpanen noch an der Macht waren, von mutigen Hitlergegnern hinter vorgehaltener Hand erzählt. Einer von ihnen, der Maurer Anton Bleichmüller, kam damals dafür ins KZ. Wie wäre es also mit der

Schlagzeile: Rechtsradikaler Professor erzählt Hitlerwitz! Oder vielleicht: Heil Hitler! Das Schwein ist tot!"

Die nächste Studentenzeitung widmete sich auf der ersten Seite der Preiserhöhung in der Mensa und schien sich auch in Zukunft nicht mehr für mich zu interessieren, zumindest war in diesem Semester Ruhe. Das war mir nur recht, denn ein Strom ungestümer Gedanken hatte mich erfasst, der diese lächerlichen Störungen zu dem machte, was sie waren, unbedeutende Randerscheinungen einer kraftvollen Bewegung, die blind ihren Weg suchte.

Es musste eine Logik in dieser irrationalen Bewegung geben, die ich verstehen wollte. Das war vermutlich noch das Einzige, was mich mit dem verband, was man gemeinhin Wissenschaft nennt. Sucht nicht auch der Wissenschaftler nach unbekannten Regeln, die ein Phänomen hervorbringen? Rekonstruiert er nicht, sobald er die innere Ursache und die Wirkungszusammenhänge gefunden hat, dieses Phänomen, sei es auf rein theoretischem Niveau, sei es auf dem Reißbrett oder in der Retorte? Mir lag es fern irgendetwas rekonstruieren oder gar manipulieren zu wollen, ich war kein Ingenieur, aber ich war auf der Suche nach einer Matrix, nach dem, was die Welt im Innersten zusammenhält.

Zu wissen, dass vor mir andere derselben Leidenschaft erlegen waren, stiftete eine Nähe zu lange verstorbenen, aber während der Lektüre ihrer vergilbten Schriften, äußerst lebendiger Geister. Goethe hatte ich während meiner Schulzeit gelesen. Jetzt las ich seinen „Faust" erneut. Auch Nietzsches „Zarathustra" kannte ich

213

bald fast auswendig und wurde beim wiederholten Lesen, immer wieder von einem seltsamen Gefühl der Vertrautheit eingenommen, so wie man es nur einem alten Freund entgegenbringt.

„Was hat das alles mit Soziologie zu tun?" fragte mich eine Studentin nach einer Vorlesung, nachdem ich fast die ganze Stunde auf den Versuch verwendet hatte, Nietzsches Chaosbegriff näher zu kommen. „Man muss noch Chaos in sich haben, um einen tanzenden Stern gebären zu können." So stand es da, und ich musste mich davon losreißen, um die Frage der Studentin überhaupt hören zu können.

„Was hat das alles mit Soziologie zu tun?" fragte sie wiederum und ich war mir erst sicher, als ich meine Lesebrille abgenommen hatte und nun ihr Gesicht sehen konnte, dass diese Frage ernst und keineswegs ironisch gemeint war.

„Ja", sagte ich, „das frage ich mich auch". Ich machte eine Pause und beschloss, mangels jedweder Alternative, mich dem Gedankenstrom anzuvertrauen, der, durch die Frage der Studentin provoziert, nun durch mein Gehirn floss.

„Vielleicht", so begann ich, „hat Nietzsches Satz mehr mit Soziologie zu tun, als wir auf den ersten Blick wahrhaben möchten, denn dieser Satz rüttelt an ihrer Basis, er stellt, wenn wir uns von ihm betören oder gar mitreißen lassen, Gesellschaft überhaupt radikal in Frage. Gibt es eine Soziologie, die gegen die Gesellschaft denkt? So fragte ich mich selbst, während ich ins Auditorium hineinsprach. „Will die Soziologie nicht letztlich überall Klassen, Schichten, Strukturen, Systeme oder andere dem Individuum übergeordnete Einheiten sehen? Sieht die

Soziologie bei allen Krisen, bei aller Anomie oder Sinnlosigkeit, die sie selbst konstatiert, nicht immer letztlich deren Überwindung siegen? Ist nicht selbst der Gegenstand der Soziologie, die Gesellschaft, eine Erfindung der Soziologie? Ist diese nicht vernarrt in die soziale Ordnung, in etwas, was unsere Welt angeblich zusammenhält?"

Ich machte eine Pause, als ob ich nach einer Antwort auf all diese Fragen suchte. Aber im Grunde drängte diese sich mir schon auf, noch während ich danach fragte.

„Die Soziologie", so sagte ich, „ist ein Anwalt der Ordnung, sie ist Komplize der Gesellschaft! Und wenn nicht der gesamten Gesellschaft, wie die klassische Soziologie, dann ist sie es heute von bestimmten Gruppen, Ethnien, Stämmen, Rassen, Geschlechtern oder anderen Mini-Gesellschaften."

Dieselbe Studentin, die mich gefragt hatte, was das alles mit Soziologie zu tun habe, hob die Hand. „Gut", sagte sie, „das habe ich verstanden, aber jetzt sehe ich den Bezug zu Nietzsche nicht."

Auch mir fiel Nietzsche erst jetzt wieder ein. Er war mir irgendwo unterwegs verloren gegangen. Doch nach kurzem Innehalten, besann ich mich. „Nietzsche ist nicht in die Ordnung vernarrt, wie die Soziologie, sondern lobt das Chaos, er denkt gegen die Gesellschaft, etwas das ein Soziologe niemals macht und auch gar nicht kann, selbst wenn er es wollte, ohne aufzuhören ein Soziologe zu sein. Nietzsche exaltiert das Chaos, er versucht nicht, es zu überwinden. Aber der Stern, den das Chaos hervorbringt, steht nicht fix am Firmament, sondern er tanzt. Und dieser Tanz wird bei Nietzsche nicht weggedacht, sondern ist ein erstrebenswertes Ziel, das nur diejenigen erreichen, die, so sagt er, noch Chaos in sich haben."

„Ich muss gestehen", so fuhr ich fort, „dass es Autoren geben mag, die ich nicht kenne und die ebenfalls gegen die Gesellschaft denken und sich nicht zu ihrem Komplizen machen lassen. Wie gesagt, auf dem Gebiet der Soziologie bin ich mir ziemlich sicher, dass es so etwas nicht gibt. Auch Nietzsche kann wohl nur gegen die Gesellschaft denken, weil er dieses nicht auf dem Boden der Sozialwissenschaften tut. In der Literatur, ja da finden wir die Einsamen, die bloßen Individuen, die keinen Wert für die Gemeinschaft haben. In der Poesie bricht schließlich bei einigen sogar die Kommunikation ab. Da haben wir noch einige Worte, ein hilflos anmutendes Gestammel und dann löst sich die Verbindung mit den anderen auf. Wir sehen ihm nach wie einem Astronauten, der, ohne das Kabel, das ihn mit der Raumstation verbindet, langsam ins All entschwebt."

„Hölderlin", sagte die Studentin, auf deren Frage ich antwortete.

„Ja", sagte ich. „Hölderlin ist so ein Fall."

Mir selbst war nicht klar, wie nah ich schon an die Grenze dessen gekommen war, was noch mitgeteilt werden konnte. Kateryna hatte mich schon vor Monaten davor gewarnt. Ich folgte jedoch der Anziehungskraft, die von Theorien ausging, die vorgaben, der Schlüssel zu einem umfassenden Weltverständnis zu sein. Sie zogen mich magisch an und versetzten mich manchmal geradezu in einen Zustand innerer Gereiztheit, nicht, weil mich ihre Erklärungen befriedigten, sondern weil etwas tief in mir befahl, sie zu

216

zerstören. Nicht selten reichte es, dass ich mich an das Ewige Licht im Altarraum der Kirche meiner Kindheit erinnerte und ich konnte nicht anders als den verschlungenen Pfaden der wissenschaftlichen Argumente zu folgen, bis ich an den neuralgischen Punkt kam, der im Handumdrehen offenbarte, dass auch sie nur aus Wörtern gemacht waren. Menschliche Wörter, von denen eines, wie das Lindenblatt auf dem Rücken Siegfrieds die Stelle markierte, wo das Drachenblut nicht hingelangt war. Die Stelle, wo die Arroganz der Macht wissenschaftlicher Rhetorik verwundbar geblieben war. Das war die Stelle, wo ich ansetzte. Es waren falsche Götter, die ich bekämpfte. Doch der Fanatismus, mit der ich sie verfolgte, hätte mir Aufschluss darüber geben können, dass ich mich hatte betören lassen, dass ich in eine Falle geraten war. Unter Aufbietung all meiner geistigen Kräfte versuchte ich, einen Ausweg zu finden.

„Die Begriffe fressen sich auf, gerade die edelsten, wie Freiheit oder Gleichheit. Sie zerstören sich selbst, weil sie eine ihnen innewohnende Tendenz haben, sich selbst ad absurdum zu führen."

Dieses Mal hatte mich eine Studentin um Erlaubnis gefragt. Schon andere hatten mich während meiner Vorlesungen heimlich gefilmt und verwackelte Auszüge mit schlechtem Ton ins Internet gestellt. So willigte ich in das Unvermeidbare ein, um zumindest eine bessere Tonqualität dieser „Raubdrucke" zu garantieren. Die junge Frau baute ihr Smartphone auf einem kleinen Dreifuss vor mir auf und steckte mir ein kleines Mikrophon ans Revers. So hörten schon am Abend nach der Veranstaltung diejenigen, die lüstern auf den Moment meines endgültigen Absturzes warteten: „Die Begriffe fressen sich auf! Wenn man die Freiheit radikal denkt, also bis ans Ende des in ihr angelegten Potenzials geht, gelangen wir in einen Zustand ohne jede Bindung, ohne irgendeine eine Norm, die mich einschränken könnte. Die auf die Spitze getriebene Freiheit zerstört sich selbst, weil sie andere Freiheiten zerstören muss, die wiederum sie selbst zerstören. Die absolute Freiheit ist ein Amoklauf, in dem ich andere niederstrecke, bis mich selbst die Kugel des Scharfschützen trifft."

„Und die Gleichheit?" rief ein Student, den ich schon mehrere Male an der Eingangstür hatte stehen sehen, und der mir offensichtlich eine Falle stellen wollte. Mir zog die Bibelstelle bei Matheus durch den Kopf, in der die Pharisäer Jesus fragen, ob man seiner Meinung nach Steuern zahlen soll. Aber um die Sache nicht unnötig zu komplizieren, lief ich dem heuchlerisch Fragenden direkt ins Messer. Zumindest hatte er den Eindruck, seinem Grinsen nach zu urteilen, welches sich über sein Gesicht zog, als er die ersten Worte meiner Antwort hörte.

„Die Gleichheit ist wahrscheinlich einer der Begriffe, die nicht nur sich selbst auffressen, sondern, was das zwanzigste Jahrhundert angeht, geradezu als ein Menschenfresser bezeichnet werden kann."

Damit hatte ich das abgeliefert, was der listige Student brauchte. Ihn kümmerte nicht, dass ich die Gleichheit vor dem Gesetz unmissverständlich verteidigte. Ihn interessierte nicht, dass ich vor den Konsequenzen der Radikalisierung eines auf den ersten Blick äußerst sympathischen

Begriffs warnte. Wie konnte man nur an der Idee der Gleichheit einen Makel entdecken? Er meinte, mich einer anti-demokratischen Todsünde überführt zu haben, weil ich der Idee der Gleichheit eine ihr innewohnende, sie selbst ad absurdum führenden Tendenz unterstellt hatte, die ich nun an praktischen Beispielen versuchte zu erläutern. Noch während ich redete, wurde mir der Unsinn meines Vorhabens bewusst. Nicht nur die von vorneherein gegen mich eingestellten Studenten signalisierten, durch geringschätziges Lächeln oder provokatives Gähnen, dass sie mich nicht verstanden oder verstehen wollten, sondern ebenfalls die mir sonst immer aufmerksam Zuhörenden schienen abwesend zu sein. Als ich Kateryna am Abend von der Vorlesung berichtete, schüttelte sie unwillig den Kopf.

Tagelang suchte ich noch in meinen Manuskripten nach Anhaltspunkten für Schwächen in meiner Argumentation, aber mir erschien alles, was ich gesagt und geschrieben hatte, schlüssig und einleuchtend. Vor allem aber die Idee, dass Begriffe, gerade dann, wenn sie besonders konsequent und rein sind, sich am Ende selbst zerstören, ging mir nicht aus dem Kopf. Verlangten die Studenten und meine Kollegen, dass ich eine so bahnbrechende Erkenntnis einfach aufgebe, weil sie offenbar, aus mir nicht einsichtigen Gründen, zu schwer zu verstehen war? Wochenlang haderte ich mit dieser Universität, die eigentlich der Ort des unvoreingenommenen Denkens sein sollte, stattdessen aber alles bremste und ausgrenzte, was neu und ungewöhnlich war. War nicht sie selbst,

219

die Idee der Universität, gerade dabei sich selbst zu zerstören?

Ich weiß nicht, wie lange meine Gedanken um diese Frage kreisten, ich stand mit ihr auf und ging mit ihr zu Bett. Waren es Wochen, waren es Monate? Längst hatte ich eine lange Liste von selbstzerstörerischen Begriffen angefertigt. Das Glück, die Gesundheit und sogar die Liebe waren dort zu finden. Die letztere war, so konnte ich leicht nachweisen, von besonderer Tücke. Ins Extrem gesteigert neigte sie dazu, das geliebte Objekt sich selbst einzuverleiben. Sagte man nicht in vorgetäuschter Unschuld: ich habe dich zum Fressen lieb? Hatte nicht der unweigerlich aufkommende Wunsch, dieses mächtige Gefühl verewigen zu wollen, zur Folge, dass sich Zuneigung in Besitzdenken und starre Fessel verwandelte? Gerade die Liebe schlug nicht selten mit solcher Kraft in blanken Hass um, sodass es geraten zu sein schien, andere Gefühle, die sich bereits auf den ersten Blick als negativ zu erkennen geben, wie Neid oder Missgunst, weniger zu fürchten als sie, die Liebe.

Die letzten Semester meiner Junior-professur verbrachte ich damit zu den verschiedensten Themen Notizen oder ganze Manuskripte zu verfassen. Einige stellte ich in meinen Vorlesungen vor. Andere, in der Absicht sie eines Tages auszuweiten oder noch einmal zu überarbeiten, legte ich in die unterste Schublade meines Schreibtisches und, als diese sich wegen der Fülle des Papiers schon fast nicht mehr schließen ließ, verteilte ich in meinem Bücherregal, wo ich sie auf diejenigen Bücher legte, deren Autoren sie etwas zu verdanken hatten, selbst dann, wenn sie deren Ansichten radikal widersprachen. Mochten andere hier ein Durcheinander von kreuz und quer herumliegenden Unterlagen sehen, ich fand mich in meinem Arbeitszimmer ausgezeichnet zurecht und lokalisierte ohne Mühe, jedwedes Manuskript zu jeglichem Thema. Man hätte mir nur ein Stichwort zurufen müssen und schon hätte ich ein Papier aus dem Regal oder der Schublade gezogen. Doch es rief mir niemand ein Stichwort zu und so blieb das Ordnungssystem meiner Manuskripte ungetestet.

Es war drei Monate bevor eine Kommission eine abschließende Bewertung meiner Tätigkeit als Juniorprofessor vornehmen sollte, als Kateryna mir mitteilte, dass sie in die Ukraine zurückwolle. Tatsächlich hatten sich die Verhältnisse in der Nähe ihrer Heimatstadt so weit stabilisiert, dass man davon ausgehen konnte, dass es in absehbarer Zeit nicht zum Ausbruch offener Feindseligkeiten käme.

„Ich nehme die Kinder mit", sagte Kateryna.

„Ja", sagte ich und blickte kurz auf, denn ich war gerade dabei meine Vorlesung über soziale Entropie auszuarbeiten, ein Konzept, dass thermodynamische Begriffe des neunzehnten Jahrhunderts mit aktuellen soziologischen Studien, die im Umkreis der Theorie des deterministischen Chaos entstanden waren, zu verbinden versuchte. Erst nach einer Weile begriff ich, was Kateryna gesagt hatte. Und in der Tat, als ich vom Schreibtisch aufstand und die Tür zu unserem Schlafzimmer öffnete, war sie dabei die Koffer zu packen. Offenbar hatte sie sich schon lange vorher diesen Schritt überlegt, denn meine Bitte alles noch einmal zu überdenken, schlug sie aus. Sie machte mir keine Vorwürfe, weinte nicht, oder zeigte sonst eine Reaktion, die mir eine Chance gegeben hätte, sie umzustimmen.

„Wir gehen direkt von der Schule zum Bahnhof," sagte sie. „Wenn wir da sind, schicke ich dir unsere Adresse."

Ich muss wohl irgendein dummes Zeug gestammelt haben, an das ich mich jetzt aber nicht mehr erinnere. Auf jeden Fall kam bald das Taxi. Ich half ihr beim Einladen der Koffer und sah fassungslos den Rücklichtern des Wagens nach, der Kateryna zum Bahnhof bringen sollte.

Ob ich eine feste Anstellung bekommen hätte, wenn Kateryna geblieben wäre? Ich weiß es nicht. Auf jeden Fall trug mein emotionaler Zustand mit dazu bei, dass ich die letzten und vielleicht entscheidenden Monate meiner Zeit als Juniorprofessor nicht dazu nutzte, mein lädiertes Image aufzupolieren, sondern dem Vorwurf, kein vollwertiger Soziologe zu sein, nur unnötig Nahrung gab. Man berichtete mir später, dass ich vor voll besetztem Auditorium in Tränen ausgebrochen sei, nur weil ein Student mich gefragt hatte, was ich von Luhmanns Begriff der Liebe halte. An diese und andere, mich kompromittierende Reaktionen, erinnere ich mich entweder gar nicht oder nur schemenhaft. Was ich vorher nie getan hatte, war, dass ich noch am Tag der Abreise Katerynas zu trinken begann. Die letzten Monate meiner Anstellung verbrachte ich praktisch im Rausch, ein Wort, das meinen zwischen fürchterlichem körperlichem und see-lischem Kater und abendlicher Volltrunkenheit schwankenden Zustand nur unzureichend traf. Ich war zerstört, zerknirscht, einem reuigen Sünder gleich, der alles gegeben hätte, um seine vergangenen Missetaten auszulöschen und wieder von vorne anzufangen. Dabei hatte ich eigentlich gar nichts getan, aber gerade das, so wurde mir schnell klar, war mein Fehler gewesen. Ich hatte untätig zugesehen, wie Katerynas Liebe zu mir verdurstete, während ich mich in eine Gedankenwelt einspann, die mich für sie und unsere Kinder unerreichbar machte. Nicht nur in der Universität hatte ich mich isoliert, was man vielleicht als notwendigen Preis für Originalität noch hätte entschuldigen können, sondern auch in meiner Familie. Sechs Jahre lang war ich abgetaucht in meine Welt verschrobener Ideen, die mich, zu Manuskripten vertrocknet, umgaben. Am liebsten hätte ich sie verbrannt und hatte es wohl schon einmal versucht, nach den angebrannten, klebrigen Seiten auf meinem Schreibtisch zu urteilen, aber der Whiskey hatte kein Feuer gefangen. Ich kam erst wieder zu mir, als die Fakultät sich schriftlich für meine sechsjährige Mitarbeit bedankte und in einem Nachsatz darum bat, die von mir ausgeliehenen Bücher doch bitte an die Bibliothek zurückzugeben. Von Verlängerung meiner Anstellung kein Wort, weder schriftlich noch persönlich.

Ich räumte noch am selben Tag die leeren Flaschen weg und rechnete mir aus, was ich von nun an zum Leben brauchen würde. Nach einigen Gängen zum Jobcenter, war der finanzielle Rahmen meiner zukünftigen Existenz abgesteckt. Als Überqualifizierter für die meisten Stellen ungeeignet, käme für mich zwar eine Umschulung auf andere Berufsbilder, wie zum Beispiel Programmierer, in Frage, aber nach allen Erfahrungen, welche die Sachbearbeiterin mit ähnlichen Fällen gemacht habe, liefe das langfristig auf eine unvermeidbare Dauerarbeitslosigkeit hinaus, daran ändere eine Umschulung nach der anderen auch nichts, ich wäre für so etwas, und ich solle ihr das nicht übel nehmen, leider schon zu alt und die Jüngeren seien einfach schneller als ich. Ob ich vielleicht bereit wäre, eine Stelle an der Kasse im Supermarkt anzunehmen, fragte sie plötzlich. Ich blickte die Dame entsetzt an.

„Sehen Sie", sagte sie, „Deswegen. Machen sie sich auf eine lange Arbeitslosigkeit gefasst."

Ich verbrachte noch einige Tage damit, alle möglichen Formulare auszufüllen und fügte mich dann in mein Schicksal. Dazu gehörte, dass ich begann, mich nach einer neuen Bleibe umzusehen. Unsere bisherige Wohnung war für mich allein einfach zu groß und, was das Entscheidende war, viel zu teuer. Bald musste ich feststellen, dass selbst bescheidene Ein- oder Zwei-Zimmer-Wohnungen meine zu erwartenden Einnahmen fast gänzlich auffraßen. Auch wollte ich nicht in irgendeinem Wohnblock in einem sozialen Brennpunkt hausen, wo die überfüllten Mülleimer im Treppenhaus standen und die deutsche Sprache nur eine unter anderen war. Eine solche Wohnung war mir vom Sozialamt in Aussicht gestellt worden, aber ich dankte höflich ab.

Man sagt, in der Not fresse der Teufel Fliegen, und nicht nur das, so muss ich hinzufügen, er beginnt auch zu überlegen, wie er sein karges

Mahl verbessern könne. Statt die paar tausend Euros, die Kateryna auf unserem Sparkonto gelassen hatte, nun gänzlich dahinschmelzen zu sehen, indem ich eine Miete zahlte, die mir nicht angemessen war, zog ich die Reißleine. Ich verkaufte alle Möbel und Haushaltsgegenstände bis auf Heins Schifferklavier, die Küchengeräte und den Fernseher und machte mich auf den Weg zum nächstgelegenen Campingplatz.

„Zur schönen Aussicht" hieß er, was sich aber bald als eine Illusion erwies, denn man hätte wohl bis zum Horizont sehen können, wenn dieser nicht mit hunderten von Windrädern verstellt gewesen wäre, die sinnlos in der Luft herumschaufelten und deren rote Toplichter bereits in der Abenddämmerung wie wild zu blinken begannen. Beim nächsten Platz hatte ich mehr Glück. Der Name „Heidefriede" war mir gleich sympathisch und auch ein Stellplatz für Dauercamper war gerade freigeworden. Ob mein Geld wohl für ein gebrauchtes Mobilheim reichte?

„Ein Mobilheim suchen Sie", sagte der Platzwart, „dann kommen sie einmal mit, die stehen dahinten."

Vorbei an Wohnwagen, Vorzelten und Trailern ging es leicht abwärts, bis wir schließlich vor einem abgegrenzten Areal standen, das für Mobilheime reserviert war.

„Mit Blick auf den See", sagte der Platzwart grinsend. Der See war in Wirklichkeit ein mittelgroßer Teich, auf dem ein Entenpärchen schwamm.

„Sie können aussuchen", sagte der Platzwart, „die zwei hier stehen zum Verkauf."

225

Mir wurde klamm ums Herz, entschied sich doch jetzt, ob ich mir eine neue Bleibe leisten konnte oder nicht.

„Und wie teuer sind die?" fragte ich gleich.

„Geschenkt", sagte der Platzwart, „für die Qualität meine ich."

Zu meiner Erleichterung passte das leicht ramponierte, aber entschieden billigere der beiden Mobilheime noch soeben in meinen Geldbeutel und zweihundertdreissig Euro monatliche Gebühr für den Standplatz war deutlich günstiger als eine Wohnung in der Stadt. Schon am nächsten Tag brachte ich meine wenigen Sachen in mein neues Zuhause, setze mich auf das Plastikbänkchen vor die Tür und atmete das erste Mal seit langem tief durch.

Ich musste noch einmal in meine alte Wohnung zurück, um die Koffer mit den Manuskripten zu holen, den alten Koffer meines Vaters und einen zweiten, in dem ich verstaute, was ich in den letzten Jahren geschrieben hatte. Und, nun ja, Heins Schifferklavier konnte ich auch nicht einfach zurücklassen.

Ich bestellte ein Taxi. Gerne hätte ich den Alten gefragt, was ich jetzt tun solle, und manchmal schien es mir sogar, als wenn mir jemand etwas ins Ohr flüsterte, aber es war nur das Akkordeon, das in seinem Kasten bei jeder Bewegung einen wimmernden Ton von sich gab.

Zwei Monate nach meinem Umzug kam ein Brief von Kateryna, in dem sie mir ihre neue Anschrift mitteilte. Ich fixierte den Zettel mit der Adresse mit einem kleinen Magneten an der Kühlschranktür, gleich daneben die Fotos der beiden Jungen, Boris und Lucas, der eine neun, der andere sechs Jahre alt.

Im nächsten Jahr, als Lucas Geburtstag hatte, schickte sie mir eine kürzlich gemachte Fotografie von ihm. Auf der Rückseite hatte sie seinen Namen vermerkt und das aktuelle Datum. Das machte sie von da an jedes Jahr. Von Boris, dem älteren schickte sie kein Bild mehr, so wurde mit den Jahren Lucas immer älter, aber Boris blieb auf dem Foto und in meinem Gedächtnis immer der neunjährige Junge, der er einmal gewesen war. So erschrak ich nicht gelinde, als eines Tages, ohne dass ein Geburtstag das Motiv sein konnte, ein Brief von Kateryna eintraf, indem sie mir mitteilte, dass Boris zum Militärdienst eingezogen worden wäre und sie sich große Sorgen mache, denn die alten Feindseligkeiten seien wieder ausgebrochen und ich wüsste ja, dass sein Vater im letzten Krieg gefallen sei.

Kateryna hatte mir in den vergangen neun Jahren außer einiger belangloser Worte, die sich ausschließlich auf Lucas Geburtstag und das neue Foto bezogen, keinen so langen Brief geschrieben. So nahm ich allen meinen Mut zusammen und antwortete ihr. „Liebe Kateryna", so schrieb ich ihr, „wenn ich etwas für euch tun kann, lass es mich wissen. Ich bin schon seit langem arbeitslos und wohne auf einem Campingplatz. Es ist nicht der, den du kennst, aber im Grunde sind ja alle Campingplätze gleich. Es gibt einen Platzwart und einen Mini-Markt und auch die Nachbarn sind nett zu mir. Oft sitze ich am Teich und denke nach. Ich habe nicht wieder geheiratet. Schade, dass alles so gekommen ist. Also, wenn du dir um Lucas Sorgen machst, schicke ihn zu mir, bevor er achtzehn wird, damit er nicht auch noch eingezogen wird."

Ich legte noch ein Foto von mir dazu, das der Platzwart vor einigen Jahren von mir gemacht hatte. Es zeigt mich in einem Buch lesend auf der Bank vor meinem Mobilheim sitzend. „Damit Lucas mich erkennt", schrieb ich hinter das Foto und schickte den Brief ab. Um ehrlich zu sein, muss ich sagen, dass ich von diesem Tag an, dem fünfzehnten Geburtstag von Lucas, auf ihn wartete. Ich wartete morgens, mittags und abends und selbst dann, wenn ich schrieb, wartete ich auf ihn. Schreiben, ja, das tat ich immer noch. Es war ein tagebuchartiges Schreiben, für niemanden bestimmt als für mich selbst. Doch genaugenommen stimmte das nicht. Ich schrieb nicht für mich selbst, denn das hätte ja bedeutet, dass es einen Adressaten und zumindest einen einzigen Leser meiner Schriften gegeben hätte. Aber ich las nicht, was ich schrieb. Sobald ich eine Seite beschrieben hatte, legte ich sie auf die anderen beschriebenen Seiten und, sobald eine gewisse Anzahl beisammen war, packte ich sie in den Koffer.

Ich schrieb so, wie ich dachte und ich dachte, wie jemand der vor sich hinmurmelt und sich nicht darum schert, ob man ihn hört oder nicht. Vielleicht war ich auch schon senil, das mochte sein, vielleicht war ich auch dabei verrückt zu werden. Und es war das, was ich für das Wahrscheinlichere hielt, denn meine Gedanken, obschon glasklar, schienen ein Eigenleben zu entwickeln, so dass mein Kopf zu einer Bühne von mir selbst unerklärlichen und unerwarteten Wendungen und, ich zögere es auszusprechen, völlig unlogischen Kapriolen wurde, deren ich manchmal kaum noch Herr wurde. Und manchmal, das waren himmlische Momente für mich, waren sie von einer dergestalt anmutigen Schönheit, dass ich darüber alles andere vergaß. Nur eben das Schreiben vergaß ich nie, denn es gehörte zu meinen Gedanken wie der Bogen zur Violine. Das Schreiben war die einzige Form, Ordnung in meinen Kopf zu bringen und mich einigermaßen zu beruhigen.

Zum 16. Geburtstag von Lucas bekam ich keine Post von Kateryna. So nahm ich das Foto vom letzten Jahr und lehnte es an die Kanne, während ich langsam meinen Kaffee trank und ihn ansah. Das hatte ich bisher jedes Jahr getan. Es war meine Art, seinen Geburtstag zu feiern.

Hätte ich in Afrika oder Südamerika gelebt, mein Leben wäre ein anderes gewesen. Die Wahrheit war, es wäre gar nicht möglich gewesen, denn obwohl ich nur knapp über dem Niveau lebte, das man in Deutschland für das Existenzminimum hält, hatte ich zu Essen und zu Trinken und ein Dach über dem Kopf. Schon lange lebte ich von Hartz 4, eine bürokratische, außerhalb Deutschlands kaum verstehbare Bezeichnung für das, was man früher Sozialhilfe nannte, noch früher Stütze und kürzlich in Bürgergeld umbenannt worden war. Und davor? Davor gab es das auch in Deutschland nicht. Vielleicht hätte ich irgendwo vor einer Kirche um Suppe angestanden, vielleicht hätte ich auch nach Arbeit gesucht und hätte die Regale in einem Supermarkt nachgefüllt. Ich lebte, weil andere arbeiteten und Steuern zahlten. Manchmal schämte ich mich dafür, hatte aber, obwohl noch keine fünfzig Jahre alt, keine

Kraft, um meine Lage zu ändern. Ich war liegenblieben wie eine Lokomotive, die wegen überhöhter Geschwindigkeit aus der Bahn geworfen worden war. Die Universität war mein Gleis gewesen, auf dem ich mich hatte bewegen können, außerhalb des Hörsaals war ich ein Nichts. So dachte ich, während ich meinen Kaffee trank und das Foto meines Sohnes Lucas betrachtete. „Herzlichen Glückwunsch zum Geburtstag," sagte ich und wischte mir mit der flachen Hand über die Augen.

Am nächsten Morgen kam der Platzwart vorbei und rief nach mir. Das machte er immer, wenn er die Gasflaschen wechselte oder mir die Stromrechnung vorbeibrachte. Ich öffnete die Tür meines Mobilheims und sah hinaus. Neben dem Platzwart stand ein junger Mann mit Rucksack und einer Reisetasche an der Hand. Ich erkannte ihn sofort.

„Komm her, mein Junge", sagte ich und öffnete die Arme. Der Platzwart murmelte etwas, wie, „dann ist ja alles klar" und verschwand ohne ein weiteres Wort. Zu meiner Überraschung sprach Lucas fließend Deutsch.

„Das hat Mama mir beigebracht", sagte er. „Ich kann auch Ukrainisch und Russisch. Und Akkordeon spielen."

„Sehr schön", sagte ich. „Wie geht es ihr? Und was macht dein Bruder Boris?"

„Boris ist bei der Armee", sagte er, dann senkte den Kopf und schwieg für eine Weile.

„Weißt du denn nicht, dass Mama gestorben ist?"

Kateryna war tot, und zwar bereits seit einem halben Jahr. Als sie mir ihren letzten Brief geschickt hatte, war sie schon krank, Eierstockkrebs. Die Nachricht von Katerynas Tod traf mich nicht unvorbereitet, nicht, dass ich von ihrer schweren Krankheit gewusst hätte oder ich aus anderer Quelle davon unterrichtet worden wäre. Nein, die langen Jahre meiner Einsamkeit waren auch Jahre der Trauer gewesen. Eine gegenstandslose Trauer, so sinnlos wie mein ganzes Leben, wie ein Ausharren am offenen Sarg, der darauf wartet, einen Leichnam aufzunehmen. Nun war dieser Sarg mit einem dumpfen Schlag endlich geschlossen worden.

Warum war ich ihr nicht nachgereist? Wie oft hatte ich mir diese Frage gestellt. War es ein unvermeidbares Schicksal, das mich dazu verdammt hatte, auf einem Campingplatz mein Leben zu fristen? Manchmal, aber auch das war wohl nichts anderes als eine billige Ausrede, hatte ich das Gefühl einem Plan zu gehorchen, in dem vorgesehen war, dass ich mein Leben damit verbringen sollte, meine kruden Ideen, die zu nichts passten und niemandem nützten, auf lose Blätter zu schreiben.

Lucas saß vor mir und erzählte, dass sie ihm, bevor sie gestorben sei, geraten habe, mich in Deutschland aufzusuchen. Er hätte auch bald nicht mehr gewusst wohin, denn Boris sei immer monatelang fortgewesen und schließlich habe er ganz allein in der Wohnung gesessen, für die niemand mehr die Miete bezahlt habe. Deshalb sei er, nachdem er das Schuljahr abgeschlossen hatte, gekommen.

„Nicht wegen der Miete", verbesserte er sich, „sondern weil du mein Vater bist." Lucas erzählte noch lange von ihrem Leben in Donezk,

231

den gerade wieder einmal aufgebrochenen Streitigkeiten und dass man nie wisse, wann der Krieg wieder näherkäme. Er hätte Angst mit achtzehn eingezogen zu werden, auch deshalb sei er von dort weg. Lucas machte für sein Alter einen ausgesprochen reifen Eindruck auf mich. Die dunklen Augen hatte er von Kateryna und die dichten Haare, die hatte er von mir und würde wohl auch früh ergrauen, so wie ich.

„Ist das mein Opa?" fragte er und zeigte auf ein Bild des Alten, das ihn während einer Lesung zeigte.

„Ja", sagte ich, "das ist dein Opa."

„Er sieht dir ähnlich", sagte Lucas.

„Meinst du, mein Junge?" sagte ich und hatte das Gefühl, das sich das Tor des Lebens, das für mich jahrelang verschlossen gewesen war, einen spaltbreit öffnete.

„Morgen machen wir einen Plan," sagte Lucas. Er hatte meinen Koffer erspäht, aus dem die Manuskripte quollen. „Darf ich," fragte er und tippte mit dem Fuß gegen den Kasten mit Heins Schifferklavier. Zum Glück war der verstaubte Behälter gut verschlossen gewesen. Das Akkordeon war tadellos in Schuss und gab einen befreiten Jauchzer von sich, als Lucas es auseinanderzog. Eine melancholische Weise, die Kateryna zu spielen pflegte, wenn wir abends, so wie jetzt, vor unserem Wohnwagen saßen, kam von weither, aus einem Land, das ich nicht kannte, aber sich auf rätselhafte Weise mit meinem eigenen Leben verbunden hatte. Dann präsentierte er einige, etwas lebhaftere, französische Chansons, gab schwungvoll einen argentinischen Tango zum Besten und beschloss den Reigen mit „Kein schöner Land in dieser Zeit". Das letzte Lied hatte ein Camper, der schon bei den ersten Klängen des Schifferklaviers vor seinen Wohnwagen getreten war, mitgesungen. Der Platzwart lehnte schon seit geraumer Zeit am Gittertürchen, das unsere Parzelle vom Hauptweg trennte. Nachdem der letzte Akkord verklungen war, blieb er noch eine Weile stehen und sah uns nachdenklich an. Dann hob er stumm den Arm zum Gruß und verschwand, ohne ein Wort zu sagen.

Lukas packte das Akkordeon weg und ergriff meine Hand. „Komm wir gehen jetzt schlafen, morgen haben wir viel zu tun."

„Ja," sagte ich. „Sobald die Termine stehen, gehen wir auf Lesereise."

.